ちくま文庫

コーヒーと恋愛

獅子文六

筑摩書房

目次

「コーヒーと恋愛」

獅子文六

それもある

モヨ子とか、モヤ子とか、よくまちがわれるのだが、坂井モエ子が本名である。当人も、その名を好いてる。モエは〝燃え〟に通じるからだろう。

名前は、覚えにくくても、顔の方なら、皆さん、よくご存じだ。覚えやすい顔である上に、毎夜のように、茶の間のブラウン管に、現われてくる。以前は、人に顔を知られるのは、映画俳優が一番だったが、このごろでは、テレビ・タレントである。何しろ、家庭へ侵入してくるから、親しみの度がちがう。それも、坂井モエ子のように、長期の連続ドラマに、よく出演すると、まるで、聴視者の家族の一員のような、待遇を受ける。茶の間の観客というものは、役者の芸の巧《うま》さよりも、ナジミの深さで、人気を湧《わか》すので、彼女のファンは、世間の想像以上に、多いのである。ことに、奥さんとか、おばあさんとか、女性の間に、人気が高いのは、彼女の容貌《ようぼう》や年齢が、家庭の風教をおびやかす心配が、少いせいでもあろう。そして、彼女の芸風も、大マカで、自然の愛嬌《あいきょう》があって、決して、捨てたものではない。早くいえば、番茶の味であって、飲み過ぎて、眠れなくなる作用もないから、いよいよ、夜の茶の間向きである。

役柄も、きまって、中年サラリー・マンの細君とか、薬屋のおかみさんとか、好人物のオバサン役で、茶の間の観客は、

「坂井モエ子って、よっぽど、気のいい女優さんらしいよ」

と、一も二もなく、当人の性格まで、そうと、きめこんでる。しかし、ブラウン管の映像というものは、そう内側まで写すわけではない。

もっとも、当人のモエ子が、毒にも薬にもならぬオバサン役に、飽きてることは、事実である。

「あたし、一度でいいから、思いっきり、悪女の役を、やってみたい……」

と、よく公言するのであるが、どのプロデューサーも、対手《あいて》にしてくれない。

今から二十年ほど前に、彼女が新劇で働いてるころに、〝ハムレット〟の王妃《おうひ》の役をやったことがあったが、それは、彼女が淫らで、邪《よこ》しまな王妃の役に向いていたからではなく、若い女優ばかりの中で、肉体的に中ブケのきく女優が、他に一人もいなかったからだった。果して、王妃が薬屋のおかみさんじみてると、悪評を受けた。

彼女も、見かけほど、好人物でないかも知れないと同時に、毒婦の要素を、どこか、かくしてる女とも、受けとれなかった。

ともかく、毒にも薬にもならぬ役が、得意なだけに、テレビでホーム・ドラマが重《じゅう》用《よう》されてる間は、需要が尽きず、なまじなスターより、収入も多いくらいで、その上、世帯持ちがよくて、だいぶ溜め込んでるという噂もある。それで、悪女役がやりたいなぞと、ゼイタクの一つも、いってみたくなるのか。

坂井モエ子――芸名であり、本名でもある。四十三歳。荻窪のアパートに、住んでる。

そのアパートというのが、新築で、冷暖房つきで、間数《まかず》も三室が標準型だから、中央沿線としては、デラックスの方である。最近、地下鉄が開通したので、そんな投資も、行われたのだろう。

坂井モエ子も、それまでは、吉祥寺に住んでいたのだが、その家を売って、ここへ移ってきたのは、いよいよ商売繁昌の折柄、交通と生活と、両方の便利を求めたからである。

実際、今までの日本家屋とちがって、諸事、手数が掛からない。朝起きても、寒くない。従って、ストーブに火をつける世話がない。今朝だって、ネグリジェの上に、ガウンを着ただけで、台所仕事ができる。もっとも、毎朝、起きるのは、大てい、十時半ごろになってしまうから、暖房がなくても、世の中は、だいぶ温まってる。

彼女は、コーヒーをいれ始めた。

新式のガスレンジの上で、湯は、グラグラ煮立ってるし、コーヒーひきの引出しの中には、もう豆が粉になっている。その粉を、彼女は、小さな捕虫アミのようなものの中へ、無雑作にあけた。分量なぞ、計りもしない。しかし、普通よりも、多いような気もした。

ここが、なかなか、微妙な点であって、日本の女が、コーヒーをいれると、どうもマズイのは、粉の分量を、惜しむからだと、いわれている。それは、ケチのせいだというが、濃いコーヒーを怖れる、優しい心のためでもあろう。どっちにしても、日本の女が、うまくコーヒーをいれるには、もういいと思った分量に、さらに一サジを加えよという、その道の格言があるほどである。

しかし、坂井モエ子は、格言に従う必要がなかった。戦前に、彼女がまだ若い娘だったころから、コーヒーが好きで、喫茶店の常連だったが、やがて、自分でいれることを覚えた。最初に、自分でいれた時から、タップリと粉を用いた。では、生来《せいらい》、気前のいい方かというと、あながち、そうでもない。むしろ、ガッチリ屋という評判もある。ただ、コーヒーをいれる場合は、ひどく、気前がいい。いれ損じた時は、惜しげもなく捨てて、新しくいれ直す。

そして、彼女のいれたコーヒーは、まったくウマい。色といい、味といい、香りといい。絶妙である。そのくせ、彼女は、コーヒー豆や、道具にこらないし、いれ方にも、煩《うるさ》いことをいわない。ほんとに、無雑作である。まず、生まれながらのコーヒーの名手というのであろう。世間も、それを認めている。東京のコーヒー通五人が集まって、可否会《かひ》というのを結成してるが、彼女は、その同人の一人である。

今朝だって、綿ネルのコシ袋一つが、彼女の道具であって、まだ、寝足りない、トロンとした眼で、手つきも怪しいのだが、芳香は、たちまち台所にみなぎって、濃くて、しかも透明な液体が、コシ袋の下のカップへ、滴《したた》り始めた。白い、厚手のモーニング・カップだが、それが、二つ、そろえてある。一人ぐらしではないらしい。

「ベンちゃん……」

坂井モエ子は、台所の料理の通し窓から、居間兼食堂に向って、声をかけた。

「顔、洗った？」

「とっくだよ。もう、仕事始めてんだ」

明るい部屋に、塔之本勉《とうのもとつとむ》君が、黒いスエーターを着て、お椀型の毛糸の帽子をかぶって、行儀悪く、イスにのけぞりながら、本を読んでる。〝テアトル・ド・フランス〟という、重そうな、大型の本である。

塔之本君は、上品な青年である。乱暴な姿勢で、読書していても、ハシタなく見えない。体は小ガラだが、色が白く、鼻が高く、唇が少し厚ぼったいのは、難といえば難だが、そのために、温厚な印象を増している。そして、眼がやさしく、眉が黒い。女のような顔立ちと、いえないこともないのだが、女にしても、節婦型であって、一本シンが通ってる。それで、品位が生まれるのだろう。現代に、沢山ある顔ではなく、昔なら、十万石ぐらいの殿様にふさわしい造作である。

「おまちどおさま……。おなか、空いた？」

坂井モエ子が、トーストだの、ハム・エッグスなぞを、運んできた。

「いいや……」

塔之本君は、舞台写真を食い入るような眼つきで、眺めていて、ロクな返事をしない。

それが、また、大変、上品に見える。

「だって、ベンちゃんは、昨夜、あたしが帰ってきた時にも、まだ仕事してて、今朝も、早くから起きて……。おなか、空くわよ」

「それほどでもないんだ」

と、やっと、本から離れたが、モエ子の姿が眼に入ると、

「お早よう」

と、小首をさげた。

「お早よう」

モエ子は、少しあわてた。彼女は、ガサツな性分であって、日常の礼儀なぞ、忘れがちなのだ。そこへいくと、塔之本君の方は、プンプン怒ってる時でも、アイサツは欠かさない。

「今度のホン（台本）、むつかしいんでしょう」

モエ子は、塔之本君が引き受けた劇団〝新潮〟のフランス戦後劇のことをいった。塔之本君は、舞台装置家なのである。

「うん、まアね。でも、写実劇やるよりア、ハリアイあるよ。何しろ、数十疋《ぴき》の河馬《かば》が、登場する芝居だからね」

「あら、題だけ〝河馬〟だと思ったら、ほんとに、舞台へ出るの」

「幻影としても、登場人物としてもね。ある河馬は、モーニング・コートを着て、反戦演説をするんだよ」

「新しいわね」

「そういう芝居だから、装置の様式に、一番苦心してるんだ。パリ初演の舞台写真を、参考にはしてるけど、マネはしたくないしね……」

と、彼は、テーブルの上の本を、指さした。

「そう。その言葉、ベンちゃんらしいわよ」

母親が、優等生のわが子を眺めるように、モエ子は、ホレボレとした視線を送った。

やがて、八つちがいの夫婦の朝飯が、始まった。近ごろの夫婦の年齢差は、次第に縮まってきたが、それにしても、良人《おっと》が年長なのが、常である。しかし、ここの夫婦は、細君の方が八つ上というのは、異例であるが、世情に注意深い人は、姉さん女房の現象が、戦前よりも、大いに増加してるのを、認めるだろう。珍らしいといっても、時代おくれの珍らしさではない。

「どう？　今朝の卵、古かない？」

モエ子がきいた。

「いいや、大丈夫……」

勉君は、もう、食べ始めていた。

「ハム、焼けすぎてない？」

モエ子には、ちょっと、クドいところがあった。芸風からいっても、そういうところが、時々、出るのだが、聴視者の嫌悪を誘うほどではなかった。しかし、年若い良人の身になると、年がら年中のことであるから、うるさくもなってくる。

「大丈夫だってば！」

「そう。それは、よかった……。でも、ベンちゃんは、このごろ、前のように、ガミガミいわなくなったから、何か、遠慮してるんじゃないかと、思って……」

「遠慮なんかしてないよ」

しかし、ほんとは、勉君も、多少は、遠慮して然《しか》るべきなのである。なぜといって、彼の収入といったら、劇団〝新潮〟からくる毎月八千円の手当と、装置を担当した時の特別手当だけであって、そのすべては、彼の研究費、材料費、そして小遣銭に宛てられる。生活費の方は、一切合財《がっさい》、モエ子の受持ちである。時には、小遣銭の不足も、彼女から仰ぐ。いわば彼女の半扶養家族なのだから、あまり威張っては、面白くない。

ところが、モエ子の方では、年若い良人が、精一杯、我儘《わがまま》をいってくれないと、うれしくないのである。それは、自分が年が上だというヒケ目だとか、上品で美男子の良人に、ホレた慾目だとか、そういう風に解釈してもいいが、ピタリと、当ってるわけでもない。もっと高尚で、切実な理由も、胸の中に持ってるのである。

勉君は、彼女にとって、化身《けしん》といえた。純粋で、真実で、最高級の演劇である新劇の化身に、相当した。今でこそ、彼女も、テレビで荒かせぎをしてるけれど、新劇は、彼女の故郷であり、思い切れない恋人なのである。劇団〝新潮〟の客員として、名義だけでも、籍を置かして貰ってるのも、そのためなのである。

そういう彼女が、〝新潮〟の中でも、前衛グループに属し、新しい情熱に燃えてる勉君に、尊敬と愛情をささげるのは、当然であった。もし、勉君が、金のもうかる大衆劇や映画の仕事でもやっていたら、彼女は、恐らく、同棲するようなことにはならなかったろう。勉君が、見かけによらず、ガンコな節操を、新劇に立て通してるところが、何とも、うれしくて、たまらないのである。そのために、彼が貧乏であることも、芸術家らしい我儘勝手をふるまうことも、彼女には、いささかの不満を感じさせないのである。むしろ、彼が貧乏であるほど、我儘であるほど、彼女は満足なのである。勉君と結ばれ、共に生活してると、彼女としては、まだ、新劇とほんとに絶縁してはいないという安心さえ、与えてくれるのである。

だから、たいていのブッチョー面や、無遠慮な言葉には、驚かない。勉君の方でも、他人の目にあまるほど、ズケズケものをいうのが、習慣となってる。

しかし、今朝の勉君は、少し、度を越したのではないか。トースト・パンをかじって、コーヒー・カップに、口をつけると、憎らしい口調で、

「まずい！」

と、いった。

モエ子のいれたコーヒーが、人から、まずいといわれたのは、空前のことであった。

「え？　まずい？」

果して、モエ子は怒りよりも、驚きの表情になった。

「うん、まずい、このコーヒー……」

勉君は、あからさまに、宣言した。

「そんなはずないわ。豆だって、いれ方だって、いつもと、おんなじとおりよ……」

コーヒーの名手が、そういうのだから、信用しなければ――

「だって、まずいよ」

「おかしいわ。あたし、そんなこといわれるの、初めてよ」

ほんとに、その通り。東京のコーヒー通の集まりである可否《かひ》会の連中でも、コーヒーの知識や講釈にかけては、彼女以上の練達者が多いけれど、コーヒーをいれる技術の点になると、断然、彼女がリードした。モエ子さんのコーヒーといえば、テレビ・タレントや、新劇人の間にも、鳴り響いたもので、今、悪口をいった塔之本勉君なぞは、最大の礼讃者《らいさんしゃ》だった。

一体、彼と彼女が結ばれたのは、まだ、彼女が、新劇の舞台に現われた頃に、一度、舞台稽古がおそくなって、電車がなくなり、彼女の家に泊ったのが、縁となったといわれているが、彼女だって、そうムヤミに、男を自分の家に、引き入れるわけのものではない。

それまでに、勉君は、何度、彼女の家を訪れてるか、知れなかった。ほとんど、毎日のように、通っていた。なぜ、勉君が、そんなに、彼女の家へ通ったかというと、演劇の理想を語り合う愉しみもあったが、それにも増して、彼女がもてなすコーヒーの味が、すばらしかったからである。

勉君は、酒を飲まない代りに、無類のコーヒー好きで、乏しい小遣銭を、どれだけ喫茶店に入れ揚げたか、知れないのだが、舌はなかなか肥えていて、有名なコーヒー専門店へ行っても、そう感心する男ではないのである。

それが、モエ子のコーヒーを、一度飲んだら、飛び上って、喜んでしまった。こんな、うまいコーヒーは、東京じゅう歩いたって、飲めるものではないと、感嘆してしまった。それから、日に一度は、彼女の家を訪れて、コーヒーのご馳走にならないと、生活気分が落ちつかない男になった。彼は、上品な生まれつきで、押しかけるとか、押しつけるとかいう所業を、決して、好みはしないのだが、モエ子さんのコーヒーばかりは、抵抗の力を失った。

そして、一夜の縁で、二人は、わりない仲となったのだけれど、モエ子にコーヒーの特技がなかったら、そんな機会が生まれたか、どうか。ことによったら、勉君は、彼女のコーヒーにありつくために、結婚したのではないかと、臆測も生まれるのである。

それほどに、モエ子の腕前を、信頼してる勉君であるから、ちっとやそっとのことで、細君のコーヒーに、難くせつける気にはならないのである。そういえば、この一カ月ばかりの間に、コーヒーの味が、ほんの少しばかり、水っぽかったり、香気が落ちたりしたことが、ないでもなかったが、それと、口に出していう気には、ならなかったのである。

しかし、今朝のコーヒーは、断然、まずい。香気《アロマ》も、風味《フレーバー》も、乏しいばかりか、芋の焦げたような、悪臭さえある。色だって、濁りがある。

「こんなもの、飲まないよ」

勉君は、コーヒー茶碗《ぢゃわん》を、遠ざけた。

それは、年上の女房を持つ若い良人の我儘《わがまま》や、甘ったれた威張り方とも、少しちがっていた。やはり、細君のコーヒーに対する最高の鑑賞家として、厳正な態度を示した、というべきであろう。

そういわれると、モエ子の方でも、少し、自信がなくなってきた。手を抜いた覚えはなくても、コシ袋の中に、何か、イヤな臭いのするものでも、飛び込んだのかとも、思った。コーヒーのコシ袋は、乾かすと、異臭が出るので、いつも、水の中に浸してあるのだが、その中に、洗剤の泡でも入ったのか――

彼女は、自分のカップに、口をつけてみた。

「あら、ほんと！　ほんとに、まずい……」

彼女は、小首を傾けた。そのように、彼女は、勉君に対しては、決して、強情な妻ではなかった。

「ね、まずいだろう」

「どうしたんだろう、ほんとに……」

彼女は、舌の上で、そのまずさを、研究していた。異臭物の入ったまずさとも、ちがっている。初心者が、悪い豆を、悪い手順で、入れた時のような味だった。つまり、芋の焦げたような臭いと、味だった。

「おかしいわね。もう一度、いれ直してくるわ」

と、モエ子が立ち上ろうとするのを、

「待ち給え」

と、勉君が止めた。

コーヒーを入れる時には、その日の天候――つまり温度や湿度が、強く支配するばかりでなく、器具が陶器でなく、金属の場合は、そのカナ気だの、コシ袋の布臭だの、いちいち響いてくるほど、微妙なものである。しかも、そういうことに、最大の注意を払っても、まだ、思うような味が、出ないこともある。

心理！

コーヒーのいれ手の気持まで、味を支配するのだから、かなわない。

「君、ちょっと、聞くがね……」

勉君の声が、急に、詰問《きつもん》的になった。

「君は丹野アンナのことを、考えてたな」

すると、モエ子の顔が、朝日のように、赤くなった。

丹野アンナというのは、まだ、年若い女性であって、劇団〝新潮〟の研究生である。もっとも、研究生のうちでは、古株の方で、来年あたりは、劇団員に昇格するだろう。

本名は、丹野安子というのだが、誰もヤスコと呼ぶ者がなく、アンコ、アンコといわれてるうちに、彼女は、奮然として、アンナという芸名を、名乗ってしまった。丹野アンナ、いい芸名である。しかし、混血児でも何でもない。

アンナは、人好きのする性格で、摩擦の多い劇団生活の中でも、争いを起したことはなかった。でも、どちらかといえば、男性の劇団員の間で評判がよく、先輩の女優たちに、憎まれるというほどではなくても、少し、軽んじられる傾きがあった。

「あの子、少し、イカれてるんじゃない？」

そういう風に、いわれるのである。

アンナは関西生まれで、新劇熱に浮かされてから、東京の伯母のもとに身を寄せるようになったので、言葉のどこかに、あちらのナマリがある。勿論、研究生といえども、役者の卵であって、その卵のうちから、テレビ局では、遠慮なく（というより、出演料が安いので）手をのばすのであるが、そういう場合に、彼女は、立派に標準語を使いこなす。聴視者には、彼女の関西ナマリは気がつかないだろう。でも、どこか、甘ッたるい、舌足らずな調子は、耳に残る。そこが、かえって、彼女の魅力となって、研究生としては、テレビの売れ口のいい方なのだが、そういうことも、先輩の女優には、好感を持たれない。

といって、それも、知れたものである。嫉視《しっし》だなんて、程度のものではない。何しろ、まだ研究生であって、位置が低い。誰に向っても、先生、先生と、呼ばねばならぬ身分である。その上、生来の楽天家というのか、いつも、下ぶくれの顔を、ニコニコさせながら、甘ッたれた関西ナマリで、話しかける。彼女の怒ったところを、誰も見たことがない。喫茶店でも、ビヤ・ホールでも、誘われて、イヤといったことがない。

まず〝可愛い女〟なのである。顔だって、美人とはいえないまでも、あどけない色っぽさがあり、体の均勢も悪くない。好感のもてる肉体というのは、女優として、有利な条件である。

ただ、唯一の難点（美点のことかも知れない）は、新劇が好きで、好きでたまらないことである。好きというより、狐とか、犬神とかいうものにツカれた状態であって、一つの物狂いである。新劇のためなら、何をささげても悔いない。すでに、彼女は、両親の愛も、世間的幸福の機会も、新劇のために捨て去った――と、信じている。自分を、新劇の殉教者と思って、その誇りに生きてる。ブレヒトとか、ヨネスコとかいう人の本ばかり読んで、週刊雑誌は、一度も買ったことがない。

そこが、塔之本勉君の眼にとまったのである。こんな優秀な研究生は、見たことがないし、ことによったら、大女優の卵ではないかと、信ずるに至った。

勉君は、役者ではなくても、劇団員であるから、赤坂の檜町にある〝新潮〟の稽古場へ、よく姿を現わすのであるが、いつも、ムッツリして、仕事の話の外は、口をきかなかった。

彼は、決して、厭人《えんじん》的な性格ではないのだが、早くいうと、劇団の空気が、気に入らないのである。

この劇団は、数人の幹部俳優が中心となって、運営されているのだが、どれも、新劇三十年の経歴の所有者であって、技術の点では水準を抜いていても、もう五十を越したジイさんバアさんであるから、理想だの、情熱だのに、カッカと燃え上る連中ではない。彼等とても、三十年前には、カッカと燃え上ったことがあるだけに、そういう所業を、何か、幼稚なものと考える傾向がある。

のみならず、劇団経営の上からいっても、難解な内外の新戯曲ばかり演じていては、入場者が少くて、ソロバンがとれない。といって、新劇団のカンバンがあるから、時には、今度、勉君が装置を担当しているフランス前衛劇の〝河馬《かば》〟のようなのも、上演しなければならぬが、幹部連中は、そういうものには、出演しない。中堅から若手の役者は、まだ、カッカと燃えてる最中であるから、待ってました、とハリきるのである。

それを見てもわかる通り、劇団〝新潮〟は、二つの潮流に分れているのである。いってみれば、旧潮と新潮が渦まいてるのだが、何といっても、勢力を握っているのは、旧潮の方である。彼等は、技術の点で、世間の信用を博してるばかりでなく、経営権を持ってるのだから強い。劇団の空気は、どうしても、彼等に支配されるのである。

その空気が、勉君には、何ともやりきれない。勉君は、実にガンコな、新劇精神の遵《じゅん》奉者《ぼうしゃ》であるから、プロ気取りの幹部連中の態度が、不潔でならないのである。従って、稽古場へくると、ダンマリになるが、中堅や若手の役者たちと、一歩外へ出ると、人がちがったように、快活になり、オシャベリになる。喫茶店とか、おでん屋のようなところで、酒も飲まずに、大気焰《だいきえん》をあげるのである。

その気焰に、すっかり共鳴したのが、丹野アンナなのである。研究生だって、劇団員のお供をして、お茶ぐらい飲みにいくのだが、大がい、小さくなって、先輩の意見を傾聴しているのに、彼女は、大胆な発言をした。

「まア、ベンちゃん、すてき！」

勉君の劇団内の通り名は、〝ベンちゃん〟であるが、その名で呼びかけるのは、彼の先輩か同輩である。まだ、研究生のチンピラのくせにアンナが口をすべらせたのである。しかし、そのいい方が、いかにも率直である上に、もちまえの関西ナマリも手伝って、一向、ナマイキに聞えなかった。それで、皆の者が、ドッと笑った。それにも臆せず、彼女は勉君に負けない熱弁で、演劇の理想を叫び始めたのである。

それが、今から、ざっと一年前の話なのだが、勉君は、丹野アンナに興味をいだき、お茶に誘ったり、自宅に呼んだり度々、二人だけの時間を、もつようになった。

二人だけの時間といっても、早合点はこまるのであって、話といえば、いつも、演劇談であるし、また、勉君の態度は、戦前の教師のように、高圧的であり、アンナも、研究生らしい腰の低さで、色っぽいムードの湧くには、遠い間隔だった。

どうやら、勉君は、自分が舞台装置家という職分を忘れ、前途ありげな女優の卵を、一羽の美しい牝鶏《めんどり》に育てあげる大望を、起したかと、思われた。

「ねえ、君、テレビなんか、出ちゃダメだよ。演技の基礎もできてないのに……」

「ええ、でも、出演しながら、そういうもの身につけること、できないでしょうか」

「ダメ、ダメ。君たち――ことに君は、純白なんだ。シミ一つつけても、惜しいよ。坂井モエ子みたいに、シミだらけになっちゃ、おしまいだ」

勉君は、自分の細君のことを、頭ごなしにした。

「そうね、坂井さんは、通俗ね」

アンナも、勉君とモエ子の関係を、忘れたようなことを、口にした。

「だから、テレビなぞ、出ちゃいかん。君が、将来、〝新潮〟の舞台で売出すようになっても、出ちゃいかん」

「はい、そうします」

二人の会話といったら、いつも、そんなところである。

しかし、仲間の評判は、どうも先きぐりをする。

「ベンちゃん、いやに、若いところへ、眼をつけたね」

「あいつ、おばあちゃんと暮してるから、どうしても、青い果実に、手が出るんだよ」

青い果実なんていっても、アンナは十九にもなるのだが、研究生という身分が、年若く感じさせるのだろう。

マジメで、ガンコな勉君と、甘ッたるくて、ツミのないアンナとの取り合わせは、面白いと見えて、とかく、仲間の口の端に上った。それに劇団〝新潮〟は、とかく劇団員同士の恋愛と結婚が多いので、自給自足劇団とか、共食い劇団とか、異名を持ってるのである。稽古場からの帰りに、どうも、あの二人は、一緒に姿を消すようだと、人の噂が立って、半年もすると、結婚披露の案内状が、舞いこんでくるというのが、例であった。

もっとも、勉君の場合は、レッキとした細君があるので、そう簡単に、案内状も出せないだろうが、それだけに、ことの納まりに興味が多いらしく、かえって、噂は高くなった。

それが、坂井モエ子の耳に入ったのである。テレビ局の出演者控室には、彼女のような、専門のタレントばかりではなく、荒かせぎの新劇役者も、大勢出入りするのである。坂井モエ子は、良人と若い女性の噂を聞いても、

「あら、そう。ベンちゃん、なかなか、やるわね」

と、他人事《ひとごと》のようなことをいった。

それを、マケオシミといって、いえないことはないだろう。彼女だって、勉君が良人の貞操を守って、他の女には眼もくれない方が、うれしいにきまっている。

でも、彼らは、ちょっと、風変りな夫婦なので、細君がだいぶ年上であるし、良人は、半扶養家族である点も、世間とちがってるが、二人とも、芸術の世界に住んでることも、考えねばならない。反俗ということが、大切にされるこの世界では、ものの考え方も、世間とちがうのである。

べつに、その約束を交わしたわけではないが、最初から、二人は、自由な夫婦のつもりだった。偕老同穴《かいろうどうけつ》だとか、一心同体とかいうことは、てんで考えなかった。二人が一緒にいるのは、愛情の継続してる期間内で、その油が切れれば、関係も切れるのが当然であり、また、継続してはならぬものと、考えていた。従って、ヤキモチということは、愚行であり、ひどく通俗的でもあった。

そういうきまりになっているから、モエ子は、噂ぐらいで、すぐ、髪を逆立てることはできなかった。噂がホントとしても、同じことだった。

「こんなことは、いつか起きると、思っていたわ」

その覚悟は、以前から、持たないことはなかった。ただ、勉君が、十年近い間に、一度も、その覚悟を、用立たせなかっただけのことだ。

その上、彼女は、自分の唇が、飛びぬけて大きいことも、男のようにカン骨の張ってることも、それやこれやで、色気のないオバサン役で、今の位置を獲《う》るに至ったことも、よく知っている。そういう自分が、ヤキモチをやいて、騒ぎ立てたら、世間の人が、どんな風に笑うかも、よく知っていた。

「そうなのよ。だから、ジッと、落ちついて、ベンちゃんの様子を、見るのよ。それで、あの人、ほんとに、その女にホれちまったとなったら、その時は……」

モエ子は、そのように、自分にいってきかせながら、ちょっと、言葉がつかえた。

その時はどうするか。

彼女の鼻の奥が、ツンと、カラシのきいたホット・ドッグを、食った時のように、痛くなった。

「その時は、呉れてやるわよ。いさぎよく……」

その結論は、悲しいけれど、仕方がない。年上の女房という弱味もあるが、それより大きな弱味も、彼女は持ってる。

かりに、勉君が血道《ちみち》をあげる対手が、バーの女でもあったら、彼女は、容赦しないだろう。ツヅミを鳴らして、彼の不信と低劣さを、責めることができる。けれども、芸術の理想の共鳴によって、結ばれた二人であったら、仲を裂くことはできない。二人は、錦の御旗を持ってる。

モエ子は、新劇の足を洗って、テレビのタレントとして栄えているのだから、古巣のことなぞ、忘れてしまえばいいのに、今だに、自分は、賊軍に投降したように、考えてる。そして、心の中では、新劇という官軍を、あがめ奉ってる。これが、彼女の大きな弱味である。

勉君を扶養する理由だって、そこにあるので、彼がただの美青年だったら、一口、味わっただけで、吐き出した方が、彼女のソロバンに合うのである。彼が新劇で苦労してると、思えばこそ、十年近くも、面倒を見てるのである。

そして、一途に、疑いもかけられないのは、今度の噂が始まってからも、彼の態度が、堂々としていることである。丹野アンナを、アパートへ連れ込み、モエ子にも平気で紹介するのである。アンナも、また、一向に悪びれないで、モエ子の前で、勉君の肩に、手をかけたりするのである。

「ことによったら噂はデマで、すべては、あたしの思い過ごしじゃないか知ら……」

そう考えられる点も、充分にあるのである。

でも、昨夜、一緒にお茶を飲んだ〝新潮〟のある女優は、

「ベンちゃんたら、今年の〝河馬〟の端役《はやく》に、丹野さんを出そうとして、大工作やってんのよ」

と、モエ子にささやいた。

こうなると、迷うほかない。

モエ子のような女でなくても、女が一番弱くなるのは、迷いの時期である。シッポがつかまえられない時期ほど、女が弱くなることはない。

今朝だって、何も、勉君とアンナのことばかり、考えてたわけでもないのだが、どこか、心が乱れ、手が狂っていたのだろう。

「こんなもの、飲まないよ」

と、勉君にいわれるほどのコーヒーを、いれてしまった。

そればかりではない。

「君は、丹野アンナのことを、考えていたな」

と、勉君は、図星を指したのである。コーヒーの鑑賞力のみならず、読心術の方も、

優秀の腕前らしかった。

モエ子は、飛び上るほど驚いた。

「まア、ベンちゃんたら……」

彼女がハッキリ意識しなかった心の底まで、見透《とお》されたのである。

「どうだ、それにちがいないだろう」

「そうね、そういわれれば、そうね」

二人の間に、隠しごとはしない申し合わせなのである。

しかし、モエ子は、なぜ、勉君がそんなことをいい出したか、不審だった。あんな噂に、自ら触れるのは、彼の不利ではないか。それとも、噂を否定するためなのか。

「君、アンナちゃんとぼくと、怪しいと思ってんの」

彼は、どうやら、弁解する人の口調を見せた。

「そうでもないけれど……」

そういって置くのが、一番、安全だった。

「でも、怪しいと思うんなら、思ってもいいんだよ」

「どうして？」

「今までは、何でもなかったんだが、これからは、わからなくなったんだ」

ここが、勉君の正直なところであって、必要以上のことまで、洗いざらい、いってしまうのである。

「それア、未来のことは、誰にも……」

「いや、極めて近い未来——今日の午後あたり、わからないんだ。デートすることになってるからね」

「そう、見込みは、どうなの」

彼女は、やや、冗談めかした。

「それがだね、急激に、恋愛感情が爆発するとは、信じられないにしてもだね、何しろ、ぼくも、生活革命をやらなければならない必要に、せまられてるしね……」

勉君は、わけのわからないことをいったが、どこまでも、マジメな調子だった。

「生活革命？」

「そうなんだ。今のままじゃ、ぼく、腐敗してしまうよ。この温室の無刺戟な空気が、堪えられなくなったんだ。ぼくは、外へ出たいんだ……」

勉君は、沈痛な声で、ゼイタクなことをいった。しかし、モエ子は、優しかった。

「わかるわ、その気持……。でも、その気持と、アンナちゃんとの間に、何の関係があるの」

「それがだね、つまり、彼女は、外からの呼び声であって……」

「ベンちゃん、隠さずにいってよ、あんた、あたしに、飽きたのね」

精一杯の努力で、彼女は、その言葉を口にした。涙が、たまってきた。

ところが、勉君は平然として、

「それもある……」

亡妻屋

　坂井モエ子ばかりではない。芸能人というものは、ハナヤカな生活をしてるくせに、大変、孤独なものである。友人といえば、たいてい、競争者であり、知人は、職業上の関係者にとどまる。ほんとの相談対手《あいて》を持ってる芸能人は非常に少い。

　坂井モエ子が、塔之本勉《とうのもとつとむ》君と結婚したのも、自分だけは孤独でありたくないと、切なる願いからであったが、その勉君が、あからさまにいった一言が、胸にこたえた。

「それもある……」

　ずいぶん、ひどい一言ではないか。モエ子としては、自分に飽きたのではないかと、先きぐりをして、聞いたのだから、無論、〝否〟という返事を期待したのである。

　勉君は、ハッキリしたものいいを、好むといっても、そんな、明確な愛想づかしは、結婚以来、初めてのことだった。

　久振りで――つまり、八年振りで、彼女は、孤独という古い友人に、お目にかかった。結婚前は、毎日のように会っていた友人である。だから、彼女も、腰を抜かすほどの打撃を、受けたわけではない。女の身で、芸能の世界に立つ人間だから、どこか、意地は強いのだろう。

でも、慣れ切った連続ドラマに出てるのに、セリフをトチるとか、アパートに帰って、一人だけの時に、ソファに身を投げ出して、シクシク泣くぐらいのことは、免れなかった。もっとも、男にそむかれて、泣くという役は、彼女によく回ってくるので、泣いていると、芸をやってるようで、本気になれないところもあったが、涙の出ることだけが、ちがっていた。

「八つも、年の下の人と一緒になるなんて、初めッから、まちがっていたんだわ。いさぎよく、ベンちゃんは、アンナにくれてやって、昔のあたしに返れば、いいんだわ」

彼女はそう思う。しかし、どうも、腹の虫が承知しないようで、決断がつかないのである。

丹野アンナのような小娘に、男をとられてという気持も、あるのだろう。いくらアンナが、芸術という錦の御旗をかついでいたって、本心は、それほど、怖れているわけでもない。むしろ、対手が小娘で、敵として貫目《かんめ》が不足なのが、腹立たしいのである。それに、勉君と別れて、独身時代に帰れば、生活上、経済上、有利な点も、いろいろあるのである。

「だから、いさぎよく……」

とは思うのだが、それが、なかなか、実行できない。あの勉君の残酷な言葉を聞いてから、一週間もたつのに、彼女は、クヨクヨと思いに沈むだけで、一向に、決心がつかなかった。勉君の方では、ケロリとした顔で、極めて冷静にコーヒーの文句ばかりいってる。

「そうだわ、あたし、菅《すが》さんのところへ、相談に行ってみよう」

モエ子が思いついた相談対手というのは、菅貫一《すがかんいち》のことであるが、この男と彼女の関係は、日本可否会から始まった。

日本可否会（通称、可否会）というのは、新興宗教めいた名前であるが、実は、コーヒー好き、コーヒー通の集まりに過ぎない。コーヒーの漢字は、普通、珈琲と書くが、その他に、嗜呸、迦兮、可喜、過稀、骨非なぞ、無数の宛て字がある。もともと中国にも、日本にも、なかった品物であるから、文字だって、いい加減のものである。これは、欧米も同じことであって、カフェだの、コフィだの、コフェだのと、国によって呼び名も異る。

そして、菅貫一が、自分たちの集まりに、可否の字を採用したのは、必ずしも、彼の創意ではなかった。明治二十一年に、鄭という中国人が、東京下谷黒門町に、日本最初のコーヒー店を開業したが、その時の店名が、可否茶館であった。コーヒーの宛て字に、〝可否〟が用いられたのも、この時が最初である。

「いいねえ、可否というのは……。どうも、他の宛て字は、字劃《じかく》が多くていけないが、可否が、一番サッパリしているよ。それに、コーヒーなんてものは、可否のどちらかだからな。われわれ同志が、いつも探求してるのは、味の可否であって、アイマイは許されない。どうしても、これは、可否だよ……」

と、菅貫一は、命名選定の集まりの時に、熱心に主張した。

一体、そんな会を起す発議をしたのも、彼であり、コーヒーの著書なぞ出してるウルサ型でもあり、他の連中は、名前なぞどうでもいいという考えだったから、一も二もなく、可否会にきまった。

「ただ可否会じゃ、ヘンテツもないから、大きく、日本可否会と行きたいね。まったくの話、日本で、コーヒーのわかるのは、この五人ぐらいのもんだからね」

と、菅のいうとおり、会員というのは、五名だけなのである。その五名も、会ができる前から、お互いのいれたコーヒーを、飲み合って、愉しんでいた五名なのである。その中に、坂井モエ子が入っていたのは、いうまでもない。

その他、洋画家の大久保四郎、大学教授の中村恒徳、もう一人、変り種として、春遊亭珍馬（本名、的場半造）がいる。落語家だって洋服も着れば、コーヒーも飲む。ただ、飲むばかりではない。豆の鑑識も、いれ方の講釈も、ひどく、うるさい男である。

合計が五名の会員だが、少いのを誇りとして、めったに新会員を受入れない。神戸には、相当の通がいるらしいのを知っても、絶対に勧誘しない。そして、日本のコーヒー通は、可否会会員のみと自負して、高い垣根をめぐらしてるのみならず、会の内規にも、会員の資格は、純正アマチュアに限ると、定めてある。コーヒー問屋や、コーヒー店の主人で、コーヒーの鑑識を誇る連中を、眼下に見降《みくだ》す量見《りょうけん》からである。私心や利心のあるところに、コーヒーの真味が解し得るか――

たかが、コーヒー一杯、そんなムキにならなくてもと、いおうもんなら、可否会の連中の誰もが、赤くなって怒るだろうが、中でも菅貫一は、対手の胸倉をとるぐらいのことは、やりかねない。

それほどの狂信家に似合わず、彼は四谷で生まれ、四谷で育ち、今もそこに住んでる江戸ッ子である。もっとも、四谷は江戸の外れであって、地価も安かったにちがいなく、先々代から買い込んだ地所が莫大で、その地代の上りだけで、中流以上の生活を続けている。彼も私大を出たものの、五十一になる今日まで、月給というものをもらった経験がない。人に雇われたことがないくらいだから、どうも、根性がお坊ちゃんである。自分では、相当の苦労人のつもりらしいが、まず、横丁の隠居の現代版に過ぎない。

彼は、若い時から、コーヒーにコリはじめ、日に何度も、名ある店を飲み歩いていたが、フランス帰りの男から、一人前用の軽便なドリップ用器を貰ってから、自分でコーヒーをいれることを覚え、ほんとの病みつきとなった。まず、材料の豆の鑑別、炒《い》り方といれ方の研究、そして、道具の蒐集《しゅうしゅう》と、一通りのことをやってるうちに、自分でいれるコーヒーが、最も、うまくなってきた。

これが危険信号であって、コーヒー狂という狂人が、最初に経験する症状である。水仙という花は、水に映った自分の立ち姿に、見惚れるというが、自分のいれたコーヒーの味が、シミジミと、おいしくて、市販のものなぞ、口にできないという気持になる。

それもそのはずであって、自分でコーヒーを入れる時には、コーヒーを飲みたい要求があり、また、自宅という静かな環境がある。少しぐらい、ヘタにいれたって、うまく飲める条件が、そろってるのであるが、ご当人は、自分の腕だと、信じてしまう。

コーヒーは、それほど心境や環境に、影響されるせいか、コーヒー通、コーヒー狂には、とかく、精神主義者が多い。中でも、菅貫一は、教祖的傾向が強く、コーヒー豆を生き物として扱い、うまくコーヒーをいれるのは、愛情であり、奉仕であると考えてる。また、道具の扱い方、湯の注ぎ方、そして、口へ持っていく仕草にも、森厳《しんげん》な作法がなければならぬとまで、考えてる。

最後に、コーヒーを味わう目的は、俗念を洗うためであり、清澄な感情と思考を喚起して、自己の人生を高めるためと、信じてる。コーヒーをいれる方法が芸術だとするならば、飲む目的は、宗教に近いと、考えてる。

「そこまで、コーヒーのことを考えてるのは、欧米人にはいないだろう。彼等はコーヒーを飲むだけで、心で味わおうとする奴はいない。コーヒーのいれ方だって、今では、日本の方が、水準が高いんだ。アメリカ人なんか、東京のコーヒーを飲んで、腰を抜かしてるよ。もう、コーヒーの本場は、日本だね。そして、日本のコーヒーの宗家《そうけ》は……」

それは、彼自身の他に、見当らなかった。

菅貫一が、そんな、教祖じみた性格になったのも、実をいうと、十年前に、細君に死なれてからのことである。

細君はミヤ子といって、やはり四谷の大きな炭問屋の娘だったが、美人で、悧巧者で、よく彼に仕えた。彼も、細君を愛した。細君は、彼の最初のコーヒーの弟子であって、コーヒーに関することは、何でも教え、細君のいれるコーヒーなら、彼も、自分のいれるコーヒーの次ぎに、満足した。

その愛妻が、ポックリ病死してから、彼は、後妻のすすめは、一切ことわって、大学生の息子と二人で、暮してる。家事の方は、出戻りの妹が、とりしきってくれてるから、心配はないが、何かというと、彼は、死んだ細君の自慢話を始める。

「亡妻は、水のことを、よく知ってたね。どんな水が、コーヒーに合うか、実に、ピタリと、当てたね。あれだけは、感心だった……」

そんなことばかりいうものだから、可否会の会員も、表面では、会長と呼んでも、蔭に回ると〝亡妻屋〟と、悪口をいった。

細君の死んだのは、可否会の成立以前だったが、彼のコーヒー熱は、その時から倍加した。それまでは道楽で、それからは発狂と、ハッキリ区別ができた。あまりのキチガイ振りに、周囲では、

「貫一さんも、奥さんに死なれた寂しさを、あれで、まぎらせてるんだね。考えてみれば、気の毒なもんだよ」

と、同情したが、中には、

「コーヒー仲間で、よく遊びにくる、坂井モエ子って女優がいるだろう。あれと、どうも、怪しいんじゃないかね」

なぞと、気を回す者もあった。

そういえば、坂井モエ子は、可否会のできる前から、菅の家へ出入りして、貫一の気に入られていた。人嫌いの傾向のある彼が、モエ子のようなガラガラした女に、笑顔を見せるのも、不思議だったが、一つには、彼女のコーヒー技術を、高く評価してるからだろう。

「あの人は、ほんとに、コーヒーを知ってる……」

彼は、よく、モエ子のいれたコーヒーを、賞めた。無論、自分のいれるコーヒーほど、うまいとは思わなかったが、また、死んだ細君の腕にも及ばないと考えたが、つまり、三番目の名手は、モエ子であることを、確認していた。

しかし、周囲の噂のように、モエ子に気があるか、どうか、問題であった。第一に、死んだ細君のミヤ子は、評判の美人であったのに、モエ子とくると、女優でありながら、十人並み以下である。まず、珍女優という方で、売出してるのである。それに、菅が彼女を可愛がるといっても、実の妹を可愛がるような調子があった。

とはいっても、男女のことはわからない。年齢の点では、彼女は、彼の後妻に好適だし、名前も、モエ子とミヤ子で、わずかの違いである。

その菅貫一《すがかんいち》を、訪ねるために、モエ子は、赤坂のテレビ局へ行く前の二時間を割いた。彼女のような忙がしい人間は、いくら大切な用向きでも、それだけの目的で、家を出るわけにはいかなかった。

四谷三丁目で、地下鉄を降りて、明るい地上へ出ると、もう歳末の飾りを始めた商店なぞも、眼についた。

「いやだわ、また、年をとるの……」

大正生まれの女性であれば、習慣上、正月に年をとるものと考えがちだが、年をとるというのは、いつであっても迷惑なことだった。

菅の家は、電車通りから入って、幾曲りもする横丁にあった。特に宏壮《こうそう》な住宅も見当らないといっても、総理大臣だって、この界隈に住んでるのである。明治時代の伊藤や山県とちがって、今どきの首相は、コーヒー会の会長と、あまり変らない家屋に住み、税金も同じくらいしか払わない。

横丁の隠居らしくもなく、菅の家は、洋風玄関で、脇に、ヒマラヤ杉が植わっていた。モルタル仕立ての、四、五十坪ほどの二階家で、冬のせいもあろうが、どの窓も閉ざされて、シンとした気配だった。

ベルを押して、出てきた女中さんに、

「さきほど、お電話して置きましたが……」

というと、すぐ、奥へ通してくれた。

普通、可否会の会員は、応接間へ通されるのだが、モエ子は、いつも、茶の間だった。その特別待遇が怪しいといえば、それまでだが、菅にいわせれば、モエ子がくると、コーヒー道具を持ち出す場合が多いので、茶の間が便利ということになった。

「やア、入らっしゃい……」

薄くなった頭を、坊主刈りにして、袖なしの茶羽織を着た姿は、剣道師範のようで、コーヒーと縁がなかったが、短い口ヒゲと、強い近眼鏡とが、少し近代味を補っていた。

「お寒くなりまして……」

モエ子は、お辞儀をしてから、ナイロン靴下の太い膝頭《ひざがしら》を、座布団の上に揃えた。

「いや、寒いといっても、どういうもんだか、近年、寒さがズレてきたね。年内がしのぎやすくて、三月がこたえる……。ところで、いつも、ご活躍だね。うちの妹なんか、あんたの出る晩にア、夢中だよ。早く台所仕事をすませて、テレビを見たいもんだから、晩飯をせっつかせて、困るんだ」

「あら、ありがとうございます。お妹さん、お元気ですか」

「ええ、今、買物に行ってるが、じきに帰るでしょう」

それを聞いて、モエ子は、好都合だと考えた。今日、相談にきた問題は、菅だけに聞いてもらいたく、他人の耳をはばかったからである。

「あの、実は……」

モエ子が、用向きを切り出そうとしても、菅は、教祖的人物であって、自分のいいたいことを、先きにいわないと、気が収まらない。

「そういえば、あんたに、是非、聞いてもらいたいことがあるんだ。終戦直後に、群馬コーヒー事件というのがあったのを、ご存じだろう」

「いえ、存じません」

モエ子は、少し、フクレっ面だった。話の糸口を奪われた上に、いつもの長談議を始められては、たまらない。彼女は、わざと側見《わきみ》をして、茶の間の壁の上段を眺めた。ガラス棚の中に、十八世紀ごろからの陶製や金属のコーヒー・ポットや、諸種のコーヒー挽きや、コーヒー茶碗なぞが、ギッシリ列《なら》んでいた。菅の自慢のコレクションだが、モエ子は、コーヒーをいれる特技は持っていても、そういう品物に、何の興味もなかった。

「いや、終戦直後に、コーヒーなぞないはずの日本に、いい豆があって、それで疑獄が起きたんだが……」

「覚えていません」

「実は、亡妻も、偶然、その豆を手に入れて、その時の喜んだ顔つきが、今でも、眼に浮かぶよ」

「はア」

「亡妻は、ほんとうに、コーヒーのわかる女だった……」

「いつも、伺ってます」

「ところで、なぜ、そんないい豆が、あの時分にあったか、このごろ、やっと、わかったんだ」

「そうですか」

「あれは、日本からドイツへ向けて送るコーヒー豆だったんだ。それが、独ソ戦勃発で、輸送不可能になって、日本に逆送されて、軍部が保管したんだが……」

モエ子には、そんなことは、どうでもよかった。菅は一人で面白がって、ドイツがコーヒーを欲しがったのは、ヒットラーの意見だなぞと、いいだした。

「ヒットラーは、コーヒーというものを、軍需品と考えていたらしいんだね。なぜというと、コーヒーは兵隊の士気を昂揚《こうよう》するのみならず、家庭の士気も――つまり、銃後の守りを……」

「家庭の士気って、あるんですか」

モエ子は、横ヤリを入れてやった。

「そうさな。それア、あるだろう。お宅なぞは、塔之本君がお若いから、士気旺盛の方じゃないのかね」

と、菅は、冗談をいったが、モエ子は、渡りに舟と、

「そのベンちゃんのことなんですがね。今日、伺ったのは……。先生、悪いけど、相談に乗って下さらない？」

「へえ、塔之本君が、どうしました。コーヒーでも、飲み過ぎたのかね」

「ええ、まア、いってみれば……。今のお話ですとね」

モエ子も、年の手前、そうムキになって、胸中のモヤモヤを、訴えることもできなかった。わざと、冗談めかしたり、つくり笑いを入れたりして、塔之本の心変りや、対手《あいて》の若い女のことを、一通り、菅に話したのだが、そんな役は、テレビでも慣れてるはずなのに、演技は生硬だった。

それでも、菅は、よく傾聴した。根が、マジメな性格であるし、ことに、夫婦間の問題となると、厳格な意見の持主であって、お座なりがいえないのである。

「なるほどね。そいつは、お困りだろう」

彼は、気の毒そうに、モエ子の顔を見た。

「それがね、先生、あたしだって、決して、ヤボなことをいう気はないんですよ。ベンちゃんが、あたしを捨てて、どうしても、その女のとこへ行きたいっていうんなら……」

「まア、待ちなさい。あんたがた、一緒になって、何年になります?」

「八年ですわ」

「八年ね。ちょっと、年期が足りないかな。あたしとミヤ子は、十九年も一緒にくらしたからね。そこまでくれア、良人にしろ、妻にしろ、ヨロメキなんか、面倒くさくなる。あたしは、夫婦の基礎工事を、大体、十年と見るね。これが、第一期にあたるんだが、あんたのところは、八年とは、心細い……」

「その上、年も、あんなに、ちがってますしね……」

「いや、年は、問題じゃない。新しい女の元祖のR女史のところだって、有終の美をとげてますよ。あんたは、年が上だというヒガミが、少し強いんじゃないのかね」

「なるべく、気にかけないようにしてるんですけど、やっぱり……」

モエ子は涙ぐんだような声を出した。菅と話してると、信頼感と共に、感傷まで湧いてきて、気持が慰められてきた。

「年なんか、忘れちまいなさい。それに、あんたは、若いよ。いや、顔かたちをいうんじゃないが、気持の点で、まるで、少女だからね」

「あら、バカだからですわ」

「バカ結構。つまり、無心の国の住人だ。それで、あんたは、コーヒーをいれるのが、上手なんだよ。コーヒーというやつは、その辺のコーヒー屋のように、慾があっては、うまい味が出ない。そうかといって、慾のないアマチュアでも、知識と理窟で、コーヒーをいれる奴は、やはり、ダメなんだ。やはり、これも、天才を要するんで、モエちゃんなんかは、生まれつきの才能を、持ってるんだな」

それは、お世辞ではなかった。菅はモエ子の腕を、可否会同人の最高と、買ってるので、賞讃を惜しまないのである。

「でも、先生、コーヒーの味を聞くのにも、天才がいるんじゃないか知ら」

味を〝聞く〟というのは、仲間うちの言葉だったが、モエ子は、塔之本のことを、考えていた。

「それア、味聞き専門の天才だって、いるだろうが、あまり、お目にかかったことはないな」

菅は、興味がなさそうだった。

「でも、うちのベンちゃんは、そうなんです。自分じゃ、コーヒー挽き器に、手も触れたこともない人ですけど、味のわかることといったら、すごいの。今度という今度は、あたしも、カブトを脱いじゃった……」

モエ子は、眼を細くして、愛する男のことを、語り出した。

「何だね、鳥の糞から出た豆が、一番うまいとでも、いったのかね。あれア、迷信だがね」

コーヒー通の間に、原産地の小鳥が食べた、コーヒーの実の種子が、未消化のままで、体外に出たのを、最高の豆とする連中がある。べつに、鳥の糞が、味をよくするというわけではないらしい。小鳥は、よく熟して、味の乗ったコーヒーの実を、選択して、食べるらしいから、自然、その種子であるコーヒー豆も、うまい道理であって、まず、筋は通っているが、あまり、キレイな話ではない。

「あら、そんな悪趣味ないわよ、うちのベンちゃん……。もっと、精神的な、霊的な味の聞き方を、やってのけたのよ。誰だって、驚くわ。先生だって、驚くわ」

モエ子は、声を高くした。

「霊的？」

「そうよ、感覚以上の感能力《かんのうりょく》を出したのよ」

そして、彼女は、あの朝のことを、語り出した。

塔之本は、最初、コーヒーがまずいといった。これは、彼の優秀な鑑賞力や、鋭敏な感覚を、証明するのであるが、

「君、アンナのことを、考えてるね」

と、図星を指したのは、もはや、第六感の問題ではないか――

「先生、あたし、ほんとに、心の中で、ヤキモチやきながら、コーヒーいれてたのよ。だって、その前の晩に、いろいろ、噂聞いちゃったんですもの……。それを、ズバリと、当てたわよ。コーヒーが、お芋の皮の焦げたような匂いが、するんですって……。あたしの普段いれるコーヒーと、まるで、ちがった味が、するんですって……。あたし、怖くなっちまったわ。なんて、舌の鋭い人だか、なんて、カンのいい人だか……いいえ、それまでも、コーヒーの味のよくわかる人だってことは、よく、知ってましたけどね……」

モエ子が、塔之本勉君のノロケを、列《なら》べたがることは、仲間うちでも評判であったが、それは、いつも、彼の舞台美術や才能や、精進振りについての賞讃であったのに、今日は、可否会の会長が対手だから、方針を変えたのであろう。

そんなノロケを聞かされて、菅は、ニヤニヤするかと、思ったら、次第に、顔つきが、真剣になってきた。そして、モエ子の言葉が、切れるのを、待ちかねて、

「天才だ、ほんとの天才だ！」

と、叫び声を出した。

「それア、あんた、実に、珍らしい人だよ。そこまで、コーヒーの味が〝聞ける〟人ってのは、あたしも、曾《かつ》て、知りません。外国の文献を見ると、昔は、コーヒーの味で、翌日の天気を当てるとか、吉凶をうらなうとか、出ているが、塔之本君の場合は、味を聞いて、あんたの心理の内容まで、洞察《どうさつ》したんだからね。しかも、これは現代において、あたしたちの眼の前で起った事実だ。これは、恐れ入るほかはない。よくも、そこまで、味がわかったもんです。それにしても、コーヒーという飲みものの恐ろしさよ……。コーヒーは、何事をも、感じる。何事をも、伝える……」

菅は、よほど、モエ子の話に、打たれたらしかった。

「ほんと！　コーヒーも、恐ろしいけど、その伝えたものを、キャッチする人の感覚は、なお恐ろしいわ」

モエ子は、勉君のことで、頭が一ぱいだった。

「その通り……。だから、もう、問題はないですよ」

菅は、空気を払うような、手つきをした。

「何がですの」

「あんたが身をひくの、対手の女に、塔之本君をゆずるのなんてことは、まるで、問題にならない……」

「なぜです」

「なぜって、そんなにコーヒーの味のわかる良人が、他にいますか。あんた、塔之本君と別れたら、自転車の車輪が、一つ無くなったようなもんだ。いいかね、あんたは、コーヒーをいれる方にかけては、ザラにはいない名人だ。亡妻の次ぎには、あんたですよ。その名人が、天才といっていい飲み手と、夫婦になったんだ。これは、好一対です。世界じゅう探したって、そんな、恵まれた夫婦は、ありっこない。別れるとは、何事です」

「だって、先生、対手に好きな人ができて……」

「あんたは、まだ、コーヒーの道に、ほんとに入りこまないから、そんなことをいう。浮気は一時だが、こっちの道は、永遠ですよ。恋愛なんかの魅力と、一緒になるもんですか。塔之本君だって、必ず、そのうちに、眼がさめます」

「でも、あたし、もうお婆さんだし……」

「なアに、年と共に、コーヒーの腕も上るんだ。亡妻も、そうだった。あたしの鑑賞力も、そうだった。いや……坂井君、あたしは、今でも、これは、うまくコーヒーの味が出たと思う時は、仏壇に供えることにしてますよ」

「まア、なんて、おやさしい……」

「コーヒーで結ばれた夫婦っていうものは、そういうものなんだ」

「でも、あたしんところは、新劇で結ばれた夫婦で……」

「いや、お宅こそ、ほんとのコーヒー夫婦だね。新劇は、二の次ぎ……。ねえ、あんたは、絶対に、塔之本君を放しちゃいかんよ。あたしも、是非、あの人を可否会に、加入させたいんだ……」

テレビ病

モエ子は、すっかり気分が変って、菅《すが》の邸を出た。来た時は、菅の意見次第では、勉君と別れる気でいたのである。少くとも、そのような決心を、自分に命じていたのである。

ところが、菅と話してるうちに、すべては、自分の思い過ごしにすぎないと、思うようになった。

「ベンちゃんは、誠実があり過ぎて、針ほどのことを、棒ほど大きくいったのかも、知れないわ。丹野アンナは、まだ子供だし、ベンちゃんを、あたしから奪おうなんて、野心も、腕も、考えられないじゃないの。それに、あたしとベンちゃんの年は、八つちがうけれど、アンナは、ベンちゃんより十六も若いんだわ。年だって、開き過ぎてるわよ。やっぱり、芸術上の意見が合うというだけで、深い関係には、入ってないんじゃないか知ら……」

そんな風に、考えが変ってきたのである。もっとも、年の勘定では、彼女は、大きな誤謬を犯していた。数字の点では、まちがいはなかったが、彼女と勉君は、男の方が年下であり、彼とアンナは、その逆で、女の方が若いということである。十六ぐらい年長の良人は、ずいぶん世間にあるし、内縁関係では、その十倍ぐらいにのぼるだろう。そして、男というものは、十六も若い女を、妻なり、情婦なりに持っても、一向、苦にしない性質を持ってる。

モエ子は、その点を、忘れていた。

また、彼女は、菅の意見というものも、多少、とりちがえて、聞いていたようだった。

「あんたは、絶対に、塔之本《とうのもと》君を放しちゃいかんよ」

なるほど、彼は、そう強調したが、それは、驚くべきコーヒーの鑑賞家としての塔之本君を、彼自身の傘下に、おさめたい気もあったろう。勿論、モエ子の家庭的幸福も考慮したにちがいないが、彼は、いつも、コーヒーのことばかり、考えてる男である。それに、アンナの問題については、モエ子から、サンザン聞かされたにかかわらず、フンフンと、ナマ返事をするだけで、あまり、耳にかけていなかった。彼は、亡妻への慕情は、人一倍だが、他人の情事なぞには、興味も理解もないのか。

「モエちゃんも、心配だろうが、彼女は、世帯主なんだから、その女に、追い出される心配もないわけだ。多少のイザコザは忍んで、二人で研究し合って、この上ともに、この道に精進してもらいたいもんだ。まったく、亭主は、近来珍らしい鑑賞家だし、モエちゃんときたら、あれほど筋のいい人は、可否会にもいないのだからな。あたしに万一のことがあれば、家元（彼は、会長の位を、ひそかに、そう呼んでいる）を継いでもらうのは、彼女の他にないんだから……」

というようなことも、考えないではなかったのである。

電車通りで、タクシーを呼びとめたモエ子は、

「赤坂の東部放送……」

と、もの慣れた調子で、乗り込んだ。

気分も直ったし、時間には充分だし、彼女は、一人のテレビ・タレントとして、平常の行動を始めた。

仕事がおそくなって、夜更けにでもなれば、局の車が送ってくれるが、さもない時は、いつもタクシーである。カケモチも多いので、日に三度も、四度も、タクシーに乗るから、車代も、全収入の三割ぐらいに達することもある。一つは、タクシー代を倹約するために、地下鉄の便のある荻窪へ越したのだが、それでも、テクシーだけで用の足りるわけでもなかった。

「あたしも、車、買おうか知ら……」

タクシーに乗る度に、彼女は、そのことを考えるのである。

彼女クラスのタレントでも、自家用車を持ってる者がないではなかった。もっとも、自分で運転してる連中が多いが、彼女には、そのマネができなかった。コーヒーだけは、

天下の名手でも、機械ときたら、ミシンを踏むのさえ、ニガ手だった。その上、冷静沈着ということも、トッサの判断ということも、およそ自動車運転に必要な資格が、彼女に欠けていた。

それで、彼女は、心ひそかに、運転手つきの自家用車という大望を、抱き始めていた。テレビ・タレントでも、スター級には、自分の運転手にドアを開けさせる手合いも、稀《まれ》ではないが、彼女のクラスには、一人もなかった。

それだから、やってみたいのである。仲間を、アッと、いわせたいのである。それに、国産車なら、新車を三台ぐらい買える貯金も、持っていた。

しかし、そう思っても、すぐに実行しないのが、彼女の堅実なところであって、そんなお金があれば、洋行費にとって置く方がと、反省が生まれてくる。

洋行は、彼女の大きな夢の一つだった。洋行といっても、一人で出かけるのではない。ベンちゃんに、外国の新しい舞台装置を、トックリと見学させ、自分も、名ある女優の演技を、眼のあたりに眺めてきたい。そのついでに、各国のコーヒー、ことに、ウインのコーヒーを、飲んできたい。ヨーロッパで、一番コーヒーのうまい都は、ウインであると、可否会の同人から、度々、聞かされているので、一度、その味を試してみたい。

そうなると、運転手つき自家用車の方はあきらめる方が、賢明である。どっちが、身のためとなると、無論、洋行の方ではないか。ベンちゃんだって、その方を、どれほど喜ぶか、知れやしない。

それにしても、仲間をアッといわせることも、ずいぶん魅力に富んでるので、タクシーに乗る度に、彼女は、その誘惑を抑えきれなかった。

「それに、洋行は何といっても、ベンちゃん次第よ」

そんなことを、考えてるうちに、車はいつか、赤坂のテレビ通りを、走っていた。戦前は、花柳界で持っていた土地が、このごろは、ホテル、大キャバレ、そして、モエ子の目ざすT・T・K（東部放送）の大建築ができて、近代色がみなぎってきた。そのT・T・Kだけに出入りする人たちを対手に、喫茶店、レストオラン、マージャン屋、飲み屋なぞが、立派に商売がなりたつので、その付近は、ちょいとした盛り場になっていた。

少し、建築に金をかけ過ぎたという噂もあるくらいで、規模といい、様式といい、T・T・Kは、東京でも、有数の建物だが、その中でつくられるテレビは、ドラマが売りものだった。テレビ局というのは、デパートと同じことで、何でも扱うのではあるが、三越は何がいい、高島屋はかにがいいという点は、おのずから生じるのであって、スポーツ中継を得意とする局、クイズやゲームものが優れてる局があると共に、ドラマものに力を入れる局のあるのは、当然だった。意識的にも、特色を出さないと、競争に負ける。

ドラマ専門の坂井モエ子が、T・T・Kでよく使われるのも、当然の結果だったが、視聴率の高い、連続ホーム・ドラマの〝表通り裏通り〟にも、彼女は、得意の母親役で、長いこと、出演していた。もう一本、中央放送の連続ドラマにも、オバサン役で出ているが、何といっても、〝表通り裏通り〟の母親は、彼女の当り役であって、

「あら、おちかさんが歩いてる……」

素顔の彼女が、買物でもしてる時に、その役の名を、ささやかれることは、何度だか、知れなかった。好人物で、ややガサツなその母親は、よほど、聴視者から好かれてるらしかった。

そういう時に、若い女優は、ツンと、知らぬ顔をしたりするが、モエ子は、しずかに笑みをふくんで、軽く頭を下げた。彼女としては、ちょっと気取るのであるが、それでも、人々には、いい印象を与えるようだった。彼女は、自分がワキ役の役者であり、スターでないことを、よく知っていた。また、新劇出身のくせに、インテリよりも、庶民に人気があることも、知っていた。そういう人気に、対応するためにも、一歩、外へ出たら、ナマイキな表情はできなかった。

T・T・Kのホテルのような玄関は、マジック・ドアがついていた。彼女が入口に立つと、大きな一枚ガラスの扉が、自然に開いたが、奥から出てきた十数名のセーラー服の少女は、見学者にちがいなかった。昔とちがって、テレビ局の見学者は、映画の撮影所よりも、数が多かった。

「あら、〝表通り……〟の坂井モエ子……」

彼女は、すぐ、発見されてしまった。

「お願い、サインしてェ……」

少女たちは、モエ子のまわりを、囲んだ。彼女は、愛想よくといっても、過度にならない用心をして、ボール・ペンをとった。

大勢のタレントが、出入りする場所で、自分だけファンに囲まれるというのは、悪い気持ではなかった。もっとも、少女のファンとしては、寄りつきにくいスターよりも、おなじみの〝オバサン〟のモエ子が、手ごろだったのだろう。

彼女は、ホテルのフロントのような受付へ行って、一覧表を見た。一覧表というのは、その日に、どの部屋で、何時に、稽古や本番の行われるかが、細記されているが、そういうことは、台本にも記入されてるから、おおよそのことは、彼女も知ってるのである。しかし、局へくれば、一覧表を眺めるというのは、彼女の職業的なクセだった。

それに、今日、彼女がきたのは、いつもの〝表通り裏通り〟に、出演するためではなかった。

〝単発〟の十五分ものコメディーの読合せが、あったからだ。映画出の女優や、アチャラカ珍優と共演するのは、そううれしいことではなかったが、こういうものにも出て置かないと、貯金は殖《ふ》えないのである。半分遊んでるような演技で、同じ率のギャラが貰えるし、お高くとまっていないという態度の表明にもなった。

稽古の行われるのは、五階の本読み室だった。彼女は、エレベーターの前へ行って、ボタンを押したが、まだ、時間があるので、三階の演出部に寄ってみることにした。

演出部には、〝表通り裏通り〟のディレクターの中野もいた。べつに、油を売りに行くつもりではなく、近く行われるというロケの日取りや時間を、たしかめて置きたかった。

その部屋は、一口にいえば、新聞の編集室そっくりで、ゴタゴタした室内に、セカセカした人物が、デスクに身を屈めたり、人と応対したりしていた。ギャラの伝票を切るのも、この部屋であるから、タレントにとって、最も重要な部屋にちがいないが、ディレクターの部屋という意味でも、重要だった。タレント側のマネジャーが、いくら売り込んでも、ディレクターが、ウンといわなければ、出演の運びにはならないので、タレントの死活を握る役目だった。

だから、こわいオジサンぞろいかというと、これが、気のいい青年ばかりなのである。何しろ、テレビが始まって以来、十年にはならないのだから、演出者といっても、映画や芝居の世界のように、巨匠だの、大家だのという者はいない。数年前には、まだ、大学にいたというような、連中が多い。また、特に演劇芸術を志したという連中でもない。会社の都合で、演出部に回されたから、そんな仕事に従事しているのであるが、入った途端に、〝秒を争う男〟に、養成されちまうのである。

現代の日本でも、これほど忙がしい職業は、他にない。そして、これほど、頭と神経と、体を、酷使する商売はない。また、これほど、不規則な生活を強いられる月給取りもいない。半年もたたないうちに、誰も、ヘタヘタになってしまう。どんな悪人も、性根を失って、気のいい青年になってしまう。

〝表通り裏通り〟のディレクター中野も、入社した時は、血色のいい青年だったが、今や、カマスの干物が、セビロを着たという恰好《かっこう》になって、それでも、眼ばかりギョロギョロ光らせながら、デスクに向っていた。デスクの上には、台本や資料や写真や、テロップ（字幕）の山が、彼の頭の中のように、ゴタゴタ積まれていた。そして、次ぎのドラマに使う小道具の発註書を、書いているのだが、どうも、ペンを持つ手が、ふるえて困った。

「おかしいなア。まだ、中気の出る年じゃねえのに……」

昨夜は、ビデオどりで、ほとんど徹夜の仕事をした上に、今朝は早くから作家を訪ねたので、眠ったのは、二時間ぐらいだった。そんなムリが、昨夜ばかりではなく、そして、出社すれば、一瞬の休みもなく、人との応対、電話、そして稽古と、体と神経の使い続けである。映画監督も、つらい商売だが、それでも、次ぎの作品の間に何カ月という休息時間があり、また、仕事といっても、スタディオの中だけに限られるから、よほど救いがある。

ムリの連続と、疲労の蓄積が、テレビ・ディレクターを、職業病におとしいれるのである。テレビ病といい、マス・コミ病ともいうが、症状は、神経のイライラ、自信喪失、記憶朦朧《もうろう》、足がだるく、視力が弱く、そして、誰も彼も、胃弱となる。応急手当としては、局の売店で、アンプル入りの強壮剤を、日に五本も飲み、ついでに、胃腸薬をガリガリやる他はない。

彼も、既婚者であって、家には二つになる坊やもいるのだが、ロクロク顔を見たこともない。家へ帰るのは、眠るためであって、家族と食事を共にするとか、冗談の一つもいうとかいうヒマはない。ただ、眠るためであるから、細君の眼は、年中、釣り上ってる。何のために、釣り上ってくるのか、知らぬのではないが、無い袖は振られぬ道理で、従って、年中、細君に頭が上らない。

職場では、地獄の苦しみであり、家へ帰れば、細君の暗い顔が待っているので、彼の心と体は、休まる道理もなく、みすみす、テレビ病の餌食《えじき》となるのだが、病気が進んでくると、こんな男に誰がしたと、嘆く気力さえ失われて、ただボンヤリする他はない。

そういう状態の中野ディレクターを、坂井モエ子が、訪ねたのである。デスクの側へ、彼女が寄ったぐらいで、気のつくようなら、常人であるが、彼は一心不乱に、ペンを走らせてる。というと、体裁がいいが、実は、眼を開けたまま、居眠りをしてる。

「中野さん……」

と、彼女が声をかけても、ビクともしない。

「ちょいと……」

と、肩をゆすぶられて、やっと、

「あ、ビックリした……」

中野は、スットン狂な声を出したが、多忙を極める周囲の人々は、誰も、耳にかけなかった。

「なアんだ、モエちゃんか。今日は、ぼくの班は、何にもないはずだぜ」

「知ってますわよ。ついでがあったから、ちょいと寄ったんだけど、ロケ、いつごろになります?」

モエ子は、早速、用事をきりだした。他のディレクターなら、もっと、丁寧な口をきくのだけれど、一年近くも、中野班にいて、同じ連続ものに出ていると、何か、一家の人々のような、親しみが出てくる。もっとも、中野を父親といっては、失礼で、彼女より、ずっと、年下なのだから――

「ロケね。今度の本番の翌日にしましょう。時間は、その時に、知らせます」

「奥多摩でしたわね」

「そう、そう。ほんとは、伊豆までいきたいんだけど、時間を食うからね……」

そういい終って、中野は、ものすごいゲップを吐いた。とたんに、モエ子の鼻を、アセチレン・ガスのような、それに、カツオのシオカラの加わったような異臭が、強く打った。

「あ、この人も、イカれちまった……」

モエ子のような、経験の長いテレビ・タレントは、ディレクターや助手が、口臭を発することによって、テレビ病が進んだことを、診断するのである。大脳が不断に昂奮すると、胃の働きを妨げ、胸やけや下痢が始まるが、そのうち胃潰瘍《いかいよう》にでもかかったのか、食物が未消化のまま停滞して、ゲップと口臭がひどくなる。その臭いによって、病症の進行が知れるが、中野は、だいぶ重症らしい——

「中野さん、体を大事にしなけれアア、いけないわよ。あたし、漢方薬のいいのを、知ってるんだけど……」

モエ子は、本気で、そういった。役柄の親切なオバサンの気持は、時として、彼女の地にも、現われるのである。

「そんなもの、飲まなくたって、一週間、会社を休めば、すぐ、癒《なお》っちまうんだがなア」

「そうカンタンに、いくか知ら」

「いくとも。ぼくは、絶対に、自信がある。たった一週間でいいんだ。どこか、静かな山の温泉にでも行って、何にもしないで、ただ眠りさえすれア……」

「じゃア、思い切って、休暇とりなさいよ」

「それが、とれるくらいなら……。ぼく一人が病人だったら、会社も、休暇くれるか知らないが、ここに働いてる奴、全部が病人なんだからね……。まア、富士山でも爆発して、大地震とくれア、スタディオの機械も壊れて、一週間の休み、まちがいないよ。それでも待ってるより、仕方がない……」

「ほんとに、お気の毒ね。もっとも、そういうあたしだって、いい加減、疲れてるわ」

「いや、モエちゃんは、タフだよ」

中野は、ニヤニヤと、笑いを洩らした。

「あら、どうして?」

「だって、あれだけ若いご主人に、悲鳴をあげさせるほどの……」

「まあ、いやらしい。何いってんの」

「何だか知らないが、昨今、モエ子ちゃんのデマが、相当、高いよ。やっぱり、売れっ子なんだな……」

中野は、意味ありげに、笑った。

「聞かしてよ、どんなこと?」

モエ子は、気になった。きっと、良人と丹野アンナのことを、いっているのにちがいないのである。耳の早い、この世界のことであるから、中野も、いろいろ、聞いてるのだろう――

「そんなことより、耳寄りな話があるんだ」

中野は、話題を変える必要を、認めたらしかった。

「いいえ、それより……」

「まア、聞きなさい。君の後援会ができるっていうんだよ。テレビ・タレントの後援会なんて、聞いたこともないじゃないか……」

いま、中野班のやってる、〝表通り裏通り〟のスポンサーは、弱電気機具で有名なY電機であるが、社長夫人が、以前から、モエ子の大ファンであり、あの番組にも、彼女の出演を条件としたという噂も、あったくらいである。

一度、彼女も、中野ディレクターと共に、社長夫人のご馳走になったことがあったが、もう六十近い、肥満した女性で、

「あたしアね、あんたのような親切で、人情のある人が、側にいて、世話をしてくれたらと、よく、思ってるんですよ」

と、本気で、モエ子にいった。どうやら、彼女は、モエ子と、モエ子の役の〝おちかさん〟を、まったく、混同してるらしかった。

その社長夫人が、最近、Y電機の宣伝部員を通じて、次ぎのようなことを、中野に伝えたというのである。

「今度、あの社長夫人が中心となって、君の後援会をつくりたいというんだが、案外――といっちゃ悪いが、君のファンが、多いらしいんだ。大部分は、中年の女性だそうだが、家庭の中の君の人気というのは、大したもんだね。ところがね、一人、有力な男性ファンが出てきて、是非、君の後援会の役員に、加えてくれというんだそうだ……」

「まア、めずらしいわね。きっと、ヨボヨボのおじいちゃんよ」

「そう謙遜しなさんな。B食品会社の専務だというから、それほど老人でもないだろう」

「B食品って、即席ラーメンの会社でしょう。あたし、コマーシャルやったことがある……」

「そうだ。うちのスポンサーになってくれたこともあるが、代理店のコマーシャルの方が多いな……。専務さん、Y電機の社長の夫人と、親戚らしいんだ。それで、後援会の話が出たんだろう」

「何にしても、ありがたいわ。歌手の後援会なんかとちがって、ほんとの友情的な、シンミな集まりなんでしょうから、感謝すべきだと、思うわ……」

モエ子は、うれしかった。

今日は、いろいろ、よい話を、聞くものである。家を出た時は、塔之本と別れる決心で、雪空のような、暗い気持だったのに、萱には慰められ、中野には、思いがけない、耳よりなことを、聞かされた。

「B食品では、モエちゃんを洋行させようなんて話まで、あるんだそうだよ」

「えッ、ほんと？」

彼女は、耳を疑った。

B食品KKでは、何か新製品を売出す計画が、熟しているらしく、そのコマーシャル・タレントとして、モエ子に眼をつけ、パリやロンドンで、その新製品を、彼女が口にしてるところを、テレビ用のフィルムにとるというアイディアも、あるらしかった。

モエ子も、コマーシャルの仕事を、今まで、やらないでもなかったが、いつも、電気オシメ干しとか、更年期用ホルモン剤とか、ジミな、家庭向きの商品だった。同じ家庭的用品でも、洗剤なぞは、若奥さん向きの若いタレントに限られて、彼女のところへは、回って来なかった。

今度のB食品の新製品とは、一体、何であるか。ヨーロッパまで、彼女を連れていくというなら、何か、珍らしい、スマートな食べ物にきまっている。同じコマーシャルなら、少し、気のきいたものに出たいと、思ってた矢先きである。

それに、洋行とくると、多年の宿願であって、こんな魅力的な誘いは、滅多にあるものではない。しかも、コマーシャルの仕事で、洋行するなら、自腹を切らなくても済む。貯金なぞは、なるべく手をつけない方が、身のためであるが、洋行費が不用となると、運転手つきの車という夢も、まんざら夢でなくなってきた。仲間を、アッといわせることは、売出しのスターならずとも、彼女のようなベテランにも、特別な快味であろう。

「あら、ご免なさい。長話《ながばなし》をしちまって……」

中野のところへ、電話が掛ってきたのを機会に、彼女は、別れを告げた。しかし、彼には充分の好意を感じ、さしせまった今年のお歳暮には、舶来の服地でもフンパツしようかと、考えた。どんなタレントも、プロデューサー・ディレクターには、盆暮れの贈品を欠かさないので、給与の少い職業であるが、ワリがいいのである。その他にも、ワリのいい道があるらしいが、近代的な職業にかかわらず、古風な風の吹いてる世界である。

モエ子は、編成部の室を出て、そのままエレベーターに乗って、本読みの部屋へ行こうと思ったが、まだ、時間があった。それに、長い間、中野のデスクの側に立っていたので、足の疲れを感じた。T・T・Kには、各所にロビーがあって、喫茶店の設備も整ってるので、少し休んでいこうという気になった。

「レモンの生ジュース、頂戴……」

さすがに、彼女は、こんなところで、コーヒーを飲む気はなかった。

彼女が、出先きで、コーヒーを註文する店は、東京で二軒しかないが、それでも、うまいと思って、飲むわけではなかった。もっとも、テレビ・タレントというものは、案外、コーヒーを飲まぬものであって、多く、生ジュースであるのは、激務であるから、体力の補給を、考えるのであろう。普通人は、コーヒーで疲労をとりかえすところを、彼らは、すぐ、アンプルを吸飲する。どこの局でも、売店で、アンプルを売ってないところはない。

今日のモエ子は、仕事がラクなので、生ジュースぐらいが、ちょうどよかったが、それを、チビチビ飲みながら、すっかりとりかえした気分を、快く味わってると、

「先生……」

突然、乱暴に肩をたたかれた。

「あらッ」

モエ子が、ひどく驚いたのも、当然で、いかにも親しげに、寄り添ってきたのは、良人と噂のある、丹野アンナだった。

男の着るようなジャンパーと、やはり、男のはくようなズボンとは、いずれも黒色で

あって、化粧も、口紅すら、赤味を一切拒絶してる。武骨のような、イキなような、ちょっと、江戸時代の消防夫の感じであるが、これが、若い新劇女優の心意気なのかも知れない。近くのテーブルにも、女性のテレビ・タレントが、数人かたまっているが、その連中も、似た風俗ながら、どこか色っぽいのに、丹野アンナは、ほんとの男の子のようである。ただ、でき損《そこな》いのシュー・クリームのような形の頭髪だけが、女性を証明するに過ぎない。

「先生も、ライト待ち？」

稽古と稽古の間に、照明の調整を待つ休みのことを、そんな風にいう。

「いいえ、あたしは、読合せだけど、まだ、人が集まらないの……。まア、お掛けなさい」

ほんとをいえば、アンナなんかと、口もききたくないのだが、そうもいっていられない。

「失礼するわ」

彼女は、遠慮なく、モエ子の隣りに、腰を下した。あどけない、明るい顔つきだが、背の低いのが、彼女の欠点であって、塔之本君も、小男の部類に属するから、好一対ともいえた。事実、モエ子は、イスに腰かけて、一層、小ヂンマリしたアンナを見ると、何か、腹が立つのである。

「先生、生ジュース？　あたしも、頂いていい？」

あどけないといっていいのか、図々しいといっていいのか、遠慮というものがない。

「どうぞ……」

アンナは、すぐ、註文を発してから、

「うれしかったわ、先生にお目にかかれて……」

「何が、うれしいのよ」

ツッケンドンな声だったが、アンナは、ものともしなかった。

「だってエ、先生ッて、お姉さまか――というより、ママそのもののような気がするんですもの……」

「人をバカにして――ママとは何よ。ほんとに、近ごろの女の子ときたら、礼儀を知らないよ。まだ、白塗りの役だって、やろうと思えば、やれるんだからね……」

と、モエ子は、腹の中で怒ったが、事実としては、四十三の彼女が、十九の娘を持っていたって、ちっとも不思議はなかった。彼女が女優稼業なぞに入らなかったら、今ごろ、アンナぐらいの娘を連れて、デパートの食堂で、こんな風に、お茶でも飲んでいたかも知れない。

「あんた、仕事?」

彼女は、冷やかにいった。

「ええ、本番。それに、今度の役は、セリフが三つもあるのよ」

アンナは、ウキウキした声を出したが、セリフが、たった三つで、そんなに喜ぶとは、世間の人に通じない。しかし、この前の役では、二つだった。のみならず、とにかく、セリフがあるとないでは、大変な差なのである。一つでも、セリフがつけば、テレビ・タレントなのである。もっとも、一口もシャベらない役だってある。横丁の通行人のような役である。これだって、やりようによれば、立派な演技がふるえるのだが、いくら、立派にやっても、タレントと呼んでくれない。ただ、〝ガヤ〟という。恐らく、ガヤガヤと出てくる人物のことをいうのだろうが、その〝ガヤ〟を、アンナも、半年もやっていたのである。そして、やっと、軽少ながら、セリフのつく役——つまり、〝チョイ役〟が回ってきたのだから、彼女の喜びも、察してやらなければならない。

しかし、そういう駆け出しのタレントに対して、ベテランのモエ子が、あらわに優越感を示すのも、当然である。それに、少し、威張ってやらなければ、虫のおさまらない関係でもあった。

「あんた、だいぶ、このごろ、稼いでるらしいわね」

「あら、そんなことありませんわ。今月は、ちょいと、出たけれど……」

「何本？」

「二本よ」

「多いわよ」

「あアら、だって、先生なんか、テレビか……」

「いいえ、あたしなんか、テレビかラジオでなければ、働けない人間だから、二本持ったって、三本持ったって、いいけど……」

「あら、そういう意味じゃなくて、先生なんか、あんなにセリフの沢山ある役を、週に二度も、こなしてらっしゃるでしょう。あたしなんか、セリフが一つか、二つ——今度は、三つになったけれど、それでも、ただ〃はい〃というのが一つあるから、結局、二つみたいなもんよ。そんな役が、月に二度なんて、決して、多かないと、思うわ。あたし、全然、疲れないんですもの……」

「そんなことより、まだ、研究生のうちから、テレビへ出るってことが、問題なのよ。あんた、その点について、考えたことない？」

「あら、まるで、ベン先生と、同じことおっしゃる……ホッホホ」

塔之本君の名を、何のタメライもなく、アンナが口にしたのにひきかえ、モエ子の方では、かえって、ギクリとした。

「まア、この子、図々しいよ。それとも、よっぽど、鈍感なのか知ら……」

と、心に思っても、さり気なく、

「へえ、ベンちゃんも、そういうの。あたしと同じことを……」

「そうよ。お会いするたんびに、テレビに出ちゃいけない——研究生のうちは、ことに、避けなければばって……」

「その通りよ」

「ほんとに、ご夫婦って、よく思想が、似るもんなんですね」

モエ子をヒヤかすのか、それとも、無邪気でそういうのか、見当のつかぬ口ぶりだった。

「じゃア、あんた、なぜ、ベンちゃんのいうとおりにしないの。あんたは、ベンちゃんを、尊敬してるんでしょう」

「崇拝よ。尊敬なんてもんじゃないわ。あの方みたいに、高い、純粋な、妥協を知らない精神は、劇団新潮の中でも、他にないと思うわ。それに、とても、新しいの。あの方のおっしゃること聞いてると、幹部俳優のいうことなんか、時代おくれで、バカみたい……」

アンナは、急に、眼を輝かして、塔之本の絶讃を始めた。それを聞いて、モエ子は、顔をしかめた。しかめる理由はないので、彼女自身、そのような勉君に、ゾッコン参って、他人にも、ノロケるのだから——

「それに、あの方の情熱——演劇に対するばかりでなく、人生に対して、人間に対し……」

アンナの口調は、まるで、セリフをいうように、リズムに乗ってきた。

「まア、そんなに、情熱家？　あたしは、そうは思わないんだけれど……」

モエ子が、わざと、同調しなかったのは、サグリを入れるためだった。

「あアら、あの方、火よ。火そのものよ。誰だって、あの方に会ったら、焼かれちまうわ」

「あんたも?」

モエ子は、耳を立てた。

「あたしは、燃えないの。燃えてはならないの。だって、あたしは、ベン先生を崇拝してるでしょう。ずっと下の人間なのよ、あたしは。それに、年だって、ずっと下だし……」

塔之本とアンナは、十六も年がちがうのは、事実だった。

「でも、飛び火ってこともあるわ」

「あアら、先生、ご心配なの」

アンナは、急に、いたずらっぽい顔になって、キュウキュウと、笑った。

それ以上、追求することは、手の内を見られる恐れがあった。

モエ子は、マジメな顔つきになった。自由に顔を変えられるのも、職業の一徳だろう。

「それほど崇拝してるベンちゃんが、テレビ稼ぎはやめろといってるのに、なぜ、あんたは……」

ほんとは、モエ子にとって、どうでもいいことなのだけれど、話の結末をつけるために、そういって見たところが、

「だってエ、先生、あたし、テレビに出たいのよ。山があるから、登るっていうでしょう。あれと、同じなのよ。テレビがあるから、出たくなるのよ」

アンナは、両手の指を組合わせて、シナをつくった。

「わからないわ。芸の勉強に悪い結果があると、知りながら……。あんた、今、ギャラはいくら？　二千？」

「やっと、二千五百になりました」

「一本二千五百円で、本番の日を入れて、四日も、局に通わなくちゃならないわね。交通費と、食事代で、結局、赤字じゃないの」

「そうよ。その上、劇団のピンハネもあるわ」

「バカらしい。誰のために、ご奉公するのよ」

「だってエ……」

この〝だってエ〟組が、日本に五万人もいるという。何がなんでも、テレビに出たくて、どんな悪条件も忍んで、機会を待ってる連中である。アンナなぞは、すでに、夢のカケ橋へ一歩を印したところで、もう、こうなったら、雷が鳴っても、親が死んでも、後へは退けない――

「ほんというとね、先生、今度出るのは、ベン先生にかくしてるの」

アンナは、真剣な顔つきになった。

「そんなことしたって、後で、すぐ、バレちゃうじゃないの」

「でも、後で叱られるぐらい、我慢するわ。とにかく、出たいのよ。他の研究生より、一回でも多く……」

「まア、どうして、そんなに……」

「先生のような、トップ・クラスには、あたしたちの気持、わかんないわよ……」

アンナにいわせれば、理想の新劇のために、湧かす情熱と、テレビ出演の競争に、注ぐ情熱とは、まったく別物なのである。だから、後者にいくら夢中になっても、前者には影響はない。その点、崇拝する塔之本先生の忠告も、多少のズレがある——

「ねえ、あたし、出たいのよ。ただ、出たいのよ。ベン先生が、何とおっしゃっても、出たいのよ」

その訴えを聞いてるうちに、モエ子は、少し狡《ずる》い気持になった。

「少くとも、テレビ出演の問題には、ベンちゃんとこの子の間に、ギャップがあるらしい。水をさすなら、その辺だわ」

そう思うと、自然に、いうことも変ってきた。

「ほんとにね、端役《はやく》でいいから、レギュラーで出れるようになると、一ぺんに、売出せるんだけどね……」

「まア、レギュラー？　たまんない！　ねえ、先生、プロデューサーに、運動してよ、お願いよ、先生……。ほんとに、先生は、ママさんみたいに頼りになるわ……」

同人会

可否《かひ》会の今年の納会が、押し詰ってから、四谷の菅会長の家で、催された。

毎月一度、例会があるのだが、場所も、菅の家とばかりはきまっていず、会員の家や、良心的なコーヒー店や、時候のいい時は、箱根あたりへ、出かけることもあるが、年末で、世間が忙がしいので、用い慣れた会長の家ときまった。

参会者も、会員の全部が揃うのは、一年のうち、五、六回で、三名ぐらい寄り合っても、なにやかや、話は尽きないものである。今日は、坂井モエ子がロケに出かけて、欠席だが、後の四名が集まった。

会場は、玄関側の応接間で、ありきたりの建築だが、壁に、十八世紀ごろの外国コーヒー・ハウスの版画だとか、フランスのコーヒー・ポットを中心にした静物画なぞが掛けられてあるのは、主人の好みであろう。自慢のコーヒー骨董品のコレクションは、いつか、モエ子が通された茶の間の棚に納まっていて、ここには一品も、出ていない。

部屋の隅に、細長いテーブルがあって、その上に、パーコレーターや、ドリップ式や、いろいろのコーヒー道具が置かれ、電気コンロのヤカンに、湯が沸いてる。ガラス・ビンに入った八種ほどのコーヒー豆や、コーヒー挽きも、厚地の白い小カップと共に、列《なら》んでる。

会員たちは、誰彼を問わず、好きな時に、自分でコーヒーをいれて、他の会員にもサービスするのだが、そう絶間なしに、ガブガブ飲むわけのものではない。まず、会が終るまでに、三回ぐらいが、通例である。それも、話が続いて、口中がやや渇いてくるというような時を、見計らって、一人が、ふと、立ち上って、テーブルの方へ、出かけていくといった工合《ぐあい》で、コーヒーを入れながらも、話はやめない。

だから、コーヒーを飲み合う会というよりも、オシャベリをする会といった方が、至当なのだが、さすがに、話題は、コーヒーに関係することの方が、多かった。

「この、コーヒーを、立てるということを、申しますが……」

と、高座で、落語のマクラをふるような口調で、シャベリ出したのが、春遊亭珍馬。他の連中は、五十歳前後だが、彼だけは四十前の油ぎった顔つきで、この会が終ったら、寄席《よせ》にでも駆けつけるのか、紋服を着てる。和服を着てるのは、彼と、会長の菅だけである。もっとも、菅の方は、自宅だから、フダン着の上に、袖なしの茶羽織というイデタチ。

「そうだね、コーヒーを立てるという人も、相当いるね」

と、話を受けたのは、洋画家の大久保四郎だった。縮れた髪をモジャモジャのばし、口ヒゲも、不精《ぶしょう》ったらしいが、性格は、至ってキサクで、話好きで、外国生活が長かったせいか、芸術家の社交性といったものを、身につけた男である。

「一体、コーヒーを〝立てる〟のか、〝入れる〟のか、それとも、〝沸かす〟のか、〝煮る〟のか、どうも、マチマチでござんして、一つ、この会あたりで、ハッキリと、おきめ願いたいんですよ」

と、珍馬が、一同を見回した。

彼は、話題の提供者であって、いつも、こんな、人の気づかないようなことを、拾い出しては、席を賑わすのであるが、コーヒーのガブ飲みという点でも、会員随一だった。日に十パイ飲むというのは、この男だけで、自宅でも飲むけれど、街頭で飲む場合が、大部分である。コーヒーという看板を見ると、飛び込まずにはいられなくなると、いってるが、その代り、東京のどこのコーヒーがうまいとか、安いとかいう知識にかけては、彼の右に出る者はない。

「なるほど、ごもっともなご指摘で……」

と、温厚そのものの紳士の物腰で、中村恒徳教授が、東北ナマリの声を出した。経済学の先生だが、コーヒーにコるくらいだから、どちらかというと、非進歩的教授で綜合雑誌に書くものも、〝コーヒーの消費と文化〟というようなものが多い。

「しかし、こん中で、〝立てる〟なんてえのは、萱さんぐらいなものだろう」

大久保画伯が、カラカイだした。

「いつ、あたしが、そんなことをいいました?」

萱が、向き直った。

「まだ、いわないにしても、そのうち、いいそうですぜ。どうも、コーヒー通の中でも、少し、神がかりの連中が、〝立てる〟を使うからね」

「あたしは、神がかりではない。ただ、コーヒーを飲む道というものの成立を、信じているだけだ」

「まア、〝立てる〟は、茶道からきてるのでしょうが、〝入れる〟も、茶をいれるの日常語からきているので、紅茶にしても、紅茶を〝入れる〟であって、〝立てる〟とはいわない……」

中村教授が、静かにいう。

「でも、先生、お風呂を〝立てる〟といいますぜ。立てたお風呂へ、人間を〝入れる〟……」

珍馬でなければ、こんなことはいわない。

「ハッハハ。その〝立てる〟は、〝沸かす〟の同義語であって、だから、コーヒーに転用しても差支えはないわけです。現に、アメリカあたりでは、煮沸法《しゃふっほう》をやってるんですから……」

「でも、中村先生、〝立てる〟はいけないよ。茶センかなんか持って、コーヒーをかきまわして、オホンといったって、しようがないよ。やっぱり、〝入れる〟ぐらいのところで、妥協して貰いたいね」

大久保画伯が、半畳を入れる。

「いや、〝入れる〟結構ですよ。ぼくも、不賛成は唱えない。ただ、茶道にお点前《てまえ》があるごとく、コーヒーにも……」

と、菅が持論を、開陳《かいちん》しようとするのを、

「コーヒー前といきやすか」

と、珍馬が、バカなことをいうので、一同、吹き出した。

　結局、衆議が一決して、コーヒーは〝入れる〟ものとなったが、果して、会員が、申し合わせを守るか、どうかは、別問題だった。そんな、ツミのないオシャベリをするのが、会の目的であって、決議事項は、座興にすぎなかった。

　話が一区切りすると、萱が隅のテーブルに立って行ったが、そこで、彼がコーヒーごしらえをする間にも、話し声は絶えなかった。しかし、間もなく、いい匂いが、プーンとただよってくると、

「あア、今日は、会長、マタリ（モカの上質の豆）をフンパツしたな」

　ぐらいのことは、鑑定力を働かすのである。

「ところで、今日は、モエ子女史が、見えてませんね」

　と、中村教授は、今になって、気がついたらしかった。

「テレビのロケだそうで……。しかし、この会は、欠席すると、災難ですよ。その場にいない者が、悪口をいわれて……」

　珍馬も、その経験があるらしい。

「それア、仕方がない。それが、いやだったら、出席することだ。大体、モエ子女史は、稼ぎ過ぎるよ。いくら、若い亭主を食わせる必要が、あるにしてもだね……」

　と、大久保は、早速、悪口を始める。

「それは、どうか知らんが、とにかく、女史は、よくテレビに出てますね。ダイヤルを回すと、あの人の顔が現われないことがない……」

中村教授も、半ば、賛成の様子。

「今日あたり、いつものお点前で、うまいのを、〝立てて〟――いや、〝入れて〟くれれば悪口はいわんのだがね……」

大久保画伯も、彼女のコーヒーには、一目、置いてるのである。

「いや、モエちゃんのことに関係して、諸君にご相談があるのだが……」

萱は、四人分のカップを長方形の盆にのせて、運んできながら、そういった。そして、一人前ずつ、キチンと、その人の正面に置く仕草が、静かで、行儀よくて、従って、大いに、ノロマだった。

「へえ、何のご相談……」

「まず、ゆっくり、召《ご》上ってから……」

と、彼自身も、極く少量の砂糖を、半量茶碗に入れた。クリームを入れたのは、大久保だけだった。

「いかがです」

「いや、結構。久しぶりで、いいマタリを頂きました」

「ほんとに、いつ飲んでも、アロマがいいですね」

「マタリの入ってるのは、わかりますが、他には何をお使いで？　こちとらは、どうも、ガブ飲み専門ですから……」

「特に申しあげるほどのミックスでも、ありませんよ」

と、菅はモッタイをつけてから、

「ところで、モエちゃんのことですが……」

「はい」

「モエちゃんのことというより、あの人のご主人のことなんですが……」

「うん、あのツバメ君……」

「そんな言葉、もうハヤりませんよ」

「ご静聴下さい。皆さんは、多分、ご面識はないでしょう。ぼくも、一、二度会っただけの男ですが、品のいい、マジメな、舞台装置家です。名は、塔之本勉《とうのもとつとむ》君——その人を新会員として加えることは、どうか。それを、おはかりしたいのです」

と、コーヒーを飲みながら、菅がいった。

「品がよくて、マジメというだけで、会員の資格があるのかね」

「それに、従来の申し合わせでも、会員は、なるべく殖やさん——少数精鋭主義で、権威を持たせるということではなかったですか」

「一座が、多くなるてえことは、やはり、ワリに響いてきますんで……」

と、珍馬も、サモしいことをいう。

「それア、わかってます。いや、少数主義は、あたしが、最初にいいだしたことなんで、現在も、同じ考えです。五名を六名にする——たった一名の会員を、殖やすということを、おはかりしているわけです。しかも、その一名たるや、近来、珍らしい、優秀な鑑賞家なんですから……」

と菅が力説した。

「女史の旦那さんて、そんなに、コーヒーがわかるんですか」

「わかるどころの沙汰じゃない、ほんとに〝聞く〟ことを、知ってるらしい。その実例を、この間、モエちゃんから話されて、驚いたんですが……」

それから、菅は、委《くわ》しく、モエ子の話を、語り出した。多少のオヒレはつけたが、その代りに、モエ子の悩みの方は、カットした。年下の亭主が、女をつくったとか、つくりかけたというようなことは、コーヒーの鑑賞問題に、直接、影響はないし、モエ子の体面も、考えてやりたかった。

「つまり、モエちゃんが、何か、胸の中で、モヤモヤしてたことがあったのを、彼女の入れたコーヒーを、彼氏が一口飲んで、ズバリと当てたというんですからな。その悩みの正体はおろか、関係人物の固有名詞まで……」

「アッハハ。偶然ですよ、そんなこと。どうも、菅君は、神秘を愛する傾向があるね」

と、大久保画伯が、遠慮もなく笑い出すと、中村教授も、微笑して、うなずいた。

「かりに、人物の名を当てたのは、偶然としても、その時のコーヒーを、〝まずい〟といった、その鑑賞力ですね」

「それア、心に悩みがあれば、注意力が散漫になって、分量や手順に影響して、味だってまずくなる……」

「いや、異臭があったというんですよ、芋の皮の焦げたような……」

「わかった。女史の悩みというのは、ヤキモチだね」

と、大久保が、得意のマゼカエシをやったが、これこそ、偶然に的中したようだった。

「そんなに、皆さんが、反対なさるなら、あたしは、提議を撤回しますよ」

菅は、少しプンとした。

「いや、いや、反対はしませんよ。この会は、自分でコーヒーを入れる連中ばかりで、多少、独善的傾向がありますから、この際、鑑賞と批評の能力の優れた人を、加入させるのは、むしろ、賛成なんですよ」

と、温厚な中村が、とりなした。

「そうだな、そんなに、モッタイをつけなくても、いいだろう。それに、若いツバメ君を入れてやったら、モエ子女史もつながって、毎回、出席するだろうし……」

大久保は、どっちでもいいという調子だった。

「それは、ありがたい。是非、そうしてやって下さい。もっとも、会の権威として、すぐ、入会を認めるのも、考えもので、一応、新年の例会に、ゲストとして招いて、皆さんに人物試験をやって頂くことにしたら……」

菅も、キゲンを直して、笑顔になった。

「賛成!」

「賛成!」

「では、そういうことに」

菅が、それほどまでに、塔之本君の入会を、望んだのは、実をいうと、モエ子のことを、考えたためだった。無論、彼は、コーヒー飲みとしての塔之本君の価値を、認めはしたのだが、可否会の会員としては、若輩に過ぎるので、入会を求めなくともいいのである。

しかし、モエ子のことを考えると、彼女の若い良人も、自分たちの仲間に加えて置く方が、可否会のためばかりでなく、あの夫婦にも幸福になりはしないかと、思われた。彼は、モエ子の訴えを、さり気なく聞いていたけれど、後になって考えてみると、事態は重大だと思った。夫婦の間に、ヒビが入りかけてる危険がないとはいえないと、直感した。そうなると、彼はモエ子の味方として、方策を立ててやりたくなった。

菅の死んだ細君と、モエ子は、顔かたちから性格まで、すべてが正反対であるのに、彼は、以前から、彼女に好感を持ち続けていた。彼女のガラガラした気性と、あの天才的なコーヒーの入れ方と、両方を結びつけたものが、彼には、ひどく魅力的であり、会員の誰よりも、彼女こそ最大の弟子と思って、心ひそかに、嘱望《しょくぼう》していた。

「あの人だけが、可否道を継ぐことができる……」

彼は、いつも、そう思っていた。

可否道という語も、彼の心一つにしまってあるだけで、まだ、会員の誰にも、語ったことはないが（口外すれば、大久保画伯あたりから、冷水をかけられるのが、わかっているから）その成立の可能を、深く信じているのである。
「茶道があって、コーヒー道がないわけはない！」
その理由として考えられるものを、いくつも、彼は持っていた。

日本に茶道というものがあって、現代にも生きてるが、茶は、もともと、中国からの輸入品だった。その飲茶の法を、あのような立派な芸術、礼道として仕上げたのは、日本人の働きである。中国には、茶の趣味はあるが、茶の道、茶の礼はない。

コーヒーだって、同じこと、舶来品ではあるが、大田蜀山人《おおたしよくさんじん》が最初に飲んだという伝説は、別としても、明治、大正、昭和と経てきた歴史は、相当に古い。戦時中、コーヒー禁輸で、苦痛をなめた日本人も、かなり多い。ことに、戦後のコーヒー嗜好《しこう》は、空前の盛況で、最近、インスタント・コーヒーが出現してからは、どこまで伸びるか知れない勢いとなった。また、日本人ほど、ものにコる国民はないので、コーヒーにも、持ちまえの性癖《せいへき》を発揮し、やれ豆だ、焙煎《ばいせん》だ、水だ、火だ、道具だ、浸漬《しんし》法だ、透過法だと、むつかしいことを列《なら》べる。そして、コーヒーをただ飲むというよりも、むつかしい顔をして味わう連中が多い。東京の名あるコーヒー専門店のカウンターには、そんな顔ばかり列んでいる。

これは、外国にはないことで、コーヒー通とか、コーヒー・マニヤの数は、案外、日本の方が、多いのである。従って、コーヒーの入れ方や味も、進歩が著しく、最高のウマさは論ぜずとして、水準の味をいうのだったら、東京は欧米の大都会に、断じてヒケをとらない。ロンドンあたりを、すでに凌駕《りようが》してるともいえる。アメリカ人なぞは、日本のコーヒーが、よほどウマくてたまらぬらしい。

考えてみれば、つい六、七十年前までは、コーヒーの粉入りの角砂糖を、湯にとかして、喜んでいた国民なのだが、軍艦や大砲づくりばかりが、能ではなかったらしい。実に、めざましい進歩というべきだが、何事にも、コらずにいられない国民性の働きであろう。

菅貫一《すがかんいち》なぞも、日本人中の日本人であって、かつ、ヒマは多分に持ち合わせてたから、ついにコーヒーにコリかたまったのだが、日本のコーヒー趣味の進歩を、思うにつけ、茶道のことを考えずにいられなかった。

コーヒーだって、日本人の手にかかれば、口が飲むのではなく、心が味わう嗜好物となり得る。コーヒーの入れ方、飲み方が、この上ともに進歩すれば、作法となり、礼となり、道となり、芸術となることは、茶の場合と変らないと、信じている。そして、茶道に名器があるごとく、コーヒー道具の美術化、骨董化も可能であり、茶室、茶庭、茶がけ（かけもの）があるごとく、コーヒーを飲む部屋の特別な建築、造園、装飾品の創造まで考えている。茶に菓子がつきもののごとく、コーヒーにいかなるケーキが、要求されるかも、無論、彼の胸中にある。

さらにまた、茶が輸入された当時、これを愛したのは、僧侶であり、武士であったことも、彼には希望を湧かせるのである。なぜなら、僧侶や武士は、当時のインテリではないか。

現代のコーヒー愛好者は、ミーチャンもハーチャンもいるけれど、真にコーヒーを愛するものは、日本のインテリである。インテリも、頼りない種族といえないこともないが、コーヒーに関する限り、不眠を怖れず、胃酸過多を顧みず、率先して、果敢な飲み振りを示した。コーヒーぎらいのインテリというのは、見たこともないくらいで、日本で最初にコーヒーを飲んだという大田蜀山人も、当時の代表的インテリだった。もっとも、この間死んだ永井荷風なぞは、コーヒーに山盛り五ハイぐらいの砂糖を入れたというから、コーヒー・インテリとしては、下の部であろう。

とにかく、真にコーヒーを愛するコーヒー通、コーヒー狂に至っては、必ずインテリというべき人物であることは、可否会の同人を見ても、明らかである。会長の菅は、無職といっても、大学出の好学家であり、中村教授は勿論、生粋のインテリ、大久保画伯や坂井モエ子は、立派な芸術家である。ただ一人、春遊亭珍馬が風変りであるが、彼とても、落語界のインテリとして、世間に聞えてる。

外国では、お百姓さんも飲むコーヒーを、日本では、インテリが率先して飲むというのは、特異現象であるが、鎌倉時代のインテリ——坊主や武士も、庶民の飲まない茶というものをたしなみ、それが発祥となって、後の珠光《しゅこう》や利休の茶礼の大道が展《ひら》けた。コーヒーも、今や、よく似た発展過程をとっているので、しかも、鎌倉時代は、すでに終り、室町から織豊時代に移らんとする、情勢なのである。

「茶道は、立派なものだが、いかんせん、もう古い。現代の生活芸術たるを得ない。そして、茶に代るものは、無論、コーヒーだ。コーヒーこそは、新しい茶であり、コーヒー道は、日本において誕生すべきものだ……」

菅貫一が、そのような着想を獲たのは、だいぶ前のことで、可否会の例会で、互いにコーヒーを飲みわける遊びなぞも、心中ひそかに、初期茶道の闘茶会に、擬してるわけである。

そして、コーヒー道——つまり可否道の開祖は、自分の他にはないことを、信じているのだが、これは、同じ芸術でも、歌や画とちがって、一個人で終る事業ではない。事業の協力者であり、同時に後継者たるべき人物がいなければならない——

「それは、モエちゃんだ。モエちゃん以外に、誰がいるというのだ……」

そういう理由からも、彼はモエ子を大切にしないわけに、いかないのである。無論、モエ子には、テレビ・タレントという仕事があるが、彼の見るところでは、彼女の将来も、もう長いことはなさそうである。あの容貌も、演技も、そろそろ、人が飽きかけている。それに、テレビ・タレントの競争は、いよいよ激烈であるから、彼女の落伍も、遠くないだろうが、なるべくならば、そんな憂き目を見させない先きに、可否道の家元代稽古役に、ひっぱりこみたいものだと、機会をうかがっているところなのである。

ところで、可否会の応接間も、窓ガラスに射しこむ日影が、めっきり弱くなり、まだ、三時を過ぎたばかりなのに、夕づいてきたのは、日の短い絶頂だからだろう。

「どうですか、そろそろ、散会しては……」

中村教授は、行儀のいい人だから、あまり、萱の家に迷惑をかけてはと、心配を始めた。もっとも、この会は、コーヒーを、度々、飲む代りに、食事を出さぬ習慣があったけれど——

「まだ、いいですよ。納めの会ですもの。それに、最後に、小生のお点前を、味わって頂きたいからね」

大久保画伯は、そういいながらも、少し、腹が空いてきたとみえて、カワの固いフランス・パンに、バターを一ぱい塗って、食べ始めた。

抹茶に蒸菓子《むしがし》はつきものだが、コーヒーの対手《あいて》は、上質のパンが一番ということは、可否会の同人ぐらいになると、よく、心得ている。席上には、フランス風菓子のブリオーシュとか、ある店のホーム・クッキーとか、甘味の少い洋菓子も、出てはいるが、同人の誰も手を出さず、パンだけを、ちぎって、口に入れてる。

「へえ、大久保さんが、今日のトリですか。待ってましたッ」

珍馬が、手を叩いた。

「まア、そうセカさずに下さいよ。今日のぼくのブレンドは、ちょっと、趣きを異にしてるんでね。諸君にも、落ちついて、味わって頂きたいんだ」

「大変、モッタイがつきますね」

「それは、是非、頂戴したい」

「豆は、何と何です。大久保さんは、ツムジ曲りだから、ブルー・マウンテンなぞは、お使いにならんでしょう」

と、中村が、ニコニコした。

「きっと、取って置きのスマトラのマンデリンでも、飲ませるつもりかな」

菅も、すっかり、興に乗ってきた。

「あの苦みと香りは、こてえられやせんよ。大久保さん、ほんとに、マンデリン飲ましてくれんなら、恩に着ますぜ」

珍馬が、眼を輝かした。

「何を飲ませるか。まア、おたのしみというところですよ。とにかく、この会始まって以来のものを、飲ませることだけは、お約束してもいいね」

大久保は、わざと、反り身になって、イスを立ち上り、隅のテーブルの方へ、歩いて行った。

「この会始まって以来とは、大きく出たね」

「あんなことといって、後で引っ込みがつかなくなるよ」

「すばらしい豆を使うなら、もう、そろそろ、匂いがしてきていいが……」

他の連中は、顔を寄せて、コソコソ話を始めた。

大久保は、それが聞えたのか、聞えないのか、仲間に背を向けて、自分の仕草を隠すように、手を働かせたが、二個のガラス・ビンらしいものを、ポケットから、取り出すところが、チラと見えた。

「おい、大久保君、化学調味料なんか、添加したら、罰則ですぜ」

菅が、会長の権威を見せた。

「人を、見損《みそこな》っちゃいけない。コーヒー以外のものは、断じて用いませんよ」

大久保は、わざと、フンガイしてみせた。

「どうも、おかしい。あんなに、入れるところを、隠さなくても……」

「大久保さんのこってすからね、何か、アッといわせる趣向を……」

と、皆が、ささやいてるところへ、

「はい、諸君、お待ち遠さま……」

大久保は、四つのカップをのせた盆を、ささげてきた。色だけは、わりと、よく出た、コーヒーだった。

「何だか、平凡なコーヒーのようですね」

「文句をいわずに、まア、飲んで下さい」

菅が、怖《こ》わ怖《ご》わという調子で、口をつけた。

「いかがです」

「いかがですって、特に、自慢なさるほどのものではない。ブラジルの味はわかってるが、外に何を……」

「それは、滅多に、いわれませんよ。会長の品評を、聞かせて下さい」

「さようさ。まア、Bクラスの上というところかな」

その返事を聞いて、ニタリと笑った大久保は、今度は、中村と珍馬に向って、

「今度は、両先生のご批評を……」

「なかなか、結構じゃないですか。絶対の佳品《かひん》とは申せなくとも、口にするに堪えないというような品物では、断じてありません……」

大学教授というものは、こんな、つかみどころのない、賞め方をする。

「いけやすよ、これア……。あっしア、大久保先生のことだから、グッと、ひねったミックスでも、飲まされるかと思って、ヒヤヒヤしてたんですが、案外、素直な、いい味じゃアありませんか。ただ、少し、アロマが足りないかな……」

珍馬は、カップに鼻をつけて、クンクンいわせた。

「大体、ご好評で、身にあまる光栄です。この入れ方にも、豆の選択にも、自分でいうのは、恐縮ですが、苦心の結晶でありまして……。ところで、会長さんは、Bクラスの上と、仰せられましたが、もう一声、どなたか……」

「Aクラスの下といきやしょう」

と、珍馬は、手をあげた。

すると、大久保が、腹をゆすって、笑い出した。

「ありがとう、皆さん。権威ある日本可否会の同人から、そのようなご好評を得まして、

手前、身の置くところを、知りません。それでは、一つ、今日使いました材料や、入れ方について、一切の秘密主義を排除し、フツカながら、タネ明しを一席……」

大久保は、愉快でたまらないといった顔つきを、抑えながら、席を立ち上った。

「謹聴！」

「待ってましたッ」

「では、最初に、材料でありますが、わたくしは、家から、粉を持って参りました……」

「何ですか、豆は……」

「それが、ハッキリ致しません」

「ハッキリしないとは、何事です」

「はい、それが……実は、インスタント・コーヒーを、用いましたもんですから……」

「何？　インスタント？」

三人が、ほとんど同時に、イスを立ち上った。

これは、怒るのが、あたりまえで、およそ、コーヒーの通人たるものは、インスタント・コーヒーを、邪道の極のように、軽蔑する習慣がある。その邪道のコーヒーを、知らずして、飲まされたばかりか、Bクラスの上とか、Aクラスの下とか、相当のいい点をつけてしまったのだから、腹の立つのは、当然であった。

「そう、インスタントです。もっとも、普通の方法で入れたのではありません」

大久保は、ただ、面白くて堪らないという顔つき。

「あんなものに〝入れる〟という言葉を、使って貰いたくない。湯をついで、かきまわすだけだ」

菅が、まっ赤な顔をして、怒ってる。

「必ずしも、そうではありません。あたしの経験によって、まず材料は二種類――インスタントのマイルドとストロングを、適当に（ここが、秘伝ですが）ブレンドして、熱湯を注いで約一、二分間、放置してから、更に、あまり強からざる火に……」

と、大久保は、いい気になって、イヤガラセの講釈を始めた。

「うるさいね」

と、菅が一喝《いっかつ》した。

「どうも、大久保さんの悪戯《いたずら》も、少し、度が過ぎたようですな」

と、温厚な中村も、苦りきった表情を、示した。

「しかしですね、インスタントを用いてはならないという、会の規定も、なかったようだし、それに、何よりも、この会のお歴々が、口をそろえて、中位以上の風味と、折紙をつけて下さったんだから、インスタント・コーヒーも、バカにならないということになりますな」

と、大久保がアテコスると、誰も、何ともいわなくなった。

気まずい沈黙が、暫時《ざんじ》続いたが、突然、珍馬が、大笑いを始めた。

「これア、大久保さんに、とことんまで、イカれましたよ。皆さん、いさぎよく、カブトを脱ごうじゃありやせんか」

と、珍馬が、ゲラゲラ笑うので、他の二人も、むつかしい顔をしていられなくなった。それに、事態は、笑いにまぎらせた方が、無事でもあった。

「悪い奴だよ、大久保君は。先月の会の論争を、根にもって……」

菅も、苦笑を洩らした。

「いや、そんな執念深い男じゃないが、ちょっと、忘年会の余興に……」

大久保は、いい気持そうに、笑い崩れた。

先月の可否会例会の席で、菅と大久保とが、インスタント・コーヒーの問題で、やりあった。菅は、頭から、インスタントを攻撃するのにひきかえ、大久保は、レギュラー・コーヒー（普通の入れ方のもの）なんて、時代おくれで、後十年もすれば、世界じゅうの人が、インスタント党になるだろうと、強調した。インスタントの味は、せいぜい中位であって、高級とはいえないが、入れ方の簡単なことが、何よりの強味であり、分秒を争う現代人のコーヒーとして、これ以上のものはない。それに、味だって、大メーカーが、必死の研究をしてるから、日進月歩で、やがては、レギュラーの塁を摩《ま》すだろう――

調子に乗って、大久保は、インスタント・コーヒーの宣伝を買って出た。そういう彼も、毎朝、面倒くさい入れ方で、普通のコーヒーを愉しんでるので、何もそれほど、インスタントの肩を持たなくてもいいのだが、生来のツムジ曲りから、菅の教祖的態度や、可否会の通人的空気に、ちょっと、反逆を企ててみたまでなのである。

「いや、申しわけありません。でも、インスタントの普及によって、コーヒー愛用者人口は、めっきり増加しましたからね。そのうちに、インスタントでは、もの足りなくなって、ほんとのコーヒーが、飲みたくなれば、わが国のコーヒー文化向上は、期して待つべきでしょう」

大久保は、勝手に熱を吹いた。

「それも、一理ないことはありませんね。例えば、わが国の民主主義――敗戦によって、一夜漬けのものが、押しつけられました。つまり、インスタントです。しかし、それを飲み慣れてくると、次第に、不満が起きてくる。そして真の民主主義とは何物であるかという疑問と、要求とが、起りつつある。これは、喜ぶべきことでありまして……」

と、中村が、穏健なことをいい出すと、菅会長が、途中から、

「コーヒーも、民主主義も、即製はいかん！」

と、吐き出すような一言を、発したので、一同、大いに笑った。

そして、その笑いがしずまったころに、大久保画伯が、新しいタバコに火をつけながら、

「ところで、ぼくは、妙なところから、モエ子女史の噂を聞いてね……」

と、新しい話題を、持ち出した。

「どんな噂です」

「それが、また、インスタント・コーヒーと関係があるので、恐縮なんだが……」

「よござんすよ、どうせ、今日は、大久保さんに、インスタントでイカれるものと、覚悟をきめてますからね」

珍馬が、わざと、悲しい声を出した。

「いや、今度は、飲ませるわけじゃないから、ご心配なく……。モエ子女史が、よく稼ぐのは、皆さんご承知のとおりだが、コマーシャルの方でも、度々、あの顔が出てきますね。何とかいう即席ラーメンのコマーシャルにも……」

「おやおや、ラーメンのインスタントのお話ですか」

「いや、そうじゃない。ぼくだって、ラーメンは、ナマの方が好きです……。ところで、あの即席ラーメン屋のB食品がですね。今度、コーヒーの方へも、手を伸ばすらしい……」

「ひえッ、まだ、この上、インスタント・コーヒーが……」

と、珍馬が悲鳴をあげた。それも、道理であって、メス・カフェ、ラックスウェルの舶来品から、天使印、M印、カギ印等の国産品を併《あわ》せて、四十種に近い銘柄のインスタント・コーヒーのビンが、漬物屋の店さきにまで、ヒシメき合ってる現状である。日本人ほど、コーヒーの通を列べる国民はないが、また、日本ほど、インスタント・コーヒーを歓迎する国もない。それが、自由化を迎えて、一年に五十四倍も、輸入量が殖《ふ》えた。

「ぼくなぞも、もうインスタントは沢山なのだが、何でも、今度のB食品のは、従来の熱処理に代えて、低温の真空処理とか、何とかいう新方法で、従って、アロマ（芳香）の残留率が……」

「大久保さん、B食品から、いくらか貰ってるね」

「冗談じゃない。とにかく、新製品を出そうというんだから、B食品も、大変な意気込みで、近日、売出しと同時に、大宣伝を始めるらしいんだが、そこで、会社が眼をつけたのが、モエ子女史なんだよ。テレビのコマーシャル・ガールのみならず、新聞広告の写真にも使うというんだね。なるほど、彼女はコーヒーの名手だから、うまいところへ眼をつけたと思ったら、そうではないんだ。あの顔がいいんだそうだ。あの顔が……」

「モエ子さんは、インスタント面なんですか」

「そうじゃない。家庭向きの顔という点で、彼女以上の婦人は、滅多にないそうだね。もうコマーシャル・ガールも、美人の時代じゃない。ソノモノ・ズバリの顔でないと、効果があがらんのだそうだ。ことに、インスタント・コーヒーのような、家庭向き製品になると……」

と、大久保が面白半分、モエ子の新しい噂を蒔きちらしてるのを、菅だけが、世にも悲しい顔つきで、腕組みをしながら、聞いていた。

今年の縁喜

このごろは、どこの家でも、新年の祝儀《しゆうぎ》が簡略になって、重詰めだとか、お節料理も、ご免を蒙《こうむ》るというところが、少くない。その代り、洋食風や中国風のご馳走を準備して、年賀の客よりも、家族たちの口腹を、満足させようとする傾向がある。

そこへいくと、塔之本《とうのもと》家（というのか、坂井家というのか、ハッキリしないが）あたりは、実にサッパリしたもの。

アパートに住んでるから、門松を立てないのはわかっているが、お供え餅の影もなく、お雑煮も食べない。ベンちゃんが、餅がきらいなのである。モエ子だって、食べたって、食べなくたっていい方であって、それに、美容上からいっても、澱粉《でんぷん》のカタマリは、避けるに越したことはない。彼女が、美容に関心をもつのが、当か不当かというのは、おのずから別問題である。

雑煮も食べないし、お節料理なんてものは、新劇精神の上からいっても、調和を欠いてるので、準備したことがない。といって、コールド・ミートとか、チャーシューとかいうものの備えもない。早くいえば、何もしないのである。

世帯を持った当座は、こうまでサッパリしていなかった。モエ子の気質からいうと、正月の陽気なフンイキは、悪くなかった。料理はヘタなくせに、何か、コマゴマやって

みたのであるが、

「下らんよ、そんなこと……」

勉君が、反対するのである。

「通俗的だよ、新年を祝うなんてことは……」

そういわれると、そんな気もしてくる。それに、亭主の好きな赤エボシということがある。そしてまた、近年は、彼女の仕事が忙がしくなって、年末から年始へかけて、スタディオ通いが多いのである。落ちついて、家にいられないとすれば、正月のご馳走もムダである。そして、大変、手がはぶける。

そこで、元旦から、コーヒーとトーストということになったのだが、それでも、甘口のベルモット一本だけが、おトソ代りの役目を勤めていた。

そのビンに、紅白のリボンが結んであるのは、モエ子のせめてもの志なのであって、彼女だけは、明らかに、元旦を意識していた。

「どう、一ぱい？」

元旦の正午近く、二人は、朝飯を始めたのであるが、彼女は、着てるものは、毎朝のネグリジェではなく、仕立ておろしの黒のスーツだった。もっとも、午後には、外出の必要があるからだが、その新しい服の袖をのばして、彼女は、酒のビンをとった。

「飲まなくちゃ、いけないのかい」

勉君は、モシャモシャした髪にガウンのパジャマを着たままで、平常よりも、不精ッたらしく見えた。

「いけないッてこともないけど、お元日だもん……」

リキュール・グラスに、メノー色の液体が、半量ほど注がれた。飲めない上に、俗習に従うのだから、シブシブ顔である。

モエ子の方は、ベルモットの一杯や二杯、平気なもので、ヤケを起した時の酒量なぞは、男子も及ばないほどである。しかし、酒なしでいられないというような、悪癖の持主ではなかった。

「おめでとう」

彼女は、グッと、一息に、グラスを干した。

「やア……」

勉君の方は、一口ナメただけだった。

「今年も、いいことがありますように……」

モエ子は、二杯目のグラスにかかった。

「そういうけどね、いいことってのが、問題でね。君とぼくと、両方にとって、いいことってのが、なかなか……」

「かまわないのよ。ただ、そういっとくもんなのよ……」

朝は空腹なので、モエ子のマブタのあたりに、早くも、赤みがさしてきた。

「飯、食おうじゃないか」

勉君は、フォークに手を出した。テーブルの上には、いつもの、ハム・エッグスの他に、西洋皿の上に、殺風景な盛り方で、カマボコがあるだけ。

「それ、昨夜、西口のマーケットで、買ってきたのよ。キントンも、買いたかったけど、もう、売切れ……あんなにおそくても、一ぱいの人だったわ」

モエ子は、フォークで、カマボコをつき刺して、見栄もなく、大きな口を開けた。こういう所業は、年上の女房としては、一考の余地があった。

勉君は、カマボコに手を出さなかった。カマボコなら、食って食えないことはないのだが、魚ぎらいの肉好きで、西洋に生まれたらよかったような男だった。

「今年は、いいことがありますようにって祈るのはね、ベンちゃん、あたし、うまくいくと、洋行できるかも知れないもんだからね……」

「ふウん、そいつア結構じゃないか。施主は、誰だい？」

勉君は、フォークの手を休めるほど、耳を傾けた。

「それがね、まだ、海のものとも、山のものとも、きまんないんだけど、あたしの後援会ができるらしいの」

「テレビ・タレントの後援会って、聞いたことないぜ」

「新例ね。それだけに、うれしいわ。その発起人に、B食品の専務さんがいるのよ、Tさんていう人……。その人が、会社の用で、ヨーロッパへいく時、一緒に連れてってやろうというの……」

「ほんとかい、おい？」

「もっとも、B食品のコマーシャルをやることになるらしいけど……」

「そんなこと、ヘッチャラじゃないか。いいなア。そいつは……」

勉君は、ひどく、羨ましそうだった。

舞台装置の新知識を仕入れるためにも、そして、数々の新劇の名作を生んだヨーロッパという土地を、わが足で踏むためにも、勉君は、かねてから、外遊を夢見ていた。その熱望の度合いからいったら、モエ子を遥かに越すにちがいなかった。モエ子は、何といっても、洋行なんかしなくても、商売繁昌を約束されてるが、勉君の方は、それによって、ひどくハクがつくのである。もっとも、ハクがつくなんて、卑俗なことを、当人は、毛頭、考えていないが、ヨーロッパを見たい願いは、エルサレムを訪れる巡礼のように、すべての新劇人の夢だった。そして、求道心では、誰にも負けない勉君は、最も洋行に熱心な新劇人といえた。

そのヨーロッパへ、モエ子――つまり、細君であるが、彼女が一人で出かけるという話を聞かされて、近所に大火事というか、石油が湧出したというか、これは、驚くべき大事件だった。

もっとも、この夫婦が共有する夢を、曾ても、空想的に語り合ったことがないでもなかった。しかし、その時は、いつも、二人で一緒に行く夢だった。いや、モエ子が、うんと働いて、勉君だけを洋行させる夢の場合もあった。それなのに、彼女一人で、先きへ行くとは――

「いいなア、いいなア……」

勉君は、まるで、子供のような、口をきいた。

「あら、まだ、具体化した話じゃないのよ。ことによったら、ことによるだけの話なのよ……」

モエ子は、事実を告げたが、一旦、火をつけられた勉君は、少しも、鎮静する様子はなかった。

「ことによるにしても、いつ、立つんだい？」

「まだ、全然、未定……」

「どことどこへ、いくんだい」

「それア、いくとなれア、パリね。それから、ロンドン、ローマ……。それから、ウインは、是非……。コーヒーを、飲んできたいからね」

「うめえだろうな、ウインのコーヒーは……」

さすがに、稀代《きだい》の鑑賞家だけあって、勉君も、コーヒーの方へ、心が動いたが、すぐ、飜意《ほんい》した。

「いや、ウインなんか、どうでもいい。ぼくは、パリとロンドンの芝居だけで、我慢する……」

「そんなに、ベンちゃん、外国へいきたいの」

「わかってるじゃないか。ぼくは、あれほど、君に……」

「そうね。ずいぶん前から、二人で語り合ったことだもんね……」

「あア、今年は、よほどいい年らしい。君にとってはね……」

「そんなに、ヒガむもんじゃないわよ。まだ、あたし一人でいく決心をしたわけじゃないのに……」

モエ子は、気をもたせるようなことをいった。

「だって、話がきまれば、君一人で、いくんだろう?」

勉君は、指をくわえた子供のような、顔をした。

「さア、どうしようか知ら……。あたしね、この間うちから、運チャン雇って、車買おうと思ってたんだけど……」

モエ子が、何の関係もないことをいいだしたので、勉君は驚いた。

「すごく、景気がいいんだね」

「今みたいに、忙がしくちゃ、自家用車の必要も出てくるじゃないの。といって、いい年をして、自分で運転するの、ミットモないしね……」

「そんなこともないが、自家用車と洋行と、どういう関係があるんだい」

「だって、自家用車買うの止めれア、洋行費ぐらい浮くじゃないの」

「そうもいくまい。今、パリあたり、すごい物価高だそうだぜ」

「関係ないわよ。あたしの洋行費は、B食品で持ってくれた上に、車も買わないとしたら、貯金は手つかずということになるわね……」

「それア、そう」

「すると、ベンちゃんの旅費ぐらい、何とかなるわけだわね……」

そういって、モエ子は、いかにも年増《としま》らしい、コッテリした眼使いを、良人に送った。

「えッ、それア……」

勉君の表情が、パッと、明るくなった。

「二人で、一緒に行きたいと、前からいってたことだしね。できれば、あたしも、そうしたいわ」

「そうか、そいつは、すまん」

勉君としては、細君に〝すまん〟なぞというのは、よくよくのことだった。上品な生まれであるから、多少の心尽しを見せられても、感謝の言葉は、口にしない男なのである。

「それに、あたし、外国語とくると、全然、弱いでしょう。ベンちゃんが、一緒に行ってくれれば……」

「いや、ぼくだって、会話は自信ないけど、何とかやってみせるよ……。でも、その話、ほんとかい。何だか、夢みたいだなア」

「今のところ、夢が半分、ホントが半分ってところかも知れないわね。だから、あんまりアテにしない方がいいわ」

と、口ではいっても、モエ子の微笑には、確信らしいものが見えた。口では、そんなことをいって、勉君の心を釣るつもりかも、知れなかった。

「すると、今年は、ほんとに、いい年になるかも知れないぞ」

「そうね。でも、なにもかにも、ベンちゃん次第よ」

「ぼく次第？」

「そうよ。浮気するようなベンちゃんだったら、東京へ残してく方がいいもんね……」

モエ子は、また、コッテリした眼使いを、良人にそそいだ。

勉君の浮気といえば、丹野アンナのことになるが、その実、モエ子は、そう気にしているわけではなかった。菅貫一《すがかんいち》を訪ねて、大いに慰められてから、気持がすっかり変ったのである。

そういう軽い気持になったればこそ、〝浮気〟なぞという通俗の言葉が、口に出たので、また、ちょっと、カラカッてやろうとか、軽く、アテコスってみようとか、戯《たわむ》れの気分にも、なったのである。すべては、オトソ代りのベルモットの酔いが、させた業だった。

というのも、あの〝まずい〟コーヒーを入れた朝以来、二人は、暫《しば》らく睨《にら》み合っていたが、このごろでは、よほど、緊張が解けてきたのである。勉君は、二度と、コーヒーが〝まずい〟といわなくなった代りに、〝うまい〟ともいわなくなった。もし、モエ子の嫉妬が、コーヒーをまずくしたのなら、菅貫一と会って以来、心境が穏かになったので、もう、焦げくさい味はしないはずである。

それに、勉君の方も、朝飯をゆっくり味わう気分になれぬほど、忙がしい体になっていた。劇団新潮の〝河馬《かば》〟の公演は、一月八日から一週間だが、正月の三日間は、新劇俳優だって、世間並みに、仕事を休むので、年末に猛稽古を、重ねたからである。

もっとも、勉君は、舞台装置が受持ちだから、役者と一緒に、稽古場へ通う必要はなかったのだが、丹野アンナが、大役を獲得したので、そうもしていられなかった。

大役といっても、全体から見れば、ちょっとしたワキ役に過ぎないのだが、セリフの数も、出場も多く、彼女としては、未曾有《みぞう》のよい役を貰ったことになった。それに、このフランスの新しい芝居は、よほど様子がちがっていて、主人公らしいものを、強いて求めれば、河馬であって、それも、一疋や二疋の登場ではない。人間の役は、全部がワキ役か、端役であるから、アンナとしても、文句をいうところは、一つもないのである。

この配役については、塔之本君の運動が、大いに、ものをいった。若い演出者のKは、彼の朋党《ほうとう》であったし、それに酒好きの青年でもあったので、勉君は、飲めもしないのに、おでん屋へ誘引して、一種のヤミ取引きを、行ったのである。

そして、稽古に入ってからは、アンナの出場場面に、勉君が立会わないことはなく、稽古がすめば、演出者そっちのけで、ダメを出したり、忠告を下したりする。当人のアンナより勉君の方が、有頂天だったほどである。

そんなわけで、勉君も体が疲れるらしく、家へ帰っても、テレビのディレクターのように、すぐ眠ってしまう。従って、夫婦の語らいということも、この頃は、忘れがちだった。しかし、都合のいいことに、モエ子の方も、このところ、夜更けの仕事が多く、睡眠を欲することしきりなので、欲求不満を起す前に、イビキをかいてしまう。そこで、この夫婦は、何の風波《ふうは》もなく、あれからの一カ月余を、送ってきたのだった。

しかし、風波がないからといって、海面の下には、どういう潮流が動いてるか、知れたものではなく、勉君とモエ子の間のみならず、およそ、夫婦というものは、絶対安全の航海を、望まれない。

その証拠に、何の気なしに、モエ子が使った一言が、勉君の耳に刺さったらしい。

「浮気?」

彼は、不快を顔に示した。

「そうよ。去年は、外からの呼び声とか、何とかいって、お尻が軽くなったじゃない?」

モエ子の方は、どこまでも上機嫌で、対手をからかう気持だった。

「それを、浮気というのか」

「だって、まだガンゼない女の子に、イカレたりしてさ……」

モエ子は、ちょっと鈍感のところがあって、対手の気持とか、顔色とかには、頓着《とんちゃく》なしだった。

「君、丹野アンナのこと、いってんのか」

勉君は、キッとなった。モエ子は、やっと、気がついた。

その声音《こわね》に、

「あら、ご免なさい。冗談よ。もう、済んじゃったことだから。ちょっと、冗談いってみたのよ」

「いや、まだ、済まない……」

勉君は、正直青年の本性を、現わした。

「あら、まだ、済まなかったの。どう、その後の進行ぶりは？」

モエ子は、冗談めかしていった。

「順調だ。快速調《アレグロ》だ」

「それは、おめでとう」

「ぼくは、大晦日まで、毎日、彼女と会ってるんだ。毎日、彼女の価値を、発見してるんだ。彼女はきっと、すばらしい女優になる……」

「結構じゃないの。あたし、アンナちゃんが大女優になったって、べつに、文句いう気ないわ」

「それなら、浮気とは、何だ」

勉君はイタケダカになった。

「だから、冗談よ」

「冗談でも、浮気とは、何だ。そんな下品な、卑俗な、まるで会社の重役が、バーの女に心を動かすようなことを……」

勉君は、すっかり、怒ってしまった。

元日早々、ド鳴り声なぞは、面白くないので、モエ子は、平あやまりに、あやまって、やっと、キゲンを直してもらった。

「わかってくれれば、それで、いいよ……。とにかく、食事にしよう」

勉君は、冷えたハム・エッグスに、手を出したが、コーヒーを飲もうと思っても、カップが出ていなかった。

「おや、コーヒーは？」

「あら、大変！　すっかり、忘れちゃった……」

ベルモットを飲んだので、コーヒーの支度を、モエ子は忘れた。これは、何年にもないことで、しかも元日のことである。コーヒー夫婦にとって、縁喜《えんぎ》のいいことではなかった。

しかし、そんなことは、あまり、気にしないタチなので、モエ子は、すぐ、コーヒーの支度にかかって、無事に、元日の朝飯を済ませた。

「あたし、午後は、お年始に歩かなくちゃ……。ベンちゃんは、どうする？」

彼女は、汚れ物を台所に運んでから、部屋に帰ってきた。

「おれは、一ン日、うちにいるよ。稽古は、休みだし、それに、元日の市中ってのは、あんまり、好かねえんだ」

彼は、早くも、ソファの上に、寝ころんでいた。

「そう。なるべく、早く帰ってくるけど、もし、おそくなったら、晩ご飯、先きに食べて頂戴。冷蔵庫ん中に、いろいろ、入ってるから……」

そういうことは、慣れッこであって、勉君が、不器用な手つきで、自分の食事をつくるのは、日課のようなものである。それに、近頃は、ご飯まで、インスタント製品がある世の中で、現代の〝髪結いの亭主〟は、非常に、恵まれてるのである。

「ほんとは、暮れにできてきた和服が、着たいんだけど、地下鉄に乗ることを、考えるとね……」

「じゃア、早く、車を買うさ。運転手づきのやつを……」

「買ってもいいけど、洋行できなくなるわよ」

「そうか。じゃア、やめた……」

勉君も、洋行と聞くと、弱くなるのである。

モエ子は、鏡の前で、顔を直し新調のハンド・バッグに、古い方の中身を、入れ替えた。テレビ・タレントともなると、台本を入れるために、大型のバッグが必要だが、お年始には、普通型で、高価なやつを、携帯したい。

「じゃア、行ってくるわ……」

彼女は、ソファの上の勉君に、軽く、投げキッスを、送った。いつも、こんなことをするわけではないが、先刻、ケンカをしかけたイキサツがあったので、何か、心残りだったのだろう。

アパートは、井荻《いおぎ》に近い方にあるので、地下鉄の荻窪駅までは、五分ほど、歩かねばならなかった。元日のことで、邸宅街は、静かだった。国旗を出してる家が多かった。

「おや、先生、おめでとう。お宅へ、お年始に伺うところで……」

モエ子のマネジャーの飯島が、向うから、歩いてきた。マネジャーといっても、ホテルのマネジャーとはだいぶ違う。革のジャンパーから、ハデなマフラをのぞかして、キンキンした声を出すところは、街のアンチャンに近かった。

「そう。あたしも、これから、お年始だから、また、いらっしゃいよ」

ずいぶん失礼なアイサツだが、対手は、ビクともしない。

「さいですか。じゃア、その辺まで、歩きながら……」

マネジャーというものは、気楽な稼業だか、シンの疲れる商売だか、ちょっと、見当がつきかねるが、少くとも、当人は楽天家でないと、勤まらない傾きがある。同じく忙がしい仕事でありながら、ディレクターのように、胃弱になったり、ノイローゼにかかったりする例を、あまり聞いていない。

モエ子のマネジャーの飯島なぞは、憂愁《ゆうしゅう》とはどんな字を書くか、どんな物体だか、知らないような青年で、現代の快活を、一身に代表してる。もっとも、クヨクヨしてたら、飯の食えない商売であって、サギをからすといいくるめて、局にタレントを売込むのだから、口調だって、露店の口上めいてくるのは、やむをえない。その上、この口入れ業者は、一口について、一割ぐらいの手数料をとって、生活するのだから、ギャラの高いタレントを、大勢持ってれば、それだけ割りがいいのだが、そう思うようにはいかない。現に、飯島なぞも、坂井モエ子をスター級とするような、貧弱なプロダクションに、属している。

「先生、どちらまで？」

マネジャーというものは、誰をつかまえても、先生と呼ぶ。

「あたし、地下鉄で、四ツ谷まで……」

「じゃア、新中野まで、御一緒に……。ところで、先生、今年は縁喜がいいよ」

「なぜよ」

「C・T・V（中央テレビ）で、先生クラスを主役で、一年もののホーム・ドラマを、考えてるんでさア。まだ、誰も知らねえがね。あたしは、もう、先生を売込んでるんでさア」

マネジャーとは、不思議な稼業であって、毎日、テレビ局へ出入りしてるうちに、絶対秘密の企画なぞも、カぎだしてくる。局の編成部長なぞも、まだ知らないような新企画を、どこの誰から聞くのか、逸早く、耳にしてしまうのである。もっとも、そのカンがなければ、自分のところのタレントを早く売込むわけにはいかない。

その不思議な才能を、知ってるから、モエ子も、聞き捨てにできなかった。

「えッ？　ほんと？」

「先生が主役とくれア、こっちも、うれしいよ」

「でも、どうして、あたしなんかに……」

「ご謙遜にア及びませんよ。先生の最近の人気ときたら、たいしたもんだからね。それに、中年層の人気だから、これア、長持ちしまさア……。その台本は、平家鶴二先生のもんらしいんだが、スポンサーは、やはり、Y電機ですよ。つまり、今の〝表通り……〟が済んだ後を、狙おうというんで……」

「まア、Y電機なら、あたしんところへくるかも知れないわ。あすこの社長さんの奥さんが、大ファンなのよ。実は、これから、そこへお年始にいくところなのよ」

「それア、是非、ご機嫌とっといて下さいよ。スポンサーの指名とくれア、話が早いからね。ねえ、先生、今度は、主役ですぜ。腕の見せどころだよ、これア……」

いつもは、割合い空いてる地下鉄も、今日は、着飾った乗客が、つり革にすがって、立ってるほどだった。

飯島が、「先生、先生……」というものだから、近くの乗客は、ケゲンそうにモエ子の方を見るが、おなじみの〝表通り……〟のおちかさんとは、すぐには看破《かんぱ》できなかった。なぜといっても、今日は元日のことだから、彼女も、念入りにお化粧してきたので、実際の年齢より、三つぐらい若く見え、四十七歳の〝おちかさん〟とは、七つもちがう勘定だった。それに、服装だって〝おちかさん〟のように、シオたれず、小会社の重役の奥さんに、負けなかった。ただ、革ジャンパー姿の青年を、お供に連れてるのが、異様といえば、異様だった。

「それじゃア、いずれ、局で……」

その異様な青年も、新中野で下車してからは、モエ子は、気が落ちついて、黙想を愉《たの》しんだ。

「主演ものができるかも知れない……」

それは、願ってもない、吉報だった。

どうせ、ホーム・ドラマだから、彼女の念願の毒婦役では、ないだろうけれど、役者と生まれたからは、主役をやってみたい。どんな主役であっても、ワキ役より、よっぽどありがたい。新劇にいた頃も、テレビ専門となってからも、年がら年中、ワキ役ばかりやってきて、彼女も、いい加減、飽き飽きしてしまった。世間では、彼女は、ワキ役しかできないもののように、考えてるらしいけれど、

「あたしだって、役さえ回ってくれア……」

と、自信は充分だった。

それに、ドラマの女主人公といえば、美しい、若い女性ときまっていたのは、昨日の話で、昨今、世間でも、家庭でも、中年女性の勢力の増大は、すばらしいものである。その趨勢《すうせい》を反映して、彼女を主役とするようなドラマが、テレビでとりあげられるようになったにちがいない。

「そうよ、若い人なんかに、何ができるっていうのよ。ほんとの人生の味、男女の味っていうもんだって、四十を過ぎなけれア、何がわかるっていうのよ……」

彼女は、胸の中で、凱歌をあげた。そして、彼女を主役とするドラマで、きっと、成功を博して見せると、心に誓った。

その男女の味のことであるが、彼女は、自然に、家に残してきた勉君のことを考えた。

「ベンちゃんたら、あたしが、浮気っていったら、怒ったわ……」

彼女はおかしくなって、忍び笑いを洩らした。

笑うくらいだから、心配の種はなかった。勉君が丹野アンナと、怪しい関係でもあるのだったら、あんなにムキになって、怒るわけがないのである、二人の間は、演劇の理想と熱情の一致――少くとも、好意と好意の結びつきに過ぎず、恋愛までは程遠いと、安心できるではないか――

もう一つ、モエ子の自信と希望を、湧かせる種があった。

無論、洋行のことである。

それも、ただ、宿望が果される、というだけのことではない。勉君を、あれだけ牽制したことに、意味があるのである。

「そうか。そいつは、すまん」

そういった時の彼の顔が、どんなに、喜色《きしょく》を輝かしたことか。まだ、未確定のことだと、念を押したにかかわらず、あれだけ、有頂天になってしまうところをみると、よっぽど、洋行というものが、魅力らしい。

「こんな、いい餌があるとは、気がつかなかったわ。これは、大切にしとかなけれア……」

モエ子は、洋行ということが、勉君に対して、最大の餌であることを、知った。この餌があるかぎり、ちっとやそっとのことでは、勉君は、彼女の側を離れないだろう。アンナのような未熟な果物の味に、心を奪われることもないだろう。

「それもある……」

なんて、彼女に秋風を立てたような、口吻《こうふん》をもらしたが、洋行という段になれば、なにもかも、思い直すだろう。

それに、洋行も、勉君の旅費だけ、彼女が負担するとなれば、予定の半額だけでいいわけである。勉君と二人も行くのに、一人だけの費用ですむばかりでなく、彼女のギャラが貰えるから、更に、安上りになる勘定だ。

「ことによったら、二人で、タダ行ける勘定になるかも、知れないわ。すると、車の方も……」

洋行すると思えば、運転手つきの車の方は、あきらめるのであるが、こう情勢が変ってくると、マンザラでなくなってきた。

「えーと、今は、貯金が、三百八十万円として……」

彼女は、急いで、胸算用を始めたが、どうやら、空想的数字でもなくなってきた。うまくいけば、洋行から帰って、そう時間のたたぬうちに、自家用車の方の夢も、実現しそうだった。

そうなってくると、洋行帰りのハクがつく上に、運転手つきの車で、局入りをすることになるから、仲間がアッというばかりでなく、ギャラだって、上ってくるかも知れない。

「あら、今年は、何だか、いいことばかり、ありそうだわ……」

そういうことを、考えてみると、顔の造作《ぞうさく》が、どうしても、弛んでくるし、注意力も、おろそかになってくるのは、やむをえない。

「あら、大変！　四ツ谷だわ……」

横書きの駅看板に、気がついて慌てて、飛び出したのと、自動ドアが閉まるのとは、一瞬の差であった。

「ボヤボヤしちゃ、ダメよ。これから、お年始にいくのは、今年の運命と、大関係のある奥さんなんだから、ご機嫌を外《そ》らさないように、最高の印象を与えるように……」

彼女は、階段を上る足を、踏みしめた。

モエ子は、四ツ谷駅からタクシーに乗って、市ケ谷のY電機社長を訪れたところが、門扉《もんぴ》は開かれていても、玄関はシンとしているので、留守かと思って、失望したが、

「ご免あそばせ」

と、気取った声を、出してみた。

すると、女中さんと共に、奥さんが直き直き、飛び出してきた。

「まア、まア、そのお声は……」

ファンとは、ありがたいもので、モエ子の気取った作り声でも、すぐ、聞きわけて、奥の間から、迎えに出たのである。女中さんだって、主人を見習って、モエ子のファンらしく、親しげなニコニコ顔で、下にも置かぬモテナシ振りである。

「お座敷なんかより、あたしの居間にしましょう」

中廊下を曲って、庭に面した六畳は、新スキヤ風のきれいな部屋だった。すでに、先客が一人あって、黒の上着に、縞ズボンをはいているが、遠慮なく、アグラをかいていた。

「まず、明けまして……」

と、モエ子が、指をつかえるのを、夫人は、

「よく、来て下すったわね。でも、家は、毎年、お正月なしなのよ。主人が、大晦日から川奈へ行って、三ケ日《さんにち》は帰らない例なもんで、お年始客は、どなたも、お玄関だけ……。でも、この人は別……。あたしの弟よ。どこか、似てるでしょう」

と、夫人は、先客を紹介した。なるほど、デップリ肥ったところや、眼の細いところが、よく似てるが、姉よりも、抜目のなさそうに、口許が締まってる。

「お初にお目にかかります。坂井モエ子でございます」

「知ってますよ。とっくに。うちの会社でも、たしか、コマーシャルをお願いしたこと

がある……」

「あら、どちらさまでございましょうか」

「即席ラーメンのB食品よ。弟は、専務をしてるの。とても、モエちゃんのファンなのよ」

と、夫人が代って、説明してくれた。

「まア、B食品さんで……」

モエ子は、大メーカーの専務さんに対する敬意を、忘れなかった。

「ほんとに、お二人で、ごヒイキ下さるなんて、身にあまる光栄ですわ」

「やっぱり、同胞《きようだい》だから、趣味が似るのね」

と、夫人は、二十貫もありそうな横幅を、うれしそうに、左右に揺すった。

弟の方は、貫目《かんめ》の点では、姉に一歩を譲っても、男振りは立派で、

「いや、趣味じゃない。ぼくが、坂井さんのファンなのは、どこまでも、会社のことを、考えてるからなんだ」

と、キラリと、眼鏡を光らせた。

「会社のことって、何よ」

と、夫人が、不審がると、

「ぼくはね、姉さんとちがって、テレビ・ドラマなんか、面白がってるヒマは、ないんですよ。ぼくがタレントを見るのは、その人の宣伝媒体としての価値いかんということ

なので……」

　と、弟の専務さんは、早や口で、まくしたてた。

　ありがたいファンかと思って、感謝していたモエ子も、ちと、面白からぬ顔つきで、聞いていると、

「忙がしいぼくが、毎晩、テレビを見たりするのは、いつも、そういう意味のタレントを、探していたからなんです。つまり、会社のコマーシャルに、理想的な人はいないか……と。ところが、これが、実に、少いんだ。いずれも、オビに短し、タスキに長し……」

「そうでしょうか。あたしなんか、ご覧のとおりのお婆さんですけど、人気のある、若い、美人のタレントなら、大てい、P・Rのお役に立ちますわよ」

　モエ子は、ケンソンのつもりらしかった。

「とんでもない。美人、ダメ……」

　専務さんが、断然といった。

「若い、美人ですよ」

「若くても、美人、ダメ……」

「あら、どうして？」

　社長夫人も、話に乗ってきた。

「美人なんてものはね、バーか待合だけに、通用するもんなんです。断じて、家庭向き

ではない……」

「でも、美人の奥さんがいれば、家庭円満でしょう。あたしも、若くて美人だったら、お正月の留守番なんか、させられないけど……」

「いや、美人の細君は、友人に持たしとく方が、無事なんです、ほんとは……」

「それで、テレビのコマーシャルに、どうして、美人はいけませんの」

モエ子が、反問した。

「そう。そのことでしたね。なぜ、いかんちゅうと、美人あるところ、必ず敵ありなんです。例えば、ある一家の主人が、魅力を感ずる美人タレントは、きっと、奥さんが反感を持ちます。いや、細君ばかりじゃない。男を魅するような型の美人には、九人の女性が反感を持つでしょう。だから、コケット型の美人は、われわれ、怖《お》じ毛をふるうんですよ。何といっても、聴視者は、女性が大部分で、約三分の二ですからね」

「でも、純情で、清潔な美人だったら……」

「それでも、美人がジャマしますね。美人である限り、何とか、同性から難クセをつけられますよ。その上、清潔美人は、男性聴視者も、敬遠するし……。要するに、われわれ業者としては、誰からも好かれるタレントを使わなければ、困るんです。電波料というやつは、ご想像以上に、高価なもんでね。高い金を払った上に、反感を買ったとなれば、損害が倍になりますからなア……」

と、いって、専務さんは、改めて、モエ子の顔を眺め出した。

「だから、コマーシャル・タレントの条件とは、まず、〝嫌われぬ人〟ということなんです。別な言葉でいえば、〝イヤミのない人〟ともいえますが、ちょっと、意味が限定されますね。〝親しめる人〟といった方が、いいかも知れない……」

専務さんは、よほど商売熱心らしく、熱弁をふるいだした。

「つまり、ほんとに、大衆性を持った人という意味でございますね」

モエ子も、少し、理解ができた。

「その通り。しかし、そういう人が、めったにいないんですよ。美人や美男子はいる。いくらでもいる。しかし、最大多数に好感を与える〝嫌われない人〟というのは、実に、少いんです」

「すると、平凡な人が、かえっていいんですね」

「いや、平凡は困る。平凡プラスXでなけれア……」

「何でございましょう、そのXって……」

「それがわかれア、苦労はしませんがね。しかし、ぼくらは、商売柄、Xを持ってるか、持ってないか、その人を見れば、すぐわかる……。坂井さん、失礼ながら、あなたぐらい、多量のXを持ってる人は、ちょっと、少いんですよ」

「え、あたくしが？」

「あなたは、〝嫌われぬ人〟の標本みたいなお方です。ぼくは、前から、眼をつけてたんですがね。〝表通り裏通り〟が、あんなに人気があるのも、九〇パーセントまでは、あなたのXの働きなんですよ。あなたの芸の力といいたいけれど、お世辞は抜きにして……」

「まァ、ひどい。モエ子さんは、芸だって、あんなにお上手よ」

と、夫人はムキになって、弁護した。

しかし、モエ子としては、芸の方を賞められなくても、それに代る喜びがあった。

「あたし、〝嫌われぬ人〟なのか知ら……」

俳優としては、憎まれても、芸の達人といわれた方がいいが、個人としては、あまり、人に嫌われたくないのである。〝それもある〟なんて、いわれたくないのである。

彼女は、交際や義理を欠かさない方だし、人に嫌われるようなことも、努めて避けているのだから、もっとチヤホヤされてもいいはずなのに、それほどでもなかった。通り一遍の友人なら、腐るほど持っているが、ほんとに、心を打ち明けられるのは、勉君だけなのである。その勉君が、倦怠《けんたい》の様子を示したとしても、あまり心配の必要はないかも知れない。彼女は自分で思っていたほど、魅力のない女でもないらしいからである。現に、この家の女主人のように、熱心なファンがいるのも、やはり、彼女の弟のいうように、Xが多量なのかも知れない――

「何にしても、うれしいことだわ。今年は、元日から、縁喜のいいことばかり聞くわ……」

心にそう思ってるから、顔つきも、和《なご》やかで、第三者にも、これがXかと思われる魅力を、アリアリと、浮かべていた。

夫人は機を見て、女中さんに、トソ道具や重箱を、運ばせた。

「モエ子さん、おトソなんかより、ウイスキーの方がいいんじゃない？」

「いいえ、何年にも、おトソを頂いたことございませんから……」

実際、彼女も、勉君と同棲してから、殺風景な正月ばかり送ってるので、こういう世間の習慣が、もの珍らしかった。重箱の中身も、見るから美しげに、飾られていた。

「ぼくは、水割りでも……」

専務さんは、もうどこかで、新年の酒が入ってると見えて、いよいよ好機嫌で、

「ところで、この席において、坂井女史にも、姉さんにも、わが社の大秘密を打ち明けようか」

と、意外なことをいい出した。

「大秘密？」

「いや、もう、大秘密でもないかな。松の内が明けると、世間に、大々的に発表の手順になってるんだから……」

「何か、新製品を発表なさるとか、伺っていましたが……」

「それ、それ。もう数年前から、準備を始めていたんですが、他の社へ洩れたら大変だから、肉親の姉にも、秘密にしてましたがね。いや、近頃は、産業スパイどもが、活躍しよって、大切な企画を、すぐ嗅《か》ぎ出しますからね」

「新製品といっても、いずれ、あんたの会社のことだから、即席ラーメンみたいなもんだろう」

「ご名答。でも、即席製品も、あらゆるものが、出尽しちまってね。即席ライスあたりが、行き止まりですよ。だから、今度は、食うものより、飲みものの方……」

「すると、ジュースみたいなもの……」

「ジュースも、悪くないが、もっと、販路の広いもんです……」

「化学調味料？」

「いや、インスタント・コーヒーです」

「まア、コーヒー。うれしいわ」

モエ子が、ハデに手をひろげた。

「そう、そう。モエ子さんは、コーヒーがお好きで、入れるのも、大変、お上手という評判よ」

と、夫人が、口を添えた。

「それも、チャーンと、調査済みですよ。わが社は、インスタント・コーヒー合戦に、少し立ちおくれて出陣するので、製品の吟味はもとよりですが、P・Rの方でも、他社を抜かなくちゃならんのですよ。ぼくの見解では、テレビのある家庭なら、大体、インスタント・コーヒーの愛用者がいますね。ですから、主力をテレビ広告に注ぐつもりですが、このタレントは、坂井さん以外にない。今もいうとおり、坂井さんは〝嫌われぬ人〟の条件が、充分である上に、コーヒーに大いなる愛着も、持っていらっしゃる。その人が、わが社のインスタント・コーヒーを、カップに充たして、ただ、ニッと笑って、飲んで頂くだけでよろしい。それだけで、P・R効果は、満点の見込みがある……」

稽古

その時分に、荻窪のアパートでは、塔之本勉君《とうのもとつとむ》が、ソファにころがって、演劇書に読みふけっていた。

正月だから遊ぶ、というような精神は、彼のものではなかった。といって、女房がいないから、おとなしく、家を守ろうという考えも、持ち合わせなかった。女房の留守は、慣れっこであり、その度に、家を守っていたら、彼は、終身刑の囚人のようなことになってしまう。女房が外で働くとなれば、家の中も、普通ではなくなってくるので、一緒に食事をするとか、共に寝所へ入るというとかいうことも、珍らしい家庭なのである。腹が減ってくれば、勉君は、一人でソバ屋へ行くとか、自分で飯ごしらえをするとか、サッサと済ましてしまうし、眠くなれば、勝手にベッドへもぐりこんでしまう。

三間ある部屋を、食堂兼接客用に一つ、勉君の仕事部屋に一つ、二人の寝室に一つと、分けて使用してるのである。食堂といっても、二人が夫婦らしく、一緒に食事をするのは朝だけ——それも、モエ子の帰りが、深夜になったり、翌朝になったりするので、勉君一人で、朝飯を食う場合も、稀れでない。そういう場合には、勉君も、紅茶を使用する。一人で、レギュラー・コーヒーをいれるのは、面倒でもあるし、第一、とても、細君のような味が出ないから、あきらめてるのである。

寝室の方は、ベッドが二つ、夫婦らしく列んではいるけれど、今もいうとおり、寝につく時間がズレるので、寝物語ということも、あまり行う機会がない。それどころか、深夜に帰ってきたモエ子は、良人の眠りを妨害しないために、ぬき足さし足で、盗人のように、わがベッドに忍び込む計らいをする。勉君だって、徹夜の舞台稽古で、帰ってくる時は、よく働いてくれるわが妻の寝息を、乱さぬ用心をするのは、無論である。

これでは、寝物語は成り立たない。

そうだとすると、夫婦のどちらの側にも、欲求不満が起ってくるはずだが――ほんとは、大いに起ってるのかも知れないが、少くとも、意識的には、二人とも、平然たるものである。

モエ子の方は、テレビ病にかかって、意慾を失ってるとも、解釈できるが、勉君は、まだ、三十五歳の若さで、べつに病身というわけでもないのだから、勇気満々であるべきはずである。

ところが、人間を決定するのは、性格であって、勉君は、生まれつき、上品な男である。現代の殿様なのである。ガツガツするのが嫌いな性分の上に、非常な不精者である。たとえば、シャツのボタンがとれたって、決して、自分でつけようとはしない。一年ぐらいたって、モエ子が気がついて、つけてくれるまでは、平気で、捨てて置く。自分ですべきことを、顧みないばかりでなく、人に頼むことすら、面倒がる男なのである。最大の好物であるコーヒーすら、正規の入れ方をするのが面倒なので、紅茶かインスタントで我慢するくらいだから、夫婦の語らいということでも、細君の方で、用意万端のお膳立てをととのえて、〝サア、召上れ……〟とでもいわなければ、ハシをとろうとしない男なのである。

その点は、モエ子も、知らないではない。また、彼女も、それを面倒がる性分でもなかった。まだ、彼女が、今のように多忙なタレントでない頃は、相当のお膳ごしらえをして、食事をさしあげた覚えがあるのである。

しかし、この頃は、そうもいかない。たまたまの会食も、手のかからぬものをとることになってしまう。勉君は、それで、不平をいわないし、彼女の方でも、このごろの奥さんみたいに、栄養価の不足に文句をつけるほど、ヒマではなかった。

それに、この夫婦には、性的結合ということが、最大の目的になっていなかった。ちょっと、近頃の夫婦とちがうのである。二人を結び合わせる一番太いヒモは、どうも、新劇というものであるらしい。新劇を愛する気持で、二人は一緒になり、その情熱が、夫婦仲の支えになっていることは、前にも述べたとおりである。もっとも、勉君は新劇の闘士で、モエ子の方は、目下はシンパサイザーであるが、彼女の郷愁の強さ、純真さは、おさおさ良人に劣るものではなかった。

その共同の理想がなかったら、いくらオットリとした勉君でも、一個の男子として、女房から食わしてもらうという運命には、甘んじなかったかも知れない。女房が、自分を食わしてるのではない。新劇精神が食わしてくれるのだと、思えばこそ、八年間も、今のような生活を、続けてきたのである。

「その代り、断じて、ケツに敷かれないぞ！」

その決意のもとに、まるで、我儘息子が母親に対するように、モエ子に君臨してきたのである。

しかし、少々、それに飽きてきた。他人から見れば、栄耀の餅の皮かも知れないが、

「これでいいのか、おれの生活は……」

というようなことを、考えるようになったのである。

女房が、同じ道の新劇で稼いで、食わしてくれるのだったら、文句はないが、彼女の職場はテレビである。テレビは、一億総白痴化運動ともいわれるほど、低俗視されてるが、勉君は、そんなことよりも、劇団新潮の内部問題として、座員のテレビ出演に、以前から、反対の立場をとってるのである。テレビなぞに出ていると、次第に演技能力が低下するのみならず、何よりも大切な、新劇精神が、衰弱してくる。それも、前途なく、感覚も硬化している幹部俳優なら、仕方がないが、中堅以下の若い座員は、絶対に避けねばならない。

彼は、機会ある毎に、それを主張するのだが、賛成者といっては、いつも、テレビで

売れ口のない、芸も、顔も、あまり、パッとしない連中ばかりだった。

そうなると、彼は、上品であると共に、ガンコの生まれであるから、いよいよ、テレビを、新劇の敵と考えるのだが、

「でも、お前の女房は、何をしてるんだい?」

と、いわれれば、一言もない自分が、次第に、情けなくなってきたのである。

といって、彼の女房は、テレビ以外に生きる道はないのであって、新劇に復帰しようと思っても、新劇の方で断るかも知れないし、第一、生計の道を失ってしまう。彼女は、テレビの方で断られるまで、今の道を続けるだろう。

だから、彼は、テレビに出る女房に、飽きたのであって、坂井モエ子そのものに、飽きたのではないともいえる。いつか、〝それもある〟といったのも、そのような意味であると、彼自身は解釈しているが、年上女房というものの本質からいって、そう常に新鮮味を、貯《たくわ》えているわけでもあるまい。

とにかく、彼は、生活革命なぞということを考える、危険な良人になってきたが、生来の不精というか、横着というか、自分で蹶起《けっき》するには、よほどの勇気を要した。そこで、あの〝コーヒーのまずかった〟朝以来も、平穏無事が、続いてきてるのである。

今日も、元日でありながら、衣服を改める気はなく、ガウン風のパジャマ姿で、暖房設備を愉しんでるくらいで、とても、一年の計を立てる甲斐性はなかった。いわんや、今年、生活革命をやろうなぞとは、夢にも考えないで、タバコを喫《す》ったり、本を読んだ

りして、午後に及んだのであるが、朝飯がおそかったから、午飯《ひる》は、抜きにした。せいぜい考えることといったら、

「今年も、去年と同じように、ロクなことはあるまい……」

というぐらいのところだった。

女房は、洋行が、今年は実現するかも知れぬといったが、それは、飽くまで、仮定の上に立つ希望的観測であって、あんなに昂奮したのが、バカらしくなってきた。

「話が、うますぎるよ。そういうことは、メロ・ドラマの世界にしか、起らぬもんだ……」

彼は、再び、読書にかえって、新しい頁《ページ》をめくった時に、入口のボタンに通じたブザーの音が、鳴った。

「うるさいな……」

シブシブと、ソファを立ち上って、扉のところまで行くと、

「坂井なら、留守ですよ」

と、内部から、大きな声を出した。

「いいえ、あたしよ、先生……」

その声は、明らかに、丹野アンナだった。

「あア、アンナちゃんか」

すぐ、ドアのカギを外すかと思ったら、そうではなかった。

「そこで、ちょっと、待ってい給え……」

そういって、彼は、自分の部屋に入っていった。衣服を替えるためなのである。寝衣《ねまき》のままで、人に会うべきでない——対手《あいて》が、若い女性なら、なおさらと、考えたのだろう。

「さア、入り給え」

と、ドアを開けた勉君は、丸首の黒いスエーターに、上着をひっかけただけだが、彼としては、正装に近かった。

まず、塔之本勉君とは、そのような男なのである。ネマキ姿で、人に会わない礼儀を心得てるのであるが、対手が丹野アンナであることを、考えて置く必要がある。もし、彼女が勉君と特別関係に入ってるとしたら、いくら彼でも、更衣の間、女を外に待たして置くような、水臭いマネはしないだろう——

「先生、おめでとうございます」

アンナの方でも、先輩に対する礼儀を、欠かさなかった。

「やア……。今年も、しっかりやってくれ給え」

「やりますわ、今年こそ……」

「期待するよ。まア、そこへ、腰かけて……」

「失礼しますわ」

アンナは今朝、モエ子が坐っていたイスへ、腰を下した。

テーブルの上には、まだ、ベルモットのビンや、グラスが、出たままだった。

「君、飲むかい?」

「ええ、頂きますわ」

アンナは、近頃の若い女らしく、酒が飲めるのである。

「じゃア、台所へいって、グラスを洗って来給え」

「はい」

心得たもので、彼女は、人の家の台所へ、ズカズカ入っていった。もっとも、モエ子の留守にやってくると、勉君に、遠慮なく、女中代りに、使われるのである。

「勝手に注いで、勝手に飲み給え」

グラスを並べてる彼女に、勉君は、薄情なことをいった。

「先生も、少し……。いいでしょう、お正月ですもん……」

「じゃア、ほんの少し……」

底の方に、少し溜ったグラスと、ナミナミと注がれたグラスとが、持ち上げられた。

「われらの演劇のために!」

と、勉君が、べつに冗談ではない調子で、叫んだ。

「そして、われらの時代のために!」

アンナの方も、大マジメであったが、いい方が、多少、セリフじみていた。

チンと、グラスの縁が鳴って、酒が飲み干された。驚いたことに、アンナは、ほんとに一息だった。勉君の方は、舐めた程度。

「あア、お腹ン中へ、浸みとおる……」

彼女は、手の甲で、口を拭った。

「この酒は、甘いけど、強いんだそうだ。でも、君なら、二、三ばいは、ヘッチャラだろう」

「五ハイは、いけますわ。でも、あんまり飲んじゃ、坂井先生に叱られる……」

「かまやしないよ。飲みたきゃ、いくらでも、飲むさ。まだ、何本も、しまってあるらしい……」

「あら、ステキ！　ブランディは、しまってありません？」

女が酒を飲んで、男は見物してる世の中――

「どうだい、君、今度の役のセリフ、入った？」

勉君が聞いたのは、近く始まる芝居の〝河馬《かば》〟のことである。アンナは、富豪の令嬢セルメーヌという役で、彼女が生まれてから、こんなに沢山のセリフのある役は、初めてだった。それだけ、重い役であるのは、いうまでもないが、また、それだけ、セリフを暗記するのが、大変である。セリフを、暗記することを、芝居の世界では、〝入れる〟というが、べつに、コーヒーと関係のあることではない。

「ええ、もう、全部！」

アンナの眼は、輝いている。

「ただ、暗記しただけじゃ、ダメだぜ。セリフの内容も、頭に入った?」

「ええ、それも、全部!」

「ほんとかい、あの芝居は、とても、むつかしいんだぜ」

「ええ、でも、演出者のおっしゃる意味の内容でしたら、ゼーンブ!」

意気昂然として、アンナが答えた。生来、元気のいい女の子だが、ベルモットの酔いも、手伝ってるらしい。

「それなら、いいが……。とにかく、今度の役で、成功すれば、君は、一躍、飛び出しちゃうからね。研究生から座員待遇に、昇進することも、きっと、約束されるよ」

「ほーんと? うれしいわ。でも、それも、これも、みんな、先生のおかげよ」

「いや、ぼくは、何も知らんよ。ただ、演出者のH君に、セルメーヌの役を相談された時に、ふと、君のことが頭に浮かんで、推薦しただけだもの……」

「それだけでも、とても、うれしいんだけど、座内の噂では、先生はあたしに、もっと、好意のある態度を、とって下すったんじゃない?」

小娘とは思えぬ色気のある眼づかいで、彼女は、ジッと、勉君を眺めた。

「へえ、どんな噂?」

「あら、あたしの口からは、いえないわ」

と、今度は、両手の指を組んで、その上に、アゴをのせた。

「それア、H君が、君の力を知らないから、ずいぶん強硬に、説得した事実はあるが……。しかし、それだけのものを、君が持ってるから、それを紹介したにすぎないんで、ぼくの好意とか、私情のためではないことは、いうまでもないんだ」

「あら、つまんない！」

「何が、つまらない？」

「だってエ、先生があたしに、好意持って下さってるんだと、思ってたのに……」

「それア、ぼくは、君の理解者だよ」

「理解だけじゃ、いや！役に入るんだって、そうでしょう。性格の理解だけじゃ、いけない。共感がなけれアって、先生も、よく、おっしゃるじゃないの……」

「そう、その共感なら、無論、君に対して、持ってるさ。演劇芸術家としての君に対して……」

と、勉君は、やや、押され気味だった。

「それだけじゃ、もの足りないわ」

アンナは、ハナ声を出した。

「それ以上というと？」

「昔、あたしなんか生まれない前に、島村抱月って人と、松井須磨子って大女優がいたんですってね。その二人のとても美しい関係、最近、読んだの。すごく、感動したわ。あれでなくちゃア……」

「しかし、あれ、どうかなア、須磨子は、死ぬには及ばないと、思うんだが……」

「先生、冷酷ね。それに、芸術生活と個人生活とを、分ける考え方は、古いと思いますわ」

「そうかなア」

「先生、勇気を出して……」

アンナは、確かに、酒が回ってきた様子だった。平常も、彼女は、とかく、積極的態度に出るが、今日のようなことはなかった。

タジタジとなった勉君は、話題を変えた。

「それほど、演劇的意欲に燃える君が、テレビなんかに出たがるのは、不思議だな。ぼくは、新劇の人が、テレビに出演するのは、恥辱《ちじょく》だと思うんだが……」

「ほんとです。その通りよ」

アンナが、素直に肯定したのは、意外だった。彼女は、年末に〝東部放送〟でモエ子に会った時に、あんなにも、テレビ出演を懇願したし、昨日の大晦日も、ブラウン管に姿を現わしたのである。

「そう思ったら、やめるんだね。ことに、君は研究生なんだからね。まだ、演技的な個性も、できあがらないうちに……」

「はい、そうです。その通りです」

アンナの態度は、従順をきわめた。まるで、校長先生の前に出た。優等生のようだった。

「どうだね、今日は、元日だから、約束しないか——今年は一度も、テレビに出ません、と……」

「はい、出ません」

アンナは立ちどころに、答えた。あまり早く、返事が出るので、無反省に答えてるのかとさえ、疑われた。しかし、その顔つきは、真剣であり、大きく見開いた眼は、マタタキもしなかった。疑い深い人から見れば、酒に酔って、眼がすわってきたと、思うかも知れなかった。

勉君は、悪意の観察は、好かなかった。彼は、素直なアンナに、フビンを催した。

「それア、一度や二度出たって、何のことはないんだが……ぼくは、どうも、テレビ・ドラマに反感を持つんだね。というのも、うちの坂井君が、テレビ・タレントで、その収入によって、ぼくまで生活してる観があるんでね。そいつが、腹が立つんだよ。世に、テレビがなかったら、彼女も、貧乏しながら、新劇をやってるだろうし、ぼくだって……」

そういう打明け話を聞くと、アンナは小娘のくせに、ひどく、苦労人風な同情を示して、

「わかるわ、そのお気持……」

「しかし、今年は、一つの転機がくるかも知れないんだ」

と、勉君は、明るい、微笑を浮かべながら、

「まだ、決定したことじゃないが、うまくすると、ぼく、ヨーロッパへいけるんだよ」

「え、洋行？」

アンナも、新劇人のハシクレであるから、洋行と聞くと、こたえられない。

「もし、洋行するようになれば、坂井君（彼は妻のことを、他人に対してそう呼ぶことが多かった）も、テレビ・タレントを続けることを、反省する気持になるかも知れないし、従って、ぼくも……」

「あら、先生がお出かけになるんじゃなくて、坂井先生が……」

「いや、いや。二人一緒に、出かけることになるだろう、行くとすれば……」

勉君は、鷹揚《おうよう》に、そういってのけたが、聞く方のアンナは、見る見る、表情を変えた。小娘にあるまじき、嫉妬の炎が、眼の中に燃え出した。

「まア、いやらしいッ」

「いやらしいということもないだろう。夫婦が一緒に、洋行したって……」

「いけないわ、そんなの……」

「なぜ？」

「行くんなら、一人々々、行けばいいわ。いいえ、先生お一人で、洋行なさったらいいわ。あたし、どれだけうれしいか、知れないわ」

「おかしいじゃないか。それに、ぼくは、一人じゃ洋行できないんだよ。坂井君が、金を出してくれるんだから……」

気位の高いくせに、勉君は、平気で、そんなことをいった。

「まア、自主性ないのね。奥さんなんかに、お金出して貰わなくたって、先生のような立派な人、一人で洋行なさいよ」

「なかなか、そういかないんだよ。なんしろ、劇団新潮ときたら、ぼくに、月一万円以下しか、払ってくれないし……」

「くやしいわね。あたしにお金があったら、先生を——先生お一人だけだけど、洋行させてあげたいわ」

「厚意は、ありがたいがね。現実問題とすると、坂井君に頼った方が、スムーズにいくらしいよ」

その言葉を聞くと、アンナは、いかにも、くやしそうに、唇を噛《か》んで、暫《しば》らく、考えに耽《ふけ》っていたが、やがて、

「そうね。とにかく、先生が洋行なさるってことが、必要ね。でも、そんな話は、やめましょう。それより、あたし、今日うかがったのは、先生に、ご相談があったの」

「へえ、どんなこと?」

「今度の〝河馬《かば》〟の第三幕目のあたしの芝居——どうしても、つかえちゃって、乗れないところがあるの……」

「だって、セリフは、もう入ってるんだろう」

「ええ、セリフだけは……。でも体がついていかないの」

「それア、ほんとに、理解してないんだね」

「そうなんですわ、きっと……」

〝河馬〟の第三幕目は、重要な場面であって、富豪の令嬢であるアンナの役が、主役ともいうべき〝第一の河馬〟に、求婚するところがある。その河馬が、人間に変身しているなら、都合がいいのだが、顔だけは、河馬のマスクをかぶってる。まだ、研究生で、舞台の経験も浅いアンナは、そのマスクを見ると、恋愛感情に没入するのに、困難を感じた。なるべく、河馬の顔を見ないようにして、熱烈な愛のセリフを叫ぶのであるが、体の方は、反対に、河馬から脱《のが》れようとする姿勢になる。何しろ、河馬のマスクが、泥絵具で塗られてるので、その臭いったらない——

演出者は、彼女の情熱の不足を責めるが、その箇所へかかると、彼女の足はすくみ、手は硬ばり、どうにもならなくなってくるのだった。

「じゃア、ぼくの前で、そこんところを、返し稽古してみるか」

と、勉君はいったが、何しろ、このラヴ・シーンは、普通とちがって、河馬が飛び上ったり、令嬢が追っかけたりして、ドタバタの騒ぎになる。そういう騒音を発することは、デラックス・アパートの住人として、エチケットに反した。

「そうね、ずいぶん、近所迷惑だわね」

アンナも、その点は同調しないでいられなかった。

「それじゃア、いっそ、稽古場へ行くか」

勉君が、思いついた。座の稽古場へ行けば、どんな騒ぎを演じても、差支えはない。

「でも、稽古場、今日は、閉まってるな」

劇団事務所兼稽古場も、新年の三ケ日は、休みであった。

「かまやしないわよ。裏口から入れば……」

アンナは、ひどく、乗り気を見せた。

「しかしなア、ぼくは装置家であって、演出家ではない。それなのに、君の演技の稽古をつけるというのは、後で演出者や、他の役者たちに聞えて、工合《ぐあい》悪かないかな」

勉君には、そういう物堅い一面があった。

「やっぱり、やめるか」

「いや、いや！　先生が、稽古見てくれなけれア、いや！　あたしのほんとの指導者は、先生なんですもん。それに、稽古場は、今日、誰もいやしないわよ。先生と二人で行ったって、誰にも知れやしないわよ。ミッチリと、ほんとのお稽古、できるわよ。行ってよ、先生、お願いだから……」

「そうだな。誰にも知れなければ、いいわけだな。それに、飯を食いに、どうせ、外へ出なければならないし……」

勉君も、迷ったあげく、やっと、その気になったようだった。

勉君とアンナの二人も、モエ子と同じ地下鉄に乗って、四谷三丁目で降りたが、タクシーは拾わなかった。稽古場のある赤坂檜町《ひのきちょう》まで、乗ったところで、百円ちょっとだが、それより、東京駅行きバスに乗れば、二人でも、三十円で済むからである。倹約は、貧しい二人の間の習慣となっていた。

檜町の停留所の向う側を入って、ダラダラ坂を昇ると、劇団新潮の事務所兼稽古場があった。その横丁を曲ると、常なら、新劇族らしい風体の男女が、必ず眼につくのだが、今日は、長い袖の女の子が、羽根をついていた。

二人は、念のため、表玄関の扉のノッブを、回してみたが、鍵がかかっていた。百余坪の建物は、シンとして、カーテンが降りていた。

「ことによったら、裏口も、閉まってるかもしれないわ」

アンナは、建物の横から、稽古場の舞台の裏に出た。そこも、戸口が堅かった。

「ここまで来て、ムダ足は、残念だな」

勉君は寒そうに、外套のエリに、首を埋めた。

「でも、番人のオバさんがいるはずだわ」

稽古場は、夜になると人がいなくなるので、老人夫婦が事務所に続いた小さい和室で、留守番をすることになっていた。細君のオバさんは、日中は、雑役婦として、座員の用を足していた。

「そうだな、ちょっと、君、聞いてき給え」

こういう時にも勉君は不精な男で、自分が出ていくよりも、人を使いたがる。

「はい」

アンナは気軽く、事務所の裏に飛んで行った。

「ごめんなさい、オバさんいる？」

閉めきったガラス障子の外から、彼女が呼んだ。

「はい、はい。まア、アンナちゃん、どなたも見えてませんよ」

開かれた窓の中から、老人夫婦がコタツにあたって、餅を食ってる姿が見えた。

「知ってるわよ。ちょっと、ヌキ稽古がしたくなって、稽古場へきたんだけど、裏口、開けてくんない？」

「稽古って、あんた一人でするの」

オバさんは、ウサンくさそうに、アンナを見た。

「ちがうわよ、塔之本先生も、一緒にきてるのよ」

アンナのようなチンピラのために、なかなか座を立たなかったオバさんも、装置部主任が同行してると聞いては、舞台の裏口まで、鍵札をぶら下げて、腰を上げざるをえなかった。

裏口のドアが、内部から、開けられた。

「やア、オバさん、すまないね。ちょいと、丹野君の稽古を見てやって、すぐ、帰るから……」

「どうぞ、ごゆっくり……。でも、塔之本さん、火の用心だけは、気をつけて下さいね」

オバさんは、二人の様子を見て、風紀の用心も、守って貰いたい顔つきだった。

舞台のカーテンは上ってるが、試演の時の観客席になるホールも、舞台のホリゾントも、濃い闇に閉ざされ、氷室へ入ったような寒気が、骨まで浸みるようだった。休みでなければ、ホールに大きな石油ストーブが、二つも点火されるが、それでも、舞台の高い天井に、熱気が吸い込まれて、大体、稽古場というものは、寒くできてるのである。それと、壁にたてかけられた大道具の枠や、布や、絵具から発散する臭気が、ひどく陰気であって、人気のない、休み日の舞台に、一番よく似ているのは、墓場の空気だった。

とにかく、この暗闇の中では、稽古はおろか、対手の顔も見えない。

「待ち給え……」

勉君は、わが家のように、勝手を知ってるから、手さぐりで、脇の裏に回り、ボーダー・ライトのスイッチを入れた。とたんに、舞台は、パッと明るくなり、ホールだけが、黒い湖のように、闇に沈んで見えた。

「さア、寒いから、早く、稽古にかかろう」

勉君は、自分で装置したので、第三幕は、どの辺に、富豪の家があり、どのあたりから、テラスに続いて、庭となるかも、よく心得ている。その位置を、指先きで示したが、アンナだって、何度も稽古を重ねているから、すぐ、無形の大道具を、想像することができた。

「はい、すみません」

「台本を持ってくるの、忘れたが、本なしでも、もう、大丈夫だろう」

「ええ、セリフの方は、すっかり……」

「第三幕の君の出から、行こう。この町に襲来した河馬《かば》の群れによって、君の両親も、家の者たちも、恐怖のどん底に沈んでいるが、君一人は、河馬は河馬でなく、一つの近代精神であることを、知ってるわけだ。しかも、その精神は、セックスの荒さをもって、君に迫ってくるわけだろう。河馬群の暴走する音響効果を聞いて、君がテラスへ飛び出してくる時からして、それが表われていなければいけないよ……。さ、効果、始まった……」

勉君は、子供が汽車ゴッコでもする時のように、大きな口を開けて、ゴーッ、ゴーッと、ド鳴った。

アンナは、舞台の上手《かみて》に、立っていたが、その声を聞くと、外套の両袖を上げて、

「おうッ！」

と、叫びながら、テラスの位置へ、突進してきた。幅飛び選手のスタートのような、勢いだった。

暗いホールへ降りて、舞台の突端に、顔だけ出していた勉君が、片手をあげた。

「待った！　なるほど、演出者が、文句をいうわけだ。君は、理解はしてるが、感動はしてないんだ。体がコチコチで、脚もすくんでいる。駆け方だって、人に頼まれて、用

達しに、急いでるみたいだ……」

勉君は、アパートにいた時とは、別人のような、厳格な表情になった。

「もう、一度……」

勉君は、再び、ゴーッと、ド鳴った。

アンナは〝おうッ〟と、駆け出した。

「まだ、いけない……」

そして、同じことを、八回くりかえした。

「いくらか、調子が出てきた……」

勉君は、慰めの言葉をかけたが、アンナは、呼吸も絶え絶えであって、

「あア、暑い。先生、外套脱いじゃいけません？」

と、乱れた髪を、かきあげた。

「無論、いいよ、脱いだ方が、動きが出るよ、それに、台本の季節は、蒸し暑い夏の夜なんだから……」

と、いわれて、アンナは、外套とマフラを、舞台の端に重ねた。

「さア、今度は、〝第一の河馬《かば》〟の出現だが、君も対手なしじゃ、やりにくいだろう。このイスを、代理に使おう」

勉君は、ホールから、折りたたみイスを、舞台に運んで、庭の中央に置いた。

「あら、イスじゃ、感情が出ないわよ。悪いけど、先生、代りになって……」

「だって、ぼくは、セリフを知らないよ」

「かまわないわ。あたしのセリフに、うなずいてくだされア……」

「じゃア、とにかく、やってみよう」

そして、勉君は、外套に手をつっこんだまま、舞台の脇に入ったが、やがて、蛙のように、ピョンと飛んで舞台へ現われた。ほんとは、バレーのような跳躍《ちょうやく》をするのである。

「あーら、そこにいるのは、誰？」

アンナが、セリフを始めた。勉君は、ハリコの虎のように、首を動かし続けた。

「わかった。忍耐と勇気にあふれた若者ね。この町の泥沼に、新しい泉を注ぎにきた、解放軍の青年隊長ね。あたしは、あなたを怖れない。あなたの体臭と熱気とは、あたしの求めるもの、夢見るもの……」

そういって、彼女は、勉君の方へ、大股に歩んだ。

「いいよ、いいよ、稽古の時より、ずっといい」

と、勉君が批評を加えるのを、手で制して、

「先生は、首だけ動かして……」

それから、〝第一の河馬〟とアンナとの烈しいセリフのやりとりになった。といっても、〝第一の河馬〟の勉君は、首を動かすだけだったが、アンナは、非常にハデな身振りと共に、機関銃のような速度で、セリフを放射した。そして、遂に、感情の極に達した彼女は、全身の運動で、〝第一の河馬〟に突進し、その首ッ玉に、カジリついた。

「うまい！　すばらしい！」

稽古の時に、見ることのできなかった出来栄えなので、勉君が、心からの讃辞を送ろうとしても、ものがいえなかった。

「愛して……愛して……」

やがて、耳の端でささやかれたセリフは、台本になかった。

朔風《さくふう》

いろいろのことのあった新年も、いつか、終った。

いろいろのことのあったうちで、坂井モエ子の知らないこともあったが、劇団新潮の試演の〝河馬《かば》〟で、丹野アンナが好評だったことは、彼女も知っていた。

「あたしも、一晩、見に行きたいんだけど……」

モエ子は、勉君にいった。

「いいよ、忙がしいのに、わざわざ来なくっても……」

勉君は、なぜか、細君の見物を、喜ばない風が見えた。もっとも、このところ、モエ子は、ずっと多忙で、夜は稼ぎ時であるから、芝居見物は、ムリであった。

「だって、新聞の劇評では、アンナちゃん、とても賞められてたじゃない？」

あんなに、アンナの才能を買っていた勉君が、新聞の好評を見て、鼻高々であるべき

だのに、

「新聞の批評なんて、いい加減なもんさ」

と、横を向いたのも、不思議だった。

それと、もう一つ不思議なのは、洋行の問題に、勉君が乗ってこなくなったことである。

元日に、モエ子が、そのことを口に洩らした時には、勉君の方が、昂奮状態だったのに、その後、彼女がB食品のことを話しても、うわの空で聞いていた。

「洋行も、結構だが、人間は、その前になすべきことがあるしね……」

そんなことまで、口走るのである。

しかし、モエ子は、勉君の変り方を、てんで、気にしなかった。勉君は口数の少い男であるし、また、気むずかし家でもあって、突然に、気分の変る性格であるのは、百も承知だから、いちいち気にしていたら、キリがないのである。

これは、何も、勉君とモエ子の夫婦に、限らない。世の中の夫婦というものは、良人が腹の中で何を考え、細君がひそかに何をたくらんでるか、いちいち、わからないから、いいようなものである。わかったら、大変！　朝から晩まで、夫婦ゲンカをしていなければならない。知られて悪いことは、お互いに、耳に入れないに、越したことはない。ことに、モエ子と勉君の夫婦は、お互いの個人生活を尊重する美徳を、わきまえている。

それに、元日にY電機の社長夫人の家で、B食品の専務と会って以来、何度、呼び出しが掛ったか知れず、また、姉の社長夫人も、後援会をほんとにつくる気らしく、もう、二度も会っていた。

T専務という男は、好人物の姉とちがって、眼から鼻へ抜けるような、頭の回転の早い男で、戦後型の実業家らしく、身だしなみがよく、栄養の行き届いた、小肥《こぶと》りの顔に、眼鏡をかけていた。この種の実業家は、体の形でも、ものの考え方でも、在米日本人の二世と、あまり変らない。二世諸君は、敗戦後の日本で、いろいろウマいことをやったが、二世実業家のTも、即席ラーメンでは、ずいぶん儲けた。

しかし、即席ラーメンが、あまり儲かったので、インスタント・コーヒーの立ち上りが、少し、遅れた観があった。もっとも、Tにいわせると、新聞の号外売りでも、早く駆け出した奴は売れず、その呼び声の効果は、おくれてついていく号外売りが占める、という話だった。

といって、彼が、インスタント・コーヒーに手を出す気になったのは、もう、五年も前である。もっとも、敗戦直後に、彼は米兵の携帯食を貰って、その中に、二個の角砂糖と共に、一包みのインスタント・コーヒーがあるのを発見し、それを味わって、

「うん、こいつをこしらえたら、儲かるぞ」

と、膝を打ったというから、企画は、十八年前にさかのぼるかも知れない。

インスタント・コーヒーの製造機械は、外国品は非常に高価であり、国産品には思わしくない点もあるので、新しい設計を、友人の技師に依頼していたが、低温真空処理と

いう方法のプランができたのが、五年前で、その時から、本腰を入れた。最も頭を悩ましたのは販路であり、他の国産品業者は、製菓会社が多く、菓子製品のルートに乗せることができるが、彼の会社では、即席ラーメン以下、ジミな食品ばかりだった。ところが、即席ラーメンが、異常な人気を得て、乾物屋、八百屋、漬物屋の店頭にも、列《なら》んでいないところがなくなった。

「そうだ、あのルートを追え！」

そこで、彼の慎重な、立ち上りの決心がついたのである。

彼は、極秘のうちに、信州の諏訪に、新機械を据えつけた工場を、建築した。世間には、新種の即席ラーメンの工場といつわり、従業員たちにも、秘密を保った。そして、何度となく、試験製品をつくって、やっと自信を持ち得たのが、昨年の夏で、商品名も〝オス・カフェ〟ときまり、発表と発売の時期を、今年の春に、選んだのである。面白いのは、〝オス・カフェ〟の〝オス〟であるが、これは明らかに、目下、最大の販売高を持つ〝メス・カフェ〟に挑戦する下心らしい。〝メス〟は外国商社の輸入品であるが、〝オス〟は国産品であり、その点で、まず、対抗的であり、そして〝オス〟は〝メス〟の優位に立つのは、日本古来の風習という考えもあった。

〝オス〟〝OSU〟(オー・エス・ユー)の商標文字を入れた、新聞の一ページ広告が、朝の家庭を驚かしたのは、二月一日からだった。

――朝のコーヒー、〝オス〟！

なるほど、朝のコーヒーとは、平凡なようで、うまい唄い文句で、牛乳を多量に入れて飲む、モーニング・カップのコーヒーには、インスタントで結構であり、慌てて家を飛び出す勤め人の朝飯準備にも、手間が掛からない。そして、この頃の若い者は、〝お早うございます〟を短縮して〝おす〟というから、これは、つまり〝お早ようコーヒー〟で、何か、パッチリと、眼がさめそうな気もする。

そして、〝オス・カフェ〟の広告は、坂井モエ子の写真でも、家庭を驚かした。といっても、べつに、奇抜なポーズをしてるわけではない。〝表通り裏通り〟へ出る時の質素な、ホーム・ドレスを着た上に、白いエプロンをかけた半身像なのだが、手にカップと受け皿を持って、笑ってる姿は、どこのインスタント・コーヒーの広告でも、お目にかかる写真である。

だが、その笑顔や、やや肉太の腕や、カップの持ち方や、円い肩や――そういうもの全部に、行き渡った自然さが、いかにも、幸福な朝の主婦といった感じで、良人や子供に、うまいコーヒーを飲ませ、自分も、一口味わってるという趣きに、溢れてる。

恐らく、彼女としては、毎朝、勉君にうまいコーヒーを飲ませる時の心境になって、この写真をとったのであろうが、何といっても多年、コーヒーというものを、愛し続けた女でないと、こういう表情は、生まれないかも知れない。それに、食べ物や飲み物の広告に、色気は不要であるが、彼女の表情には、多分に、食いしん坊の満足が現われているのが、強味である。ほんとに、そんなにうまいなら、私も飲んでみようという気を、起こさせる。若い美人が、いくら気取って、笑ったところで、こういう効果は出せない。その上に、彼女の人気の添え物があった。

「あら、〝表通り……〟のおちかさんが、コーヒー飲んでるわ」

「まア、おいしそう……」

「おちかさんなら、番茶が向いていると思ってたら、インスタント・コーヒーだと、ズバリだわね」

「うちでも、一ビンあいたところだから、今度は、坂井モエ子のコーヒーにしてみようか」

新聞の広告というものを、一番よく読むのは、家庭の女性たちであるが、この連中は、大部分、モエ子のファンであったから、宣伝効果は大きかった。

B会社の専務の見透しは、図星を射た。たしかに、彼はスマートな頭脳の持主であって、インスタント・コーヒーと坂井モエ子を結んだ考えは、創見であった。恐らく、彼の持ってる〝嫌われぬ人〟の条件は、この広告によって、みごとに生かされた。彼女の持ち少くとも、数年間は商標代りとして、彼女を利用し続けるだろう。

しかし、万人を喜ばす広告なんて、存在しない。同じ広告を見て、イヤな顔をして、新聞を投げ捨てた人もいる。

無論、同業者たちである。昨年は、インスタント・コーヒーの新聞一ページ広告が、度々現われたが、今度の〝オス・カフェ〟ほど、水際立ったものはなかった。

「フフン、こんな、ばばあ女優なんか、つかまえやがって……」

口にはいえど、坂井モエ子の絶妙なモデル振りに、感嘆しないでいられなかった。

同業者だから、ソネミは当然であるが、その他にも、反感を持つものがいた。それは、一昨年の株の暴落で損をした大衆投資家である。

「畜生! まだ、コーヒー輸入して、金を費《つか》う気か」

戦後は、サラリー・マンも、団地の奥さんも、株を買うのであるが、買えば上るときまった株式というものが、一昨年は、取引所開始以来最大の暴落を演じた。その後、株は一向に、景気が冴えないが、あの時のガラを、一部の人は、〝コーヒー暴落〟と、呼んでいる。暴落の原因は、貿易の自由化による国際収支の赤字にあるが、あの年は、やたらに日本人が外国から、物を買い込んだうちでも、コーヒーの輸入が、目立って大きかったのである。日本人のコーヒー嗜好が、急激に伸びて、誰も彼も、飲むようになったからであるが、その需要をあおったのは、何といっても、インスタント・コーヒー・ブームである。〝オス・カフェ〟が商敵としてねらう〝メス・カフェ〟なぞは、外国で製造したビン詰めを輸入するのであるが、外国品を工賃の安い日本で、ビン詰めにする〝リパック〟物もあれば、こちらから指定の配合のインスタント・コーヒーを註文して、国産らしい商標で、売出すものもある。純国産の品物にしても、製造は一切、日本でやるにしても、原料の豆は、外国から仰がねばならない。だから、およそ、コーヒーと名のつくものは、レギュラーであれ、インスタントであれ、外国にお金を払って、買ったものである。たかがコーヒーといっても、積り積って、一昨年は、約六十四億円にも及んだ。トランジスター・ラジオの輸出は、その半額にも及んでないから、これでは赤字が出るわけである。

もっとも、金額は驚くこともないのだが、インスタント・コーヒーが前年の輸入額の五十倍以上に急増したことが、世間の注視を集めたので、損をした街の株投資家のウラミは、もっぱら、コーヒーに集中している。

「日本人のくせに、コーヒーなんか、飲みアがるから……」

と、コーヒー党を恨《うら》むのであるが、同じ恨みを、町のお茶屋さんが発している。

インスタント・コーヒーが流行してから、日本緑茶の売上げが、減ってきたのである。小売店が青息吐息だから、倒産する問屋も出るし、狭山《さやま》あたりでは、茶園を果樹園に替えた農家もできた。そして、小売店の店頭には、玉露のカンと共に、インスタント・コーヒーのビンが列ぶ始末となった。

しかし、それらの人々の憎みにも増して、可否《かひ》会会長の菅貫一《すがかんいち》の怒りは、ものすごかった。その大広告を、ハッタと、睨《にら》みつけて、

「何ということだ、これア……」

彼が朝刊を見るのだから、無論、自宅の茶の間で、自分でいれたコーヒーを、大いに感服しながら、飲み終った後のいい気分の時であったが、声があまり大きいので、チャブ台の跡かたづけをしていた妹のスエさんが、驚いてしまった。

「また、議会でトックミ合いでも、あったんですか」

新聞を見て、怒り出した兄を、そう思うのはムリもない。

「そんな、小事件じゃない。まア、これを、見なさい」

兄は、新聞を投げて寄こした。

「あーら、モエちゃんが、大きく出てるわね。とても、可愛らしい顔をして……。何の広告かと思ったら、インスタント・コーヒーね。こんな広告を出すのを見ると、よっぽど、売れるらしいわね」

妹さんは、全然、兄の苦悶を、関知しない。

「破廉恥の極とは、思わんのか。バカデカイ広告を出すのは、商人の根性としても、モエちゃんがだな、シャア、シャアとして、インスタント・コーヒーを飲む姿を、人目にさらすとは……」

「だって、モエちゃんだって、商売でしょう。頼まれれば、越後から米つきにもくるわよ」

「米つきは、決して、いやしむべき労働ではない。しかし、インスタント・コーヒーは、軽蔑すべきコーヒーだ。コーヒー道の邪道というべきものだ。それを、いやしくも、可否会会員たるものが……」

その可否会の一月例会は、中村教授が風邪、珍馬が関西興行、大久保画伯が冬山を描きに出かけて、いずれも欠席の通知で、モエ子とさし向いでは、会にならないから、流会にしたのだが、二月例会では、必ず、モエ子問題が、論議の的となるにちがいない。

「兄さんのように、やかましいことといったって、皆さん、賛成なさりアしないわよ。それに、こういう宣伝の写真モデルになると、とてもお金が貰えるらしいわよ」

「その根性が、よくない。金が必要なら、こっちへいってくればいいのだ。多少のことなら、何とでもする……」

「そうはいかないわよ。誰だって、自分で稼いだお金の方が、うれしいにきまってるわ。ことに、あの人なんか、ご亭主を養っているんだから、お金もいるにきまってますわ」

「いや、そのご亭主とも、いろいろ問題があって、あたしも、蔭ながら、心配をしてるんだ。何とか、無事に納まるようにしたいと思って……。その気持も知らず、インスタント・コーヒーの尻押しをするとは、何事だ」

「あら、そうなの。年下のご主人を持つと、仲がいいっていうけれど、そうでもないの？」

妹さんは、かたづけものを盆にのせて、台所へ去った。

後には一人、菅貫一——妹が同調してくれなかったので、胸の中の怒りは、いよいよ、燃えさかるばかり。

「早まったことをしてくれた……」

モエ子の軽挙妄動《けいきょもうどう》が、腹が立ってならないのである。

もっとも、十二月の例会の時に、大久保画伯から、インスタント・コーヒー会社の宣伝を、モエ子がつとめるという噂は、聞かされていた。だから、あの時すぐ思い立って、彼女に忠告したら、こんなことにならなかったかも知れない。年末年始の多忙にとりまぎれ、それを怠ったのは、こっちにも罪があると、思わなければならない。

何といっても、モエ子は、彼の念願の可否道に掛け替えのない人物である。その人物が、インスタント・コーヒーの宣伝に加わったとあっては、たとえ、コマーシャル・タレントという職業がらであっても、世間は許してくれないだろう。

「今年こそは、可否道の樹立を、公表してやろうと、思ってたのに……」

誰も、新年には、一年の計を立てるもので、菅貫一も、茶道を参考とする可否道の腹案も整ったから、まず、可否会の同人に賛成を求め、続いて、どこかの公会堂でも借りて、発表会を行おうと、考えていたのである。そうなれば、稽古ということも、行わねばならず、その助手として、時には、代稽古《だいげいこ》も勤めさせるのは、モエ子の外に、人はなかった。

「この裏切り者め……」

彼はしきりに、腹を立てたが、やはり、年の功であって、ただ怒ってばかりいても、問題は解決しないと思った。可否道が成立してからなら、破門というテもあるが、まだ、そこまで行ってないのである。

「とにかく、彼女を、インスタント・コーヒーの宣伝から、手をひかせることだ……」

こんな大広告が出てしまっては、もう遅いともいえるが、現代人は健忘性だから、活動をやめてしまえば、案外、問題にされないかも知れない。

それに、彼は、どうしても、モエ子を憎みきれないのである。これだけ、踏みつけにされても、愛想をつかす気になれないのである。彼女は、B食品の専務がいうように、Xなるものの所有者であって、単に〝嫌われぬ女〟であるのみならず、決して、人を怒らさぬ妙術を、心得ている疑いもあった。

彼は、今日のうちに、モエ子に会いたくなった。そして、会合を打合せるために、彼女のアパートへ、電話をかけた。

信号が鳴っているのに、対手は、容易に出てこなかった。

「はい、どなた？」

やっと、寝ぼけたように、勉君の声が聞えた。

「やア、塔之本君ですか。菅です。坂井女史に、出て貰いたいのですが……」

「そいつは、ムリな註文ですぜ。まだ、八時ですからな。ぼくも、電話のベルを聞いて、飛び起きたくらいで、彼女は、まだ、夜半の……」

菅は、モエ子の家の家風を知らなかったのだから、仕方がない。

やっと、モエ子が起き出して、伝言のとおり、電話をかけてきたのは、十二時に近かった。

「お早うございます。二月の例会のことですか。なるべく、出席しますけど……」

モエ子が、先きくぐりをした。

「いや、そのことの前に、ちょっと、お話がある。今日、会ってくれませんか」

「今日はね、約束があって、伺う時間がないんですけど……」

「三十分ぐらいでいいんだ。何とか、都合してくれませんか」

「そうですね。それじゃア、三十分早目に出て、どこかで、お待ちしましょう。あたしは、四谷三丁目付近が、都合がいいんですけど……」

「じゃア、地下鉄降りて、すぐ側に、貧弱な喫茶店がある。そこへ、二時までに……」

電話を切って、菅は、じきに、午飯にかかった。

彼も、朝のコーヒーを愉しむ方なのだが、ミソ汁も好物なので、その方は、午食に回していた。ミソ汁と、ヒモノとオヒタシという、簡単な食事が始まった。

お給仕をしながら、共に食事をしてる妹のスエさんが、ご飯をよそいながら、

「兄さん、今日は、モエちゃんとデート？　シャれてるわね」

と、からかった。電話の声を、聞いてたのだろう。

「そんな、浮いた沙汰じゃないよ、インスタントの件を、こっぴどく、意見してやろうと、思ってるんだ」

「およしなさい。よけいな、お世話じゃないの。モエちゃんだって、子供じゃあるまいし……」

「子供どころか、いい婆さんだ。それを、あんまり、無分別な行動をするから……」

「インスタントだって、コーヒーのうちなんだから、兄さんみたいに、眼のカタキにす

ることはないと思うの」

「お前にアわからん」

「まア、何にしても、モエちゃんを、怒らせないようにしてね」

「なぜだ」

「だって、あの人とケンカしたら、兄さんは、とても、寂しくなるわよ」

「なアに、あんな、小ジワだらけの婆ア……」

「そういったもんでもないわよ。兄さんには、死んだ姉さんよりも、モエちゃんのような気サクな人が、合い性かも知れないわ」

「冗談いうなよ」

「もちろん、冗談よ。モエちゃんは、可愛いご亭主があって、どうなるもんじゃないけど、兄さんも、そろそろ、モエちゃんに似た人でも貰って、あたしを解放してよ」

「何だ、お前、再婚でもしたくなったのか」

「べつに、縁談もないけど、あたしよりも、兄さんのことを思って、そういうのよ」

　食後に、菅は、自分でコーヒーをいれた。朝とちがって、モカを、グンと多くして、濃く出したのを、小さなカップで飲んだ。

「妹の奴が、あんなことをいい出したのは、初めてだが……」

　コーヒーを味わいながら、思案を始めた。

妹が、再婚でもしたいような口ぶりを、ほのめかしたことである。彼女も、まだ四十代だし、それも、ムリとはいえないが、後に残された彼自身は、どうなるか。

いくら、家族は少くても、これだけの一家を構えていく上に、主婦役が家政婦やお手伝いさんでは困る。それに、彼は〝亡妻屋〟のアダ名を受けるくらいで、死んだ奥さんの面影が忘れがたく、見知らぬ女性に、身辺の世話なぞされるのは、考えても、ゾッとする。そういう潔癖《けっぺき》を続けて、自ら慰めてる男なのである。

幸い、良人を失って、子供もないスエさんが、主婦代りに、一家の切り盛りをしてくれてきたから、いいようなものの、彼女に出ていかれたら、どうしていいか、わからない。それほど、妹は、彼にとって、掛け替えのない人物なのである。

「といって、再婚を止める権利はないし……」

権利もないし、また、兄としての情からいっても、妹の幸福を考えてやりたい。

「これは、困ったことができた……」

彼は、コーヒーの味も忘れて、長いこと、思案にふけった。

しかし、いくら考えても、妙案は出なかった。

「それに、そう急ぐことではない。第一、妹に縁談の口が、きまったわけでもないのだ。万事、その時になって考えても、遅くはない……」

ただ、そんな考えが、一寸延ばしの弥縫《びほう》策であるのは、明らかだった。

「それア、おれが再婚すれば、万事、解決だが……」

そうすれば、新しい主婦がきて、スエ子さんは、心おきなく、ここを出ていける道理である。

彼も、五十一歳で、近頃の標準からいえば、まだ、老人の組には入っていない。資産はあるし、一人息子の大学生も、今年は卒業して、すぐ外国へ行くことになっているから、係累も少い。後妻を貰うといえば、志望者も多いだろう。

しかし、彼は、今まで、一度だって、再婚を考えなかった。そんなケガラワシイことを、念頭に浮かべては、亡妻に対して、申訳が立たなかったのである。従って、諸方からの勧めも、堅く断ってきたのみならず、一切、再婚のことを、考えなかった。だから、現在、窮境に立ったとはいえ、〝おれが再婚すれば……〟なぞと、考えるのは、異例というか、進歩というか、以前の彼とはちがってきた証拠である。

もう、ミヤ子さんが死んで、十一年になる。去る者うとしの諺《ことわざ》がそろそろ、効能を現わしても、いい時だろう。

時計の針に気がついて、慌てて、家を飛び出した菅貫一は、フダン着の上に、道行きを着ただけだった。それに、ベレーまがいの鳥打帽——もっとも、彼が近所の用達しをする時は、たいがい和服であって、セビロに着替えるのは、都心へでも出る時に、限られていた。

四谷三丁目なぞというより、彼のような土地っ子は、いまだに塩町《しおちょう》の名で呼んでるあたりまでくると、腕時計は、約束の時間を、十分も越していた。

「今日の話の性質からいって、対手を待たせるのは、マズかったな」

彼は、急いで、青の横断歩道をつっきって、向う側へ渡ると、目指す喫茶店のドアを開けて、中へ入っていく坂井モエ子の後姿が見えた。

「やア、遅くなっちまって……」

「あら、あたしこそ……。ちょうど出がけに人がきたもんですから……」

ウナギの寝床のように、細長い店で、奥は洞穴の暗さだった。二人は窓近くのテーブルに、席をとった。他に一人の客もなかった。

「三十分ぐらい、かまいませんか」

「ええ、そのつもりで、出てきましたから……」

そこへ、いかにもブッキラボーな少女が、註文を聞きにきた。

「ぼくは、紅茶だ」

「あたしも……」

さすがに、可否会員だけあって、しがない喫茶店なんかで、コーヒーは飲まなかった。

「モエちゃん、今朝の新聞には、驚きましたよ」

菅は、つとめて、もの柔かく、切り出した。

「あら、なんの事件？　あたしまだ、ロクに新聞読んでませんの。もっとも、毎朝のことだけど……」

「いや、広告の方ですよ。何とかいうインスタント・コーヒーの一ページ広告が、出てたじゃありませんか」

「あら、そう……」

「だって、あなたの大きな写真が、出てる広告ですぜ」

「そう。じゃア、オス・カフェね。いつかの写真が、出たんだわ」

モエ子は、まるで、意に介していなかった。

「先生、あれ、とても、お金になるのよ。べつに、どうって苦心もしないで、ただ、ニヤッと笑うだけでいい仕事なのよ。それで、すごく、くれるのよ。あたしね。印刷広告ばかりでなく、テレビのコマーシャルも、撮ってるのよ、専属になったもんだから……」

「え、テレビにも出るんですか」

「それが、ラクな仕事ったらないのよ。もっとも、他のタレントさんは、ずいぶん、N・Gが出るらしいけど、あたしは、いつも、一ぺん！　それで、映画の出演料よりいくらいのギャラなんですもの。なかなか、やめられないわ……」

モエ子が、ノンキな顔で、うまい商売の話を、長ながと始めたのを、最初は、辛抱して聞いていた菅貫一も、次第に、ジリジリしてきた。

「それは、大変、結構だけど、インスタント・コーヒー以外の商品で、やって貰えないもんかね」

「他の商品というと、即席ラーメンもやったけれど、あれ、食べるところを見せないと、感じ出ないでしょう。ちょっと、色消しよ、ラーメン食べんの……」

「少しア色消しでも、ラーメンの方に願いたいな」

「でも、ラーメンの宣伝は、近頃、力を入れなくなったのよ。B食品も、会社の性格を、スマートにしたいんじゃないか知ら……」

「いや、必ずしも、ラーメンに限らんのだが、インスタント・コーヒーでなければ……」

低い声で話し合ってる二人を、暗いカウンターにもたれながら、女給が眺めていた。若い男女のデートなら、彼女も見慣れているが、この組は、トウが立ち過ぎていた。しかし、年恰好は、似合い夫婦であって、話の様子も、いかにも親しげだった。きっと、あのオジさんとオバさんは、前に一緒に暮したのが、何かの事情で別れて、人目を忍んで、逢引きしてるんだな——

「先生は、どうも、インスタント・コーヒーお嫌いらしいわね」

「それを、あんたに聞かれるのは、心外です。ぼくは、どれだけほんとのコーヒーというものを、愛してるか、誰よりも、あんたが……」

「それア、知ってるわ。だから、インスタントだって、お好きだと、思ったの」

「酒が好きだからといって、合成酒が好きだとは限らん。いや、酒好きだから、灘《なだ》の生一本を、愛用するんですよ」

「それア、レギュラー・コーヒーの方が、おいしいことは、確かだけれど、インスタントで間に合うことも、ずいぶんありますよ。それに、先生は、十二月の例会で、大久保さんのいれたインスタントに、いい点をおつけになったって、珍馬さんがいってたわ」

「あれは、大久保君の詐欺に、かかったんです。ぼくは、本来、インスタントなんか、コーヒーと思っちゃいないよ」

「先生のご意見がそうだとしても、あたしがインスタントのコマーシャルやったって、べつに、先生のご迷惑はないと、思いますけど……」

「それが、あるんだ。大ありなんだ。大久保君が、逆説的に、インスタント礼讃をやったって、ぼくは平気だが、モエちゃん、あんたにインスタントを支持されては、ぼくの立つ瀬がないんだ」

「あたし、べつに、支持なんかしないわ。ただ、商売でやってるだけで……」

「勿論、そうだろう。しかし、それでも困るんだ。というのは、まだ誰にも打ち明けてないが、ぼくは、今年のうちに、コーヒー道——その名を、可否道というものを、世間に発表したいと思ってるんでね……」

　それから、菅貫一は、胸中の秘密を、全部、モエ子に打ち明けた。可否道とは、どういうものか、どんな形で成り立つか、どんな風に茶道を範とするか——かねがね、練りに練った腹案を、順序よく語ってから、

「その創始者というか、家元というか、これは、不肖《ふしよう》ながら、ぼくが就任します。ぼくが考えたんだから、ぼくが実行するのが、一番、早道です。無論、可否会の会員には、

有力な師範役になって貰いますが、モエちゃん、あなたはちがう。あなたは、正しくコーヒーを入れることができる点で、日本で有数の技術者だ。あなたには、是非、創始者の側に加わって貰いたい。あたしの片腕になって貰いたい。やがて、可否道家元第二世として、ぼくの跡目を継ぐ人になって……」

と、菅は熱弁をふるって、説得にかかったが、モエ子の方では、どうも、ピンとこない。

「コーヒーなんて、ただ飲んでればいいじゃないの。道だの、家元だのって、むつかしく騒ぐことないじゃないの」

と、腹の中で考えてるから、受け答えが、ハデにならない。

「いいですか、モエちゃん、あんたは、それほど、重大な責任を、与えられてるんですよ。いかに、コーヒーを、正しく、立派に、模範的にいれるか、それを今の世の人に伝える教師の位置に、立たされるのですよ。その名誉ある人が、インスタント・コーヒーの宣伝など、やったとしてご覧なさい。いや、世間の人は、よく覚えてますよ。そして、あの人の教えることは、インチキだ。なぜなら、あの人はインスタントを……」

「でも、先生、あたし、とても、そんなガラじゃないわ。子供の時から、お茶だの、お作法だのとくると、まったく、弱かったの。あたしのような、ガラガラな女でなく、原節子さんみたいな、貫目《かんめ》のある人、探してきなさいよ」

「いや、原節子、いかにカンロクありといえども、コーヒーのいれ方は、ヘタでしょう」

「あたしだって、デタラメなのよ。何にも考えずに、いい加減にいれてるだけなのよ。とても、人様に教えるなんて……」

「いや、あんたは、自分の天才を知らんのだ。あなたのいれるコーヒーが、余人の追従を許さんことは、可否会の同人全部が、認めている……」

「可否会の人たちだけよ。世間へ出したら、あたしのコーヒーなんか……」

「可否会員を侮辱しては、いけません。日本のコーヒーの最高権威の集まりです」

「ああ、いい人いるわ。うちのベンちゃんを、推薦するわ。あの人なら、とても、コーヒーがわかるし、恐ろしく、物にコる性分だし、それに、人にものを教えること、大好きなんだから……。ねえ、先生、女でなければ、勤まらない役じゃないでしょう」

「無論、塔之本君にも、助力はお願いする。すでに、可否会メンバーにも、加えたいと、思ってるんだから……。しかし、将来の可否道家元になる人は、あんたをおいてない……」

いうだけのことをいって、菅貫一は、満足の色を表わしたのに、モエ子の方は、それに感動する模様がなかった。

「そうまで、あたくしを買って下さるのは、ありがたいわ。でも……」

彼女は、冷えた紅茶を、いたずらに、サジでかきまわした。

「可否道のことは、よく、考えてから、お返事するとして、インスタント・コーヒーのコマーシャルだけは、ちょっと、やめるわけにいきませんの」

「モエちゃん、事の軽重ということを、考慮して下さい。インスタントの宣伝なんてことは、一時の利益ですよ。可否道の方は、永遠といっていいほど、将来性のある仕事です。それア、無論、製造元からは、相当の金額を、支払うでしょう。それがフイになっては、お気の毒だから、多少のことなら、ぼくがお立替えしてもいいと、思ってます」

「そんなことして頂いちゃア……。それに、会社では、宣伝のために、あたしを洋行させようという話もありましてね……」

「洋行？　それアいけない。あんたは、塔之本君を一人置いて、家を明けちゃ、いけない。危険です。いつか、ご相談のあった問題、まだ、解決してないでしょう」

「ええ。でも、あたし、ベンちゃんの旅費を工面して、一緒に連れて行こうと、思ってます」

「それならいいが、それにしても、あんたがた夫婦が危機に際してる事実を、忘れないように……」

菅は、それから、モエ子夫婦に警告を発した。妻が夫に比べて、過大な収入があるのが、そもそも破綻《はたん》の因《もと》であって、モエ子は、少し、働くことを、控えねばならない。その意味からも、インスタント・コーヒーの宣伝なぞは、手をひくべきである――

「あら、今のうちに、嫁いで置かなけれア、もう、お婆さんですもの、あたし……」

「心配しなくてもいい。可否道に参加して下されば、その方の収入で、埋め合わせがつきますよ」

「だって、まだ、海のものとも、山のものとも、知れないのに……」

「モエちゃん、ぼくの計画を、疑うの？」

「疑うわけじゃないけど、インスタントの方は、確実に、お金が入ってくるし、洋行のアテもあるし……」

これは、モエ子のいいぶんが、もっともだった。その上、彼女は、慾にかけては、普通の女以上だったし、また、元来、インスタントを、コーヒーの邪道と考える精神主義も、持ち合わせていなかった。

「じゃア、どうしても、ぼくの忠告は、きかれないというんですか」

菅は、持ち前の短気が、そろそろ、もちあがってきた。

「ええ、それに、もう、お約束の三十分も、過ぎましたから……」

モエ子は、腕時計を見た。

「もう、頼まん！」

菅は、荒々しく、伝票をつかんで、立ち上った。

多忙な日

モエ子は、喫茶店を出てから、大急ぎで、また、地下鉄の階段を下った。三時までに、新宿駅へ行かねばならぬが、道の混雑を考えると、タクシーよりも、地下鉄の方が、速いと考えた。それに、定期券も持っていた。

「ほんとに、菅さんたら、人をバカにしてるわ。可否道《かひどう》だか、何だか知らないが、要するに、ヒマ人の道楽じゃないの。それを、わざわざ、あたしを呼びつけたりして……。大体、コーヒーなんてものは、勝手に、ノンビリ飲んでれアいいものなのよ。コーヒーの千家流なんて、聞いただけで、吹きだしたくなるわ……」

モエ子の方でも、余憤を残していた。彼女も、菅には、兄のような親しみと、信頼を持っていたのだが、インスタント・コーヒーのコマーシャル禁止を、申し渡されてから、すっかり、腹を立ててしまった。

「まるで、人の自由を、束縛するような……」

彼女だって、何も、インスタント・コーヒーに、そんなに、操《みさお》を立てる気もないのだが、莫大な謝礼金と、それに、洋行という大きな餌がついてるのだから、滅多に、背は向けられない。

ことに、大きな魅力は、洋行であって、独力で出かける金があったにしても、いろいろの手続きや、ドルの準備や、先方に着いてからの案内や、厄介なことが、多いのである。でも、B食品の手で行くとなれば、すべて、会社がやってくれる。その上、何度も洋行してる専務が同行してくれるというのだから、安心なものである。

その後、彼女はT専務と、度々会って、洋行の約束は、ハッキリと取り交わしたが、ただ、期日の点が、未確定だった。会社の方では、早いほどいいというが、モエ子には、自分が主役を演じる新番組の話が、進捗《しんちょく》していた。

これも、洋行とどっちかというほど、彼女にとって、うれしい話なのである。生まれて初めて、主演の機会を与えられたのだから、逃がしてなるものではない。洋行もしたいが、主演ものにも、勿論、出たい。そうすれば、両方の頬を、ボタモチで叩かれるようなものである。

平家鶴二原作のその主演もの〝社長夫人〟は、今月末に、T・T・Kの〝表通り裏通り〟の完結と同時に、C・T・Vで始まるのだが、三カ月連続の予定である。だから、五月になれば、彼女の体が明いて、悠々と洋行できるのだが、B食品の方では、そんなに待てない、せめて、四月にしてくれと、通告してきてるのである。

つまり、一カ月の食いちがいだが、近頃のテレビは、ビデオどりという調法なものがあって、前どりができるのである。モエ子がパリで、香水の買物をしてるのに、社長夫人の姿で、茶の間のテレビに現われるということも、可能なのである。もっとも、それには、ディレクターだの、他の出演者に、忙がしい思いをさせなければならぬので、大スター級のタレントでないと、できない我儘でもあった。

しかし、それを敢えてしないと、洋行もできなくなる心配があるので、モエ子は、この間うちから、ディレクターや出演する役者たちに、それとなく、ご馳走をしたり、キゲンをとったり、事前運動を始めていた。

今日、これから、新宿駅で、担当ディレクターと、待ち合わせの約束があるが、抜からず、最後の部分のビデオどりの交渉をするつもりだった。

「こんなに、いい事がハチ合わせをして、マゴマゴしてるくらいだもの。とても、可否道なんかのお手伝いは、できないわ……」

新宿に着くと、時間が、案外早かった。今日は、〝社長夫人〟の原作者を、ディレクターと一緒に、訪問する約束になっていた。作者訪問も、ディレクターの仕事の一つだが、その人の連続ものを手がける場合には、主演の俳優を同伴して、ゴアイサツに伺うのは、この世界の習慣になっていた。そういう場合、タレントは、作者の家に、何か、土産を持参することに、モエ子は気づいた。

「平家先生は、銀座のバーに、よく現われるというから、ウイスキーがいいワ」

そう思うと、彼女は、急いで、駅の近くの大きな果物店へ寄って、ジョニオーカの黒を、一本、フンパツした。なぜといって、彼女は、いつも、ワキ役ばかりだから、原作者を訪問する機会は、一度も与えられなかった。

「あたしも、原作者のところへ、お目見得にいく身分になったんだからね……」

彼女は、喜んで、自腹を切った。

国鉄の駅前へ、帰ってくると、間もなく、C・T・Vの旗を立てた車に乗って、ディレクターの鈴木がやってきた。

「待ちましたか」

「いいえ、今きたところ……」

モエ子は、すぐ、その車に乗り込んだ。

平家先生の家は、高円寺にあるそうで、道中が長かった。

「Y君が書いてる本の第一回が、やっと、できてね。今、プリントにやってるが、なかなかいいですよ」

鈴木がいった。彼は、「表通り……」のディレクター中野とちがって、骨組みも岩丈《がんじよう》で、血色もよく、モエ子に話しかけても、呼吸は無臭だった。多くのディレクターの中には、時に、このような、タフな男もいるのである。その代り、演出の方は、かなり乱暴だけれど――

「そう。うれしいわ。原作は、早速、買って読みましたけど、とても、面白かったわ」

「Y君の脚色は、あなた役を、少しアクセントつけ過ぎてるが、まア、帯ドラ（連続もの）としちゃ、その方が、飽かれなくて、いいでしょう」

「ええ、結構だわ」

「ところで、坂井さん、主役は初めてですってね」

「そうなの。主役に近い、大きなワキなら、やったことあるけど……」

「今度ので当てると、ずっと、主役続きということになりますぜ」

「あら、そんな……」

口にはいっても、モエ子の顔は、それを期待していた。

「それに、〝表通り……〟のおちかさんとちがって、今度は、上層階級の女性だから、坂井さんの新生面が、開かれるわけだ。ガラリと変ったところを、見せて下さいよ」ディレクターなんていうものは、この種の煽動《せんどう》には、慣れてる。

「あたしね、今まで、庶民的な役ばかりやってきたけど、新劇にいた頃は、外国のブルジョア夫人の役も、かなり、やってるのよ。それに、あたしの後援会やって下さる社長夫人を、モデルにしようと思えば、できないことないわ」

「え？　後援会があるんですか」

「テレビ・タレントには、珍らしいことだけど……」

「驚いたなア。あんたの人気は、底が知れないね」

「そうでもないけど、歌手の後援会なんかとちがって、人数は少くても、頼りになる人ばかり」

「結構じゃないですか。その人気、今度は、そっくり、うちで頂きますよ」

「ところでね。鈴木さん、後援会関係の人に連れられて、あたし、ちょっと外国へ行くかも知れないの」

「洋行？　すばらしいね」

「でも、その時期が、四月ごろだっていうのよ。あなたの方に、少し食い込むの……」

「それア、困りますよ。せめて、五月なら、何とか、都合をつけるが……」

「ねえ、鈴木さん、何とかして頂けない？　終りの一月分、ビデオどりにして……」

「そいつは、ムリだな。一回や二回なら、何とでもなるけど……」

「そこを、お願いするのよ。だって、あたし、遊びにいくんじゃないでしょ。ヨーロッパの演劇を見てくる、絶好の機会なんですもの。女優として、若い時からの夢なのよ。何とかして、かなえさして……。その代り、帰ってきたら、モリモリ働くわ。C・T・Vさんで、三日徹夜させられたって、文句いわないわ」

彼女は、食品のコマーシャルで、外国へ行くとは、いわなかった。儲けに行くと、思われては、自分の主張が通らないし、また、体裁もよくなかった。

「それア、せっかくのチャンスを、邪魔したくはないけど、かりに、ぼくが承知したところで、他の出演者の都合というものもありますからね。他の連中が、そんなハードな仕事を、ウンというか、どうか。みんな、仕事がオーバーで、疲れてるところですからね」

「ねえ、そこを、何とか承知させる方法ないか知ら。あたし、一度、皆さんを、田村町の中国料理にでも、お呼びしようかと、思うんだけど……」

「そんなことじゃ……」

「じゃ、帝国ホテル？」

「それでも、どうだか。一席設けるにしても、よほどデラックスな……」

鈴木は、面白半分、モエ子に、うんと使わしてやろうという気になった。

平家先生の家は、高円寺駅の南側を入った邸宅街にあった。

「車が入らないんで、厄介なんだ……」

ディレクターは、度々、来てると見えて、運転手に道順の指図をした。モエ子は、慌てコンパクトをとり出し、鼻の頭を叩いた。

生垣に囲まれた外観は、意外に質素な構えだったが、門を潜って、玄関にかかると、五、六十坪はありそうな、金のかかったコンクリート建築だった。

「C・T・Vの鈴木ですが、坂井モエ子を連れて、上りました……」

ベルの音に、出てきた女中さんは、電話で前触れをしてあったので、すぐ、玄関脇の応接間へ、案内した。

「暫《しば》らく、お待ちを……」

それから、茶菓が運ばれたが、平家先生は、執筆中なのか、容易に現われなかった。

「あたし、何だか、胸がドキドキするわ。作家の家なんて、初めてなんですもの……」

モエ子は、胸中の想いを、少し誇張した。

「若いタレントみたいなことを、いいますね」

鈴木が、ヒヤかした。

「あら、若い人の方が、心臓よ。あたしの時代の者は、純情にできてるの」

「純情か」

鈴木が、また、笑った。

その時、スリッパの音がして、ハデなカーディガンを着て、平家先生の姿が、入ってきた。

「先生、すみません、お仕事中のところを……」

鈴木が、立ち上った。

「いや、仕事に疲れたから、書斎のジュータンの上で、パットの練習をしてたんだ。今日は、面白いように、入るもんだから、つい、お待たせしちゃって……」

平家先生も、近年、ゴルフを始めて、発熱状態らしかった。

「非常なご上達らしいじゃないですか。天才とか、神童とかいうお噂で……」

「いや、それほどでも……」

腹を揺すって、笑う様子が、文士というよりも、実業家に近かった。モエ子は、何かの本で見た、明治の代表的実業家の渋沢栄一の写真と、平家先生の類似を認めた。

「先生、こちら、社長夫人の女主人公をやる坂井モエ子さんです。今日は、ちょっと、ご挨拶にうかがいました……」

と、鈴木の紹介を受けて、モエ子は、立ったまま、頭を下げた。下げ方も、タップリ、慎みと愛嬌の方も、タップリと、盛り込んだ。

「初めまして……。この度は、先生の……」

と、長い口上を始めようとするのを、平家先生は、手でさえぎり、

「ようこそ……。いや、お目にかかるのは、初めてでも、お顔は、長い馴染みですよ。ぼくばかりじゃない。家内や娘も、あなたの大ファンでね……。まア、おかけ下さい」

気むずかしいものと、きめていた作家が、案外、気軽く口をきいてくれるので、モエ子は安心して、イスに腰をおろした。

「先生、今度の〝社長夫人〟のチエ子は、ほんとに、大役でございまして、あたくし、うまくできますか、どうか……」

モエ子は、上眼《うわめ》使いをしながら、口調は、少し甘ったれ味を加えた。彼女の経験では、自分より年長の男性に対しては、甘ったれるという調子が、一番工合のいいことを、教えられていた。

「なあに、あんな役、大したことありませんよ。誰にだって、できますよ」

そういわれると、モエ子は、いささか不満だった。

「あら、そんなことございませんわ。先生のお作の人物は、暖かいユーモアに包まれていまして、そこが、大変、むつかしいのでございます。深刻ぶったやり方なら、かえって、誰にもできるんですけど……」

「そうですか。でも、あの役は、あなたの生まれつきのムードだけでも、ピッタリいくんじゃないですか。ぼくは、その点、鈴木さんの配役に、非常に感心してるんですが……」

平家先生の言葉は、少し早や口で、聞きとりにくい点もあるが、モエ子は、一心に耳を傾けてるので、理解できた。

「そうでございましょうか」

「いえ、あの役は、坂井さんの外に、やれる人はおりませんよ。善意にあふれてる上に、ピリリとしたところのある性格で……。あたしでなくても、あの役は、誰だって、坂井さんに振りますよ」

鈴木も、側から、口を添えた。

「そうでしょうね。いや、原作者として、あなたの主演ということに、非常に、満足しています。原作者というものは、テレビや映画で、いくら受けても、アチャラカ風にやられると、うれしくないもんだが、あなたの場合は、安心ですよ。芸風が自然で、中からニジみ出るものがあるから……。やはり、新劇出身の人は、ちがいますね」

平家先生のその一言が、モエ子を、ひどく喜ばした。

「あら、先生、そんなことまで……」

「近頃は忙がしいから、あんまり見ないが、劇団新潮の芝居には、よく通いましたよ」

「まア、先生、新劇がお好きで……」

「初期の頃の〝新潮〟を、よく知ってます。あなたは、あの頃お若い——いや、失礼、今だってお若いけど——お若いくせに、老けみたいな役を、よくやってましたね」

「そうなんでございますよ。他に、同じ年の人がいくらもいるのに、中老《ちゆうふ》けというと、きっと、あたくしに……。やっぱり、器量が悪かったからですわ」

「そんなことありません。性格俳優だったからでしょう」

平家先生も、なかなか、お世辞がいい。

「今度の役も、年は五十ですし、顔は、相撲の若秩父に似てると、先生のご本にございましたが……」

「いや、何も、若秩父に似せなくてもよろしい。普通の顔と肉体で、結構なんですが、ただ、性格だけは……」

「性格は、忠実にやりたいと存じますけど、相撲取りのように、肥らなくても、よろしいんでございますね」

「その必要ありません。もし、ご希望なら、大年増《どしま》の色香《いろか》なぞも、適当にお出しになって……」

「まア、うれしい！」

思わず、声をあげて、モエ子は、二人から笑われた。彼女のような役どころになると、一歳でも若く、ほんの少しでも美しく、自分を装いたいのである――

平家先生訪問の首尾は、極めてよかった。彼女は、この原作者を、絶対好きになり、主人公を演じ生かす意慾に燃えた。

「これは、ほんのお印しでございますが…」

彼女は、土産物を差し出してから、鈴木と共に、帰り支度にかかった。

高円寺まで来たのなら、いっそそのまま荻窪のアパートへ帰った方が、順路であるが、まだ、日没まで時間はあるし、家に用事もないので、

「ねえ、鈴木さん、今日社長夫人の出演者で、誰と誰が、局へきてるでしょう。もし、

一人二人でもいたら、あなたも、夕方、ちょっと、時間あけてくれない？」

と、会食の相談を、もちかけた。

「そんなに、オゴリたいんですか」

鈴木が、ヒヤかした。

「そういうわけでもないけど、少しでも、ご機嫌とっとかなくちゃア……」

結局、彼女は、その車に乗って、麴町のC・T・Vへ行くことになった。

C・T・Vは、一番古いテレビ局で、建物の形や色にも、古びたながらに、落ちつきがあった。その代り、T・T・Kのように、周囲のフンイキを変えてしまうほど、大きな建物ではなく、局の付近も、普通の山の手の商店街にすぎなかった。

「あたし、誰がきてるか調べて、後で、編成部へ行きますわ」

受付のところで、モエ子は、鈴木と別れた。

受付の女に、一覧表を借りて、彼女は、社長の役をやるHだとか、娘の役のJだとか、課長や、美男子社員の役をやる連中だとか、探してみたが、生憎《あいにく》、誰も仕事にきていなかった。

「まア、いいわ。いずれ、日を改めて、一席設ければ……。でも、鈴木さんは、口をかけたし、そうもいかないわ。あの人だけ、誘おうか知ら……」

鈴木に対しては、晩飯のご馳走ぐらいではすまなかった。主演ものに、抜擢してくれたというのは、よほどの恩義であって、英国製の洋服地に、イタリーの靴ぐらいを添えて、贈るべきだと、考えた。

「あの人の誕生日も、今夜、ご飯食べる時に、聞いとかなくちゃア……」

ディレクターの誕生日なんか聞いて、何になるかというと、その日に贈物をすると、自然だからである。その他、盆や歳暮は、無論のことで、要するに、テレビ・タレントというものは、やたらに、贈物をするのが、好きらしかった。

モエ子は、近日、ここで行われるべき本読みの日を、想像して、豊かな気持になった。主演者として、局に乗り込むのは、初めての経験であり、放送が始まれば、楽屋も、当然、個室を与えられるはずだった。タレントにメーク・アップをする部屋は、普通、入れ混みだが、主要な役者だけ、専用の室を与えられた。モエ子は、人気はあっても、ワキ役だから、入れ混みの部屋の方が、多かった。

しかし、今度は、まちがいなかった。彼女も、局によって、稀《ま》れには個室の味を経験したこともあるが、あれは、何といっても、気持がよかった。初めて、千両役者になったような、気がするからだった。

今日は、べつに、この局に仕事はないのだけれど、廊下を、ブラブラ歩くだけでも、自分が主演役者になった誇りで、胸を張りたいようだった。

「スターの人なんて、いつも、こんな気持でいるのね……」

彼女は、平常、スターをバカにしていたが、そんな地位になってみれば、悪い気持はしなかった。

一体、彼女は、うまい役者――技能派の女優なのか、どうか、問題であった。世間では、大変、芸のうまいタレントで、通っているが、半分は、彼女の持って生まれたムードのようなものが、助けているのかも知れなかった。勿論、彼女も、長年の経験で、芸の常識は、よく心得ているけれど、聴視者から愛されるのは、彼女の巧まない、自然な風格であって、それは、彼女の人柄に、多く関係していた。その人柄の中には、B食品のT専務がいうような、Xという不可解なものが、大いに、作用してるにちがいなかった。そういう点は、世間の人は気づかないが、古い役者の仲間はよく知っていて、

「モエちゃんって、いつまでたっても、うまくならないなア。あんな、ブキッチョな女優も、少いよ」

というような、蔭口も聞かれるのである。

しかし〝役者バカ〟という諺もあるくらいで、当人は、そういうことに、あまり気づかないのである。自分は、容貌のために、ワキ役専門にされたのであるが、それは、芝居道の因習の結果である。芸の点からいって、どんなスターにも、ヒケをとるものではないし、また、美人でなくても、スターになれない道理はないと、考えていたのである。

そして、遂に、彼女の自信が、当ったのである。彼女が主役を貰って、主演をするチャンスが、ついにきたのである。

「いい気持よ。ほんとに、いい気持……」

彼女は、そう考えなくても、胸の底で、しきりに、そのササヤキが聞えるのである。

そういう時には、自然と、歩き方も、悠々としてくるし、顔つきも、平和で、寛大な微笑が浮かび、大女優のカンロクというものさえ、感じられないではなかった。

表二階の編成課に近いところに、側面の狭い入口へ通じる廊下があった。その入口のすぐ側に、会計課の支払口があって、タレントたちが、ギャラを貰いにくる場所であった。テレビ局という所は、絶えず、支払いをする必要があり、三人も、その係りが、窓口にいた。以前は、出演のタレントは、その日にギャラを貰って帰ったが、この頃は、二、三日後が、多かった。モエ子も、〝社長夫人〟に出るようになれば、この窓口で、タンマリ貰えるが、主演タレントともなれば、自分で受取りに来ないで、マネジャーの飯島を、使いに寄越そうかとも、考えた。

ふと、彼女は、外から、急ぎ足で入ってきて、いきなり、窓口へ向っていく女に、気がついた。

よく見ると、それは、丹野アンナだった。

「アンナちゃん……」

今日のモエ子の気持としては、あまり可愛くないアンナのような娘にも、こっちから歩み寄って、呼びかけてやりたかった。

「あら、坂井先生……」

アンナは、ひどく驚いた、また、ひどく、バツの悪いような、おびえたような眼つきで、この前、東部放送で会った時の甘ッたれた調子は、どこにも見られなかった。

でも、モエ子は、どこまでも鷹揚《おうよう》であって、対手《あいて》の変調なぞ、問題にしないで、親しげに話しかけた。

「お稽古？」

「いいえ……あの、ギャラ貰いに……」

事実、それにちがいなかった。彼女は、会計の窓口にいたのだから――

しかし、彼女の様子は、いかにも、ガツガツしていた。彼女の受けとるギャラは、一回二千五百円のはずだから、眼の色を変えるべき金額ではなかった。それに、今日の彼女は、髪も乱れたままだし、化粧もしていないし、まるで、女のニコヨンが、親方のところへ、その日の稼ぎを、貰いにきたという顔つきだった。

「アンナちゃん、あの〝河馬《かば》〟の役、好評で、おめでとう」

「ありがとうございます」

「あたしも、是非、拝見に上ろうと思っていたんだけど、どうしても、時間がとれなくて……」

「いえ……」

「初めて、大役がついた時って、ほんとに、うれしいものね。おまけに、それに成功したとなったら……」

それは、モエ子の本心だった。といっても、アンナのことをいってるのか、自分のことをいってるのか、わからない点もあった。もっとも、彼女は大役を貰っただけで、まだ、成功するところまで、行ってないのだが——

「あの、先生、今日は、急ぎますから……」

アンナは、窓口で、封筒入りの金を渡されると、ひどく、ソワソワし始めた。

「いいじゃないの。あたし、今日はヒマなのよ。今夜、ご飯食べる約束があって、それまで、時間つぶしをしてるのよ。どう、食堂へいって、お茶でも飲まない？」

モエ子は、役どころの人のいいオバさんそのもののような、口ぶりだった。

「ありがとうございますけど、そうしていられないんで……」

この前は、アンナの方から、お茶をタカリにきたのに、今日は、ひどい変りようである。

でも、そうなると、モエ子は意地になるわけではないが、ムリにも、誘ってみたくなる。

「ちょっと。あたしの顔ぐらい、立てるものよ」

「はア……でも、今日は……。失礼します」

アンナは、素早いお辞儀をしたと思うと、ヒラリと身をひるがえして、出入口から、飛び出して行った。若いから、その動作の速いこと——

モエ子はあきれて、その跡を見送ったが、好機嫌の彼女は、べつに、気にもしなかった。

「二千五百円のギャラでも、あんなに騒いで、とりにくるうちが花だわ」

むしろ、彼女は、優越感を味わっていた。タレントのギャラは、秘密とされてるけど、モエ子級になると、アンナの十倍近くは、貰っているにちがいないから、眼下に見降すのも、当然であろう。世間は別として、局の中では、タレントの高下は、ギャラに比例するものだからである。

モエ子は、廊下のブラブラ歩きにも飽きて、鈴木のいる編成課へ出かけた。いつもの通り、紙クズカゴをひっくりかえしたような混雑で、鈴木は、デスクの前で、どこかのマネジャーと、話していた。

「やア……。今、〝社長夫人〟の端役《は》や、仕出しを、きめてるところでね……」

鈴木は、モエ子を見ると、そう説明した。マネジャーの方も、彼女の顔は知ってると見えて、丁寧に、首を下げた。

「すると、松竹の×××子のような、庶民性のある女の子なんですね。ありますか。これ、いかが？　ズバリでしょう」

マネジャーは、抱えていたアルバムを、手早く繰って、グラマー風の、眠そうな顔をした女の子の半身像を、指で抑えた。

「なアんだ、場末のバーにいそうな子じゃないか。庶民性というのは、そんな、スサんだ女のことじゃないよ」

鈴木は、頭を振った。

「では、これ、いかが？　これ、知性タップリの上に、Ｂ・Ｇの洋装が、ピタリです。

家も、あんまりよくないから、庶民性満点で……」

と、すぐ、次ぎのページの写真を見せたが、針金のように痩せて、眼ばかり大きな、夢二式の女の子だった。

「ダメだな、こんなの……。ねえ、坂井さん、社長室二人の秘書のうちで、役の軽い方なんですがね。どうも、イメージに合うのがなくて、困ってるんですよ」

と、鈴木がモエ子に話しかけた。

「でも、最初の女の子なら、社長自宅の女中に使えそうですね」

彼女が配役の相談を受けるなぞ、初めてだった。やはり、主演となると、それだけちがう。だが、マネジャーは、ひどく喜んで、

「女中、結構。この子、お願いします。すぐ、電話かけます。勿論、OKですよ……。それ以下の端役や、ガヤ（通行人）は、こっちにお回し下さい。大小とりまぜて、粒のいいのを、お目にかけます……」

そういって、パタリと、アルバムを閉じたマネジャーは、御意の変らぬうちという風に、すぐ、立ち上った。マネジャーの別名を、テレ牛《ぎゆう》（テレビの牛太郎）というそうだが、若い女の写真を抱えて、商売して歩くところは、女衒というものの臭いが、しないこともなかった。

「やっと、体が明きました。少し、早いけど、七時までには、局へ帰ってこなければならないから……」

鈴木がいった。

モエ子は、鈴木をともなって、局の車で、田村町の中華料理店へ出かけた。

二階へ上ると、カーテンで仕切られた小房が、いくつもあって、二人は、その中の一卓を占めた。

「高くてもいいから、すごく、おいしいものを頂戴よ」

モエ子は、今夜、散財をするつもりだから、女給さんに、大きなことをいった。

「うちのものは、みんな、おいしいんです。お好きなものを、註文して下さい」

「困ったわね。あたし、中華料理のメニューとくると、まったく弱いのよ」

彼女は、食いしん坊のくせに、中華料理に限らず、料理のことに、疎かった。

「じゃア、お定食はいかがです」

「それがいいわ、それのいいのにして……」

それから、冷盆《リャンボン》を先きにして、多くの皿が運ばれてきたが、四川料理をカンバンにする家だけあって、味つけが塩からく、香辛味料も、強くきいていた。

「主演は初めてだから、とても、心配だわ。ほんとに、よろしく、お願いするわよ」

彼女は、半分は本気で、そういった。

「女史にして、そんなことをいうんですか。テレビ・ダコができてる人かと、思ったら……」

鈴木は、空腹なのか、盛んにハシを動かして、モエ子のいうことに、とりあわなかった。

「それア、ワキなら、どんな役でも、驚かないけど……」

「同じことですよ、ワキだって、主役だって……」

「そうはいかないわ。演技からして、変えていかなければ……」

「テレビの聴視者は、芝居のお客さんのように、やかましいことをいいませんよ。面白くやってくれれば、演技の質なんて、問題にしやしないんだ」

「そうか知ら」

「それは、そうとして、今度のものの中で、あなたの末っ子の娘になる役ね。あれが、まだ、決定してないんだけど、劇団新潮のマネジャーは、しきりに、丹野アンナというのを、売込みにくるんです。あなたのお考えは?」

　鈴木は、無表情な顔で、モエ子を見た。

「さア、どうかしら……」

　モエ子は、わざと、トボけて見せた。

　テレビの世界は、耳が早くて、モエ子の亭主の塔之本《とうのもと》勉《つとむ》君と、丹野アンナの噂なぞも、すでに、一部に伝わってるのである。鈴木は、それを知っていながら、わざと、モエ子の気をひいてみたのだろうか。それなら、ウカツな返事をすれば、笑い話にされてしまう。しかし、鈴木が、まだ、それを知らないとも、考えられぬことはない。それなら、正直な返事をしてやるのが、礼儀だろう――

「なかなか、達者な子だという評判じゃないですか。坂井さんは、〝新潮〟の客員をしてるから、よく、ご存じでしょう」

「それア、知らないことないけれど……」

モエ子は、返事を控え目にした。

「あの役は、少しイカれてるくらい、ハツラツとしてる娘がいいんですよ。丹野アンナっていうのは、この間、劇団新潮の〝河馬《かば》〟を見に行って、すっかり、気に入りましたよ……。それに、あのクラスなら、安く使えますからね」

鈴木は、遠慮のないことをいった。

「あたしのギャラが上っただけ、そっちで、差引きをつけるの？」

「まア、そういうわけ……」

モエ子は、ハシを休めて、考え始めた。

アンナと、同じ番組に出演するなんて、もとより、うれしいことではない。アンナは、勉君には、もうテレビに出ないといったそうだが、いつか、東部放送で、モエ子にいったことの方が、本音なのだろう。内心は、テレビで売出したくて、しようがないのである。もっとも、それは、アンナに限らず、新劇の若い女優たちは、皆そうである。

すると、これは、不快を忍んでも、アンナの出演に、賛成してやる方が、面白くはないか。彼女と、親子の役になって、演技の上で、ピシピシ、いじめてやるのも、一興だが、それよりも、ベンちゃんの意に背《そむ》くことをやらせて、二人の間に、モンチャクでも起こさせてやる方が、面白いではないか——

「いいわ。鈴木さん、その役、アンナちゃんに、もっていきなさいよ。なかなか、やるわよ、あの子……」

モエ子は、微笑しながら、いった。

「あなたが賛成なら、そうきめますよ。これで、主な配役は、きまったと……」

鈴木も、微笑しながら、答えた。その笑い顔を、モエ子は凝視《ぎょうし》したが、彼が、世間の噂を知っての上の悪戯《いたずら》か、どうかは、見破れなかった。

杏仁湯《きょうにんとう》と果物が、出て食事は終った。

「何か、お土産になるもの、二包みこしらえてよ」

モエ子は、女給さんに、註文した。一つは、鈴木に持たせるのだが、もう一つは、今夜も一人で食事したにちがいない勉君を、喜ばすためだった。

「じゃア、ぼくは、七時に局へ帰らなくちゃならないから……」

鈴木は、帰りを急いだ。帰りの車で、途中、西銀座の地下鉄停留所の付近で、降して貰って、そのまま、家へ帰ろうと思ったが、まだ、時間も早いので、彼女は、日劇へ入って、映画を一本見た。

そして、十一時近くなって、やっと、荻窪の地下鉄駅へ降りた。邸宅街は、もう寝静まっているが、彼女としては、今日は、早い帰りの方だった。

三階まで、エレベーターで上って、わが部屋の前へ立った彼女は、ベルを押したが、何の応答もなかった。勉君は、外出してるらしかった。こういうことは、よくあるので、彼女は、バッグから自分用の鍵を出して、難なく、ドアを開けた。

ドアの内側に、スイッチが列んでるので、モエ子は、それを押すと、部屋が一ペンに、明るくなった。

食堂は、彼女の居間でもあるので、そこで、着替えをしているうちに、入浴がしたくなった。

「ベンちゃんだって、きっと、帰ったら、お風呂に入りたいだろう……」

若い良人は、入浴好きのくせに、自分で風呂を立てるのを、面倒がって、モエ子が留守だと、滅多に立てないのである。

彼女は、風呂場へ行って、ガスの火をつけた。便所の大きいぐらいの狭い風呂場だが、総タイルで、きれいにできてる。浴槽が小さいから、冬でも、三十分ぐらいで、湧いてしまう。

「そうだわ、これも、ベンちゃんが帰ったら、すぐ、暖めて、食べれるようにしとかなくちゃア……」

彼女は、土産の中華料理の中身を、ソース・パンのなかへ開けた。

今日は、仕事らしい仕事をしなかったせいか、疲れてもいず、気分も愉《たの》しかった。いつもなら、勉君が帰っていようが、いまいが、すぐ、寝室へ急ぐのだが、今日はソファに寝転んで、夕刊を読む気力があった。

しかし、勉君は、なかなか帰って来なかった。

夕刊も読み尽したので、彼女は、推理小説でも読む気になり、部屋の隅の小さなデスクへ、近づいた。良人とちがって、読書はあまり好きでないから、デスクの棚に列べてある書籍も、少なかった。その時、彼女は、書きものをする場所に、切手の貼ってない、一通の封書を認めた。

「あら、ベンちゃんの字だわ……」

明らかな、置き手紙だった。彼女は、急いで、封を切った。

ついに、生活革命の時期がきました。

君の留守に、君に話さずに決行するのは、大いに心苦しいが、そうでもしなかったら、所信は貫けないでしょう。

今日から、ぼくは、あなたの家を出ます。そして、丹野アンナ君と共同生活を、始めます。経済的には、何の自信もないけれど、いつまでも、君の世話になっていたら、なおさら、生活打開の道はないでしょう。

とにかく、やってみます。

君も、ぼくの成功を、祈って下さい。

共同生活の場所は、吉祥寺で、もといた家から、そう遠くありません。六畳の貸間を、借りました。

ぼくの部屋は、よく掃除したつもりですが、掃除がヘタだから、よろしく頼みます。
それから、郵便物は、下記に回送して下さい。
では、君の幸福を祈ります
勉
モエ子様
二伸
外国行きもあきらめます。

生活革命

勉君も、思い切ったことを、やったものである。

モエ子は、すぐ、彼の部屋へ走って行ったが、実に、よく荷物を運んだもので、ほんとのガランドーであった。といっても、絵の道具と書籍が、主な荷物であって、衣類なぞは、元来、ほんの少しなのである。恐らく、引越しは、手間がかからなかったろう。

そして、部屋の隅に、古雑誌とか、穴のあいた靴下なぞが、それでも、丁寧に重ねてあり、その側に、電気掃除器が投げ出してあった。飛ぶ鳥は跡を濁《にご》さず、というつもりで、彼は掃除をしたつもりらしかったが、至るところに、ゴミが落ちていた。

「畜生！」

思わず、モエ子が叫んだ。

そういうハシタない言葉は、テレビのセリフでも使ったことはないし、日常でも、使いたくてたまらない場合でも、心の中で叫ぶだけにしてるのだが、今日は、ハッキリと、大きな声でやってしまった。

「ベン公め！」

実際、腹が立つのである。飼い犬に手をかまれたというのか、学費を出してやった弟に背かれた、姉の気持というのか、ただ、胸がムシャクシャするのである。若い女に、良人を奪われた怒りは、無論、沸騰するけれど、それよりも、愛慾を離れた憤りの方が、強くきたのは、不思議だった。

「八年も、世話になっときながら……」

彼女は、力をこめて、部屋の隅の古雑誌を、蹴飛ばした。

新劇のためという奉公心はあったが、やっぱり、彼女は、恩に着せたかったのである。

「生活革命が、聞いてあきれらア」

彼女は、拳をふりあげて、ド鳴った。

彼女は、思慮を失ったらしい。

いつか、まずいコーヒーをいれて、口ゲンカになった朝にも、勉君は、生活革命なるものを口走り、彼女は、必ずしも、それに反感を示さなかった。新劇運動に打ち込むために、勉君が生活を建て直そうとする気持には、同情さえ示した。

「こんな革命があるもんか！」

ほんとに、生活革命とやらが成し遂げたいのなら、妻であり、シンパサイザーでもある彼女に、なぜ、打ち明けて、相談しないのか。生活革命なんて、表面の口実にきまってる。

「やっぱり、アンナとチチクリたかったんだ……」

彼女は、まったくのチンピラだと思ったアンナが、こうみごとに、勉君をサラって行こうとは、思わなかった。女として、まるで、競争対手にならない小娘と思って、頭からバカにしていたアンナだった。

「だから、〝社長夫人〟にあの子が出ることも、承知してやったんだわ」

ああ、何で、あんな約束をしてしまったのか。自分の良人を盗んで行った女と、同じステージで、三カ月間も、共演しなければならぬのか——

ふと、気がついて、風呂場へ飛んで行くと、揚げ蓋の間から、白い湯気がモウモウと立って、湯は煮え立っていた。たとえ、ほどよい湯加減であっても、もう、入浴する気持はなかった。

センをとめて、食堂へ帰ってくると、勉君へ土産の中華料理が、鍋へ移したままになっていた。

「誰が、こんなもの……」

彼女は炊事場のゴミ箱へ、それを、叩き込んだ。

胸が、イライラしてならないから、酒でも飲んでやろうと、棚をのぞくと、正月に飲んだベルモットが、紅色のリボンを結んだままになって、置いてあった。中身は、大分、減っているが、それは、正月に、アンナが飲んだためであるとは、知らなかった。

「一体、いつ、飛び出したんだろう?」

彼女が、家を出た時には、勉君は、自分の部屋にいた。外から、

「行ってくるわよ」

と、アイサツしたら、〝おう〟と元気に答えたが、あの時に、ドアを開けたら、荷作り最中の勉君を、発見できたかも知れない。

恐らく、勉君は、朝早く起きて、荷作りを始め、彼女の外出の直後に、移転したのだろう。吉祥寺まで、引越し荷物を運ぶのに、日没になっては、工合が悪いだろうから、おそくとも二時には、家を出たにちがいない。

「でも、それにしては、おかしいわ。中央テレビで、あたしが、アンナに会ったのは、何時ごろだったか知ら……」

とにかく、それは、引越し最中の時間に、相当するのである。アンナは、引越しの手伝いをしなかったのだろうか。近ごろの女というものは、引越しの騒ぎは、男に任して、自分の用達しに歩くのか。

「一体、あの二人、どんな生活を始める気なんだろう」

ベルモットを三杯ほど飲んだから、少しは、気持が落ちついてきたと共に、ヤキモチも始まってきた。

六畳の貸間に、二人で暮すのだから、みじめな生活にきまっていた。勉君の収入は、わかっているが、アンナが、いくら、テレビで稼いでも、知れたものである。東京都民の最低に近い貧窮が、二人を待ってるだろう。

「ここにいれば、ラクに暮していけるのに……」

急に、勉君が不憫で、アンナが憎らしくなった。

「あいつが、悪いんだ。あいつが……」

そのうちに、彼女は、取り残された自分が、ひどく、可哀そうになってきた。

「あたしは、一人よ。これからは、いつも、一人ぽっちよ……」

涙が、湧いてきた。

そして、その悲しみに浸るために、彼女は、寝室に引き上げたが、スイッチを入れたとたんに、勉君のベッドの毛布も、シーツも、枕も、パジャマも、全部が、持ち去られてるのに、気がついた。

「あら、ひどい……」

彼女は、自分のベッドの上に、身を投げて、隣室に聞えるほどの泣き声をあげた。起きてみつ、寝てみつ蚊帳《かや》の広さかな——というところだった。

隣りの寝台が、マトラスだけになってるのが、イヤでも、眼に入るが、そこから壁際までが、ひどく、遠く見えた。ベッドの間にあるスタンド燈が、大変、ムダなように見えた。

といっても、日本間六畳見当の広さで、決して、大きな寝室ではないのである。

「ベンちゃんの今度の家も、六畳だといったわ……」

しかし、そっちの六畳は、こんなに、広々としてないことは、確かだった。どうせ、道具は少いにしても、火鉢は欠かせないだろうし、そこへ、二つの寝具を列べれば、ギッチリだろう。

「それとも、二つではなくて、一つかな……」

モエ子は、また、ムシャクシャしてきた。

勉君が持ち去った毛布とシーツにしても、このアパートに入る時に、新調したもので、正確にいえば、モエ子の所有品であった。それを持って行かれたといって、怒るのではないが、あの毛布やシーツを、どんな使い方をするかと思うと、ムラムラと、腹が煮え立ってくるのだ。

「姦婦、姦夫め……」

寝ていられないほど、ムラムラするかと思うと、次ぎの瞬間に、この世で一番、頼りない、孤独の女に成り果てたように、悲しくなるのである。

「ベンちゃんは、いっちまった……。もう帰ってこない……」

すると、こんなにも、涙が出るかと思うほど、西洋枕を濡らして、長い間、泣きむせんだ。

それでも、暁方には、眠ったと見えて、眼のさめた時には、十時半を過ぎていた。

昨夜のことは、夢だとよかったが、隣りのベッドが、事実のすべてを語った。彼女は、なるべく、そっちを見ないようにして、洗顔に立った。

困ったのは、朝飯ごしらえだった。

トーストも、二人前。ハム・エッグスも、二人前こしらえていたが、これからは、大変、手が省けるのだ。手が省けるのが、何とも、やりきれないのだ。

「それに、コーヒー……」

あのように、コーヒー好きだった勉君は、今朝は、何を飲んでるか。彼女は、どう努力しても、彼女流のネルの漉《こ》し袋でいれるドリップ式に、手が出なかった。豆も、新しいのが買ってあるが、コーヒー挽きにかける気がしなかった。

「インスタントで、我慢するわ」

B食品のコマーシャルに出ると、よく土産にくれるので、オス・カフェが、一ダース近くも溜っていた。

勉君が早い外出をする時には、モエ子一人で朝食を食う場合が、よくあるのに、今日は、特別の気持だった。

トーストも、ハム・エッグスも、いつもの半分しか、食べられなかった。

「インスタントって、やっぱり、味気ない……」

そんな朝飯を、モエ子は、五日も、六日も、食べた。

まずいと思いながら、インスタントをやめて、レギュラー・コーヒーをつくる気にはならなかった。

それでも、四十四歳に近くなった女性として、さすがに、他人には、狂乱の様子を見せなかった。反対に、彼女は、極力、噂のひろがることをおそれた。勉君は、依然として、自宅にいるような顔をして、なるべく、話をそっちへ触れさせないように、努めた。

「そうよ、結局、笑われるのは、あたしなんだもの……」

彼女は、噂というものの正体を、よく知っていた。

それでも、アパートの管理人にだけは、

「塔之本さんは、暫らく、仕事で、劇団の方へ泊ることになったの」

と、いって置いた。ついでに、言葉巧みに、勉君の移転の様子を聞いてみると、やはり、彼女の想像した通りで、彼女の外出の直後に、運送屋のリヤカーがきて、荷物は、悠々、それに納まったそうだった。運送屋には、かねて打合わせて置いて、彼女が出ると、すぐさま、電話をかけたにちがいなかった。

日がたつにつれ、彼女の激昂は収まってきたが、悲しさと寂しさは、氷河の流れのように、ガンばって、急に立ち去る様子はなかった。

それが、大きな打撃だった証拠には、毎朝、顔を洗う時に、鏡を見ると、こんなにも、小ジワが殖え、肌が疲れてきたかと、驚くほどだった。その上、今度の事件の精神的打撃で、すっかり、気が弱ってきた。

「あたしも、年をとったのね。ベンちゃんとの年の開きが、とても、大きくなったのね」

もう、何年も前から、彼女はそのことを、恐れていた。男は、なかなか、年をとらないのに、女は老け易いから、良人と八つちがいという開きも、やがては、十になり、十二になり——誰が見ても、姉さん女房、母アちゃん女房と、知れてしまうだろう。

「そうなのね。初めっから、ムリだったのね……」

明けて九年前の結婚の当時は、新劇精神にさえ燃えていれば、年のちがいぐらい、ものの数とも思わなかったが、ものごとは、そう簡単にはいかなかったらしい——

「そう、それに、菅《すが》さんに忠告されたことも、やはり、当ってるわ……」

四谷三丁目の喫茶店で、菅貫一がいった夫婦共稼ぎもいいが、細君の収入が過大になった場合には、注意せねばならない、と。

「あたしが、あんまり稼ぎ過ぎるのも、ベンちゃんの気を悪くしたのかも、知れないわ。何といっても、ベンちゃんは、男だもの……」

菅の忠告が、身に浸《し》みると共に、彼女は、あの喫茶店で、気まずい別れ方をしたのを、済まないと、思うようになった。

「いつか行って、あやまって来なけれア……」

良人のことを、相談に行ったのも、萱のもとだったし、そして、その浮気は、ついに、ホンモノとなったのである。

萱ならば、この悲しい破綻を告げに行っても、恥かしくはないし、それに、何といっても、この世で一番信頼してるのは、彼である。

モエ子は、萱の孤独な性格を、よく知ってる。そして、誠実で、正直な生い立ちであることも、知ってる。近ごろの総理大臣は、ウソを申しませんというのが口癖だが、萱貫一は、何にもいわない代りに、ウソのつけない男なのである。

もう一つ好きなところは、彼が〝亡妻屋〟である点である。細君が死んで、長いことになるのに、いまだに、うまくコーヒーが出ると、仏前に供えるというようなところを、可否会の男のメンバーは、口をそろえて、笑いものにするが、モエ子は、反対に、心を動かされるのである。

「今どき、そんな人って、あるもんじゃないわ……」

そして、自分が、萱の亡妻であって、死後にそんな扱いを受けたら、どんなに、泣けるだろうかと、考える。その涙は、甘くて、美しくて、心から彼女の心にかなった。

ほんとをいえば、彼女は、感傷家なのである。ガッチリ稼ぐので、〝ガチ・モエちゃん〟なんて、アダ名を受けるけれど、それは、年齢的な、人生への警戒であって、本来は、少女の柔かい感情の肌合いも、まだ、失っていないのである。女の感傷というものは、驚くほど、永もちする。さもなければ、生活力のないベンちゃんと結婚するというような、ソロバン外れの行為を、犯さないのである。新劇の郷愁なんて、子供くさいことも、考えないのである。

そういう彼女であるから、菅貫一を慕うのは、当然であるが、何分にも、この前のケンカ別れと、その原因が、面白くない。

「可否道なんて、何よ、バカバカしい。タレントやめて、コーヒーの家元なんかに、なれるもんじゃないわ」

今朝も、彼女は、インスタント・コーヒーの朝飯を食べてから、その問題を考えた。その問題さえなければ、今日にも、菅の家を訪れたいのであるが、とても、色よい返事はできそうもないから、躊躇しないわけにはいかなかった。

その時、玄関のブザーが鳴った。

「はい、どなた？」

ことによったら、菅が訪ねてきたかと思って、彼女は、ドアロに急いだ。

今日は、早く家を出るつもりで、着換えも済ませていたから、彼女は、すぐ、入口に立って、ドアを開けた。

菅ではなかった。そうだろう。あの一本気な男が、一度怒ったとなったら、やすやすと、頭を下げては来ないだろう。

見たことのない、五十女が、和服コートの袖をかき合わせて、立っているので、どこかの、勘定とりかと、思った。

「牛乳屋さんだっけ?」

モエ子は、気やすく話しかけたが、

「ちがいますよ、ちょいと、話があって、きたんです」

「話?」

「そうですよ。あんた、坂井モエ子さんでしょう。顔、知ってますよ」

「ええ、坂井ですが……」

「あたしアね、丹野アンナの伯母ですよ。そういやア、どんな話できたか、たいがい、察しがつきアしませんか」

と、ひどく、高飛車に出てきた。

「さア、わかりませんね。文句だったら、こっちでいいたいくらいでね」

モエ子も、負けてはいなかった。しかし、アンナが伯母の家に寄宿していたことは、知っていたから、姪の家出のことで、何か誤解をしているなと、頭を働かすことはできた。

「それア、あんただって、くやしいだろうさ。亭主を、とられたんだからね。だからといって、あたしが……」

大声にわめかれて、モエ子は、怒気も忘れるほど、狼狽した。この高級アパートの隣り近所の思惑を、考えると、居たたまれなくなって、

「まア、ここは、戸口ですから、中へ入って、話して下さい」

と、食堂へ案内する外はなかった。

「いやに、暖かいね、この家は……。コート脱がして貰いますよ」

「どうぞ……」

アンナの伯母は、少し、落ちついてきたらしく、コートを脱いで、隅のイスの上へ置くと、

「お初にお目にかかりまして……」

と、尋常なアイサツを始めた。モエ子も、慌てて、お辞儀にかかった。

「坂井です。どうぞ、よろしく……」

「毎度、姪が上りまして、いろいろ、ご厄介になりまして……」

「いいえ、あたしは、何にも、お世話しないんですよ。うちのベンちゃんが——いえ塔之本さんのところへ、あたしの留守に、よく、見えたらしいんですけど……」

「おおかた、そんなことと、思っちゃいますがね。まア、一度、ごアイサツはしとかないと……」

モエ子は、正体のわからない対手を、観察するために、一心に、眼を光らせた。

「まさか、あたしのところへ、ド鳴り込みにきたわけじゃあるまい。姪をカドワカシタといって、お金でもネダリにきたのか知ら。でも、それは、お門ちがいよ。あたしも、被害者なんだからね……」

と、腹の中で、考えながら。

「さて、この度は……」

対手は、葬式のおクヤミでもいうような調子と、文句で、きりだした。

「はア」

「飛んでもないことになりまして……」

「お互いさまですわ」

モエ子は、なるべく慎重に、言葉を少くした。

「置き手紙をして、アンナのやつ、家出をしたんですからね。それを見た時は、驚きましたよ。先月分の食料も、入れてかないんですからね」

「あたしの方も、置き手紙でした……」

「でも、あんたの方は、まるで、感づかないことも、なかったでしょう。夫婦なんですからね」

「それが、全然……」

「一体、どっちが先きにホれて、どっちが先きに、口説いたかっていえば、きっと、お宅の旦那の方ですよ」

「さア、どうでしょうか」

「それにきまってるじゃありませんか。アンナは、まだ十九だし、生娘だし……」

そういわれても、そこのところは、モエ子にとって、疑問だった。勉君のような不精で、気位の高い男が、人の娘を誘惑なぞしたか、どうか。といって、十六も年下のアンナの方から、モチかけたとも、思われないし――

しかし、おかしな心理が、モエ子に起ってきた。自分は良人を奪われて、アンナの伯母よりも、ずっと大きな被害者であるのにかかわらず、勉君のために、防御の体制を敷くというような、気持である。それは、自分の男の子が、他所の子にケガでもさしたのを知った母親の心理と、多少の類似点があった。

「どう考えたって、お宅の旦那が手を出したにきまってますよ」

「どうも、すみません」

つい、モエ子は、そういってしまった。

「この収まりは、どうしてくれるんです」

対手は、威丈高《いたけだか》になった。

「そうおっしゃられると、一言もありませんけど、うちのベンちゃんだって、決して、悪い人じゃないんです」

「悪い人でなくて、よく、まア、人の娘をカドワカして……」

アンナの伯母というのは、東京の下町か、場末の育ちでもあるのか、気ばかり強い女らしく、それからも、口汚く、勉君を罵った。

「実は、昨日、二人の家へ行って、勉さんという人にも、会ってきたんですがね。あんなワカラズ屋は、見たことありませんよ。何だか、勝手な理窟ばかりコネて、こっちのいうことなんか、聞こうともしない……」

「あの、どんなところに、住んでおりまして？」

「お話にならない、汚い二階でね。道具はひっくらかえしてあるし、日当りは悪いし、こんな、立派なお部屋に住んでいられる身分なのに、勉さんという人は、どういう量見で、家を飛び出してしまったんですかね。それア、色恋の道は、別だとしてもさ……」

しかし、そうやって、話してる間に、モエ子は、対手の女が、口さきばかり強くて、賢さも、毒も持たない人間であるのに、気づいてきた。モエ子のところへド鳴り込んできたのも、昨日、勉君から、サンザンやられた、腹癒《はらい》せかも、知れなかった。また、モエ子が、異常心理に見舞われて、勉君のために、頭を下げた態度にも、気をよくしたらしかった。

モエ子の方では、その女が、勉君たちの移転先きを見てきたというので、もっと、細かい話が聞いてみたく、対手をもてなすために、台所へ立って、コーヒーを入れた。久振りに、レギュラー・コーヒーをいれた。勉君の家出以来のことである。

「お茶代りに、どうぞ……」

と、差し出されたカップを、一口飲んで、アンナの伯母がいった。

「あら、うまいコーシ。こんな、いい匂いのするコーシ、飲んだことがないわ」

コーヒーにも、いろいろ呼び名があって、関西では、コーヒであるが、東京の下町では、おコーシ。

「沢山、召上って……。ところで、アンナちゃんという人の親ごさんも、今度のことで、ご心配でしょうね」

モエ子は話を引き出そうとした。

「まだ、知らしちゃないんですがね。もっとも、聞いたって、それほど、驚かないかもしんないね」

「まさか、そんなこと……」

「でもね、あの子の駆落ちは、今度が皮切りじゃないしね。神戸にいた時にも、一度、やってるんですよ。もっとも、今度のような、年のちがう男とじゃなかったけど……」

「まア、アンナちゃんて、そんな……」

「早くいえば、ズベ公ですよ。ただ、芝居キチガイのズベ公でね、神戸の時は、自主演劇研究会とかいう、仲間の学生さんと……」

「じゃア、うちのベンちゃんが、純潔を汚したというわけでも……」

モエ子は、なぜか、安心した。

「そうなんですよ。だから、今度こそは、ズルズルベッタリにさせたくないんですよ」

アンナの伯母は、妙なことをいった。

「と、おっしゃるのは？」

「つまり、お宅の旦那のナグサミモノにされるんじゃ、承知できないんで、こうなった上からは、チャンと、正式に、結婚をして貰いたいと、いうわけなんです」

そういわれると、モエ子は、返事ができなかった。

あの置き手紙を見た瞬間から、彼女は、勉君との仲が、終焉にきたことを、覚悟していた。勉君の性格から考えても、彼が、アンナと結婚する決意であることは、疑いもなかった。それなのに、彼女は、人知れぬ心の奥に、一抹《いちまつ》の未練を残している。しかし、今は、そういっていられなかった。ハッキリした返事を、しなければならぬ時がきた。

「わかりました。でも、あたくしの口から、とやかく申しても……」

モエ子は、ドタン場にのぞんでも、逃げるだけは、逃げたい気持だった。

「そうですよ。あんたが、結婚するんじゃないんだからね。ただね、あんたが、こうなったら、キッパリ、お宅の旦那と別れてくれるか――早くいえば、籍を抜いてくれるか、どうか。あたしの聞きたいのは、そこんところなんですよ」

アンナの伯母も、あまり、賢そうには見えないのに、ヘンに、理詰めになってきた。

「ええ、それは……」

モエ子は、再び、返事をためらった。

「別れてくれるんですか」

対手は、たたみかけてきた。

「万一、あたしが別れないといったら、どうなさるおつもり?」

モエ子が、逆襲した。

「訴えてやりますよ、あたしア。さもなけれア、新聞に投書してやりますよ。新劇のことというと、このごろの新聞は、デカデカ書くからね」

「そんな、ひどいことなさらなくても……」

成年者の結婚は、法律によって、自由を認められてるから、警察沙汰になる道理はないが、新聞や週刊誌に、このスキャンダルを投書されるのは、痛かった。そして、その損害は、それほど名前の知れない勉君よりも、テレビの人気者である彼女の方が、大きく蒙《こうむ》るだろう。それに、何といっても、最大の弱味は、勉君とモエ子が、法律上の結婚をしていなかったことだった。籍を抜くも、抜かないもなかった。結婚式すら、あげていない二人だったのである。

彼女は、思案した。

「そうだわ……。二人の仲が、まだ噂にとどまってる時から、そんなに好きなら、イサギヨク呉れてやると、思ってたんだわ……」

それでも、口を開くまで、時間を要した。

「承知しましたわ。きれいに、別れてやりますわ」

そういったが、彼女は、急に、悲しくなった。見知らぬ対手に、涙をかくすのが、精一杯の努力だった。

「そうですか。それ聞いて、安心しました。さすが世間に名の売れた人だけあって、思い切りがいいですね。年下の亭主は、可愛いもんだというのに……」

「よけいなこと、いわないで下さい」

「ご免なさいよ。でも、これで、あたしも、アンナの親のところへ、知らせてやる勇気が出ましたよ。なアに、あの娘には、テコずってるんですから、身が固まるといえば、喜ぶにきまってますよ……。ただね、お宅の旦那が、ちょっと、頼りなくてね。月給、八千円だっていうじゃありませんか。近ごろのお手伝いさんだって、もっと、貰ってますよ。家を持った日にも、お金につまって、アンナが、放送局へお金貰いに行ったそうですよ。これから先きも、大変ですよ。あんたが親代りになって、時々、面倒でも見て下さらなけれア……」

帰りがけに、アンナの伯母は、ひどく、図々しいことをいい出した。

「冗談いわないで下さい。あたしも、それほど、お人好しじゃありませんからね！」

モエ子は、泣き声になって、ド鳴った。

忌《いま》わしい客が、帰った後で、モエ子は、急に、世の中が悲しくなった。誰からも、バカにされ、見捨てられたような、やるせない気持だった。

彼女は、三十分ほど、ソファの上で、泣き続けた。しかし、思いきり、泣いたせいか、気持が落ちついてきた。

「あの女、あたしをオドかして、離婚の承諾をさせにきたんだわ」

結果からみれば、確かに、そうだった。

「でも、承知するも、しないもないわ。ベンちゃんの気持が、むこうへ飛んでしまったんだから、それで、おしまいよ。一旦、思い込んだら、後へ引っかえす人じゃないんだから……」

そういう風に、事件のナリユキを、静かに眺められるのも、今が最初だった。

ただ、勉君が、少しも、憎くないのは、不思議なくらいだった。彼は、あらゆる我儘と自由を、許された人間であって、誰も、止めだてはできないように、思われた。その代り、アンナが憎らしかった。罪はすべて、彼女にあって、彼女が誘惑し、彼女が家出をそそのかしたに、ちがいなかった。それは、母親の心理だった。勉君は、わが子であり、アンナは悪友であって、その悪に染まって、騒ぎを起したという風にしか、考えられなかった。

「アンナの奴、神戸でも、カケオチをしたというんだもの。年は若くても、よっぽど、バクレン女よ。ベンちゃんも、悪い女にひっかかったものよ。そのうちに、きっと、眼がさめるわ。でも、もう、あたしは知らないわよ。あたしは、あの人を憎まない。でも、もう、愛さないわよ。愛さない、愛さない……」

彼女は、自分にいいきかせた。

「アンナの奴は、スタディオでいじめてやる。こうなったら、共演は、もっけの幸いだわ。イキやセリフを、ちょっと外してやれば、あんなチンピラ女優、眼を白黒して、参るにきまってるわ」

そんな、大奥の女中のような、意地悪な策謀《さくぼう》をするのは、彼女として、珍らしいことだったが、それだけ、アンナに対する憎しみが強い証拠だった。

「それに、あの二人、きっと、経済的に、参っちまうわよ。まるで、荒海へ小舟を漕ぎ出したようなものだもの。三月もたたないうちに、ネをあげちまうだろうけれど、あたしは、知らないわ。知らない、知らない……」

しかし、その時に、ベンちゃんが、ある日、一人で、ションボリと、このアパートへ帰ってくる幻影が浮かんだ。

「あたし、叩き出すわ。ええ、きっと、叩き出すわ。あたしだって、そうそうお人好しに生まれてもいないしね。それに、八つも年下の亭主を持つのは、もう、コリゴリしたわ。誰にも、いわなかったけど、あんなに、気苦労があったじゃない？　もう、あたし独身で、モリモリ働くわ。ベンちゃんを扶養するお金だって、これからは、助かるし、早く、老後に備える貯金をしなくちゃア……」

彼女は、外出の時間がきたのも忘れて、ソファの上で、もの想いにふけった。

和敬清寂《わけいせいじゃく》

「茶道の盛衰ということを、どうお考えですか」

と、菅貫一《すがかんいち》が、語り出した。

「千利休によって、大成された茶道が、いつも、今日の盛況を保っていたかというと、そうでもないですな。徳川末期には、すでに、茶人は儒者《じゆしや》の勢力に圧迫されて、衰微の道をたどってる。そこへもってきて、維新の変革にぶつかったのだから、打撃はひどかったらしいですよ。どうやら、再びイキを吹き返したのは、日清、日露の戦争によって起った国粋主義の余慶らしいですね。国が富んできたので、そういうものが、顧みられたのでしょう。一般の士女も、嫁入り支度に、茶を習うというような風潮になった。それは、結構なんですが、茶道の形式化、職業化が、その頃から、始まったんですね。茶して、茶道が実業家——金権と結びついた。その頃から、堕落が始まったんですね。茶器でも、茶用の書画でも、恐ろしい値段になっちまって、庶民の手が、届かなくなった。一般大衆と、手が切れてしまったんです。ことに、戦後は、ひどい。茶道が、すっかり営業本位になり、興行化されつつある。茶道を毒化した実業家の外に、アメリカ人というものも出てきましてな。シビレのきれるのを我慢して、茶席に坐って、ワンダフルとか、何とかいってる。それで、一層、茶道の表面的な盛況を、来たすことになったんですが、心ある茶人は、誰も喜んでいない。今日の盛況は、茶道空前のものであるが、茶の興行盛んにして、茶の道の衰えたることも、絶後である。これではいかん。生活の近代化につれて、新しい作意が、試みられねばならんということを、心ある人が感じてる。もっとも、デパートの茶道展覧会に、近代的な洋室—洋風茶室で、茶会が行われた例もあるが、一向にどうも、シックリしない。

シックリしないはずですよ。従来、畳の上で発達した茶の湯を、イス・テーブルで行おうというのですからな。そしてあいかわらず、抹茶茶碗を、茶センでかきまわして、シズシズと、ジュータンの上を運び歩こうとするんですからな。しかも、茶道の精神は、どこかへ置き忘れて、緑色の発泡液体だけを、味わうというのですからな。

しかし、その緑色の発泡液体を、黒褐色の香り高い液体に変えたら、どんなもんか。無論、和敬清寂の精神は、堅持してですよ。考えるだに、調和があるじゃありませんか。これこそ、近代洋室に、シックリするじゃありませんか。そして、われわれの日常は、畳の上よりも、イス・テーブルによって生活する時間の方が、はるかに多い。現に、この部屋の如きも、お粗末ではあるが、洋室です……。どうです。今日は一つ、座興として、抹茶の代りにコーヒーを用いる新方法を、皆さんに、お目にかけましょうか」

といって、菅が立ち上った。

可否会の三月例会である。菅の家の応接間に、大久保画伯、中村教授、春遊亭珍馬の顔も、そろっていた。ただ、坂井モエ子の顔だけが、見えなかった。

大きなことをいったが、菅貫一は、茶事のタシナミがあるわけではない。ただ、彼の父は、地主であって、家居の多い職業上、茶人となり、庭の隅には、茶室もあった。菅は、子供の時から、父のお対手をさせられて、見よう見まね程度のことを知ってる、というだけのことだった。もっとも、それだから、コーヒー道なんて、大外《だいそ》れた考えが頭に浮かぶので、深い茶道の造詣があったら、手も足も、出なかったろう。

しかし、彼も、日に何度となく、コーヒーをいれる時に、例えば、コーヒーの粉を、ドリップの器具に充たすとか、ヤカンの湯をフィルターに注ぐとかいう場合に、乱雑な動作をしては、コーヒーの味を損うことが、わかってきた。また、コーヒーを入れる動作を、何度かくりかえしてる間に、自《おのず》から順序と方式ができ上って、それに外れると、コーヒーの味も、うまくないような気がする。その順序と方式に従って、今日の実演を試みようというのである。

「この、粉の上に湯を注ぐという動作は、できるだけ静かに、また、一度に多量は禁物ということは、どのコーヒー入門書にも、書いてあることですが……」

彼は、部屋の隅のテーブルの上に、四個のフランス式フィルターを載せてカップを列べ、言葉どおり、沸き立つ熱湯を、静かに、注ぎ入れた。

「それくらいのことだったら、ぼくも、毎晩、やってますがね」

と、大久保画伯が、早速、半畳を入れた。

「まア、黙って……。批判は、最後の時でいいでしょう」

中村教授が、たしなめた。

「茶道の方では、茶碗を暖め、茶せんも湯につけるが、あたしは、カップとフィルターを、暖めて置くだけにしました。それから、フクサさばきは、形式に走るから、やりません。ただ、清潔なナプキンだけは、用意してある……」

彼は、四個のカップに、湯を注ぎ終ると、順々に、フィルターに蓋をした。

「茶道の方では、大服《おおぶく》にするか、濃いのにするか、茶を立てる前に、客に聞きますが、これは、一理あると思う。コーヒーの方でも、マイルドがいいか、ストロングがいいか、客の好みを伺って置く方がいいと思う。もっとも、今日は、見本だから、諸事、省略しますが……」

萱は、一個のカップを、盆にのせて、一番奥に坐ってる大久保の前に置いた。置いてから、静かに一礼した。

「粗末ですが、一服どうぞ……」

萱の態度が、どこまでも、大マジメなので、大久保も吹き出したいのを、我慢して、頭を下げた。

その次ぎが、中村教授、そして珍馬——

「どうぞ、ご自由な飲み方で、お飲み下さい。しかし、あたしの考えでは、西洋人がよくやるように、受け皿を左手に、カップを右手に持って飲むのは、法にかなってるように思う。雫がこぼれても、受け皿でとめるでしょう。そして、見た眼も、悪くない……」

萱は、そのような手つきで、自分のコーヒーを飲み始めたが、中村教授も、それをマネて、一口味わってから、

「大変、結構です。豆は、何を……？ いや、そんなことを聞いては、礼儀に外れます

か」

「逆ですよ。むしろ、礼儀としても、主人苦心の材料を聞いて頂きたいくらいで……。今日は、キリマンジャイロを、主に致しました」

「うまいですよ。しかし、惜しむらくは、少し、冷めてるね」

と、大久保画伯。

「そこですよ、あたしも、悩んでるのは……。フィルター式でやれば、自分一人で飲んでも、冷めがちですが、といって、パーコレーターでも使って、モーニング・カップのような、大きいのを持ち出して、茶道のように、飲み回しというわけにもいかない……」

「それだけは、願い下げですよ。大久保さんのツバキのついたのを、舐めさせられるなんて……」

珍馬が、口を入れた。

「何をいうか。特に、それを喜ぶ女性も、なきにしもあらず……」

大久保がやりかえした。

「飲み回しというのは、和敬清寂の和の精神なんでしょうが、昔の人の衛生思想なら、堪えられても、われわれは我慢できませんよ。あれだけを見ても、茶道が近代生活と調和しなくなったことが、わかるじゃありませんか」

菅は、冗談の対手にならなかった。

「しかし、スペインなぞには、ブドー酒の飲み回しの習慣が、あるようですよ。もっとも、酒器に、直接、唇はつけないらしいが……」

と、中村教授。

「スペインは、ファッショの国ですよ。以て範とするに、足りません。それに、コーヒーを一人ずつで飲むということは、和して同ぜず、ということにも、なりましてな」

「しかし、会長、お茶のような固苦しいものを手本にするのは、不賛成だな。われわれは、ノンビリと、コーヒーが飲みたいのだ」

大久保が、珍らしくマジメな意見を出した。

「賛成！」

と、珍馬が手をあげた。

「諸君は、飛んだ誤解をしておられるようです。固苦しい、煩瑣《はんさ》な手順は、末流のお茶であって、利休時代は、そんなもんじゃなかったです。夏は涼しく、冬は暖かに、花は野にあるよう――というのが、利休の精神ですが、ことごとく、和敬清寂の願いが、含まれてますな。茶の修行というものは、儀式に入って、儀式を忘れるところにあるのでしょう。形式ばったことをいうのは、未熟の茶人ですよ。例えば、お茶を、三口半に飲むというが、何度で飲んだって、かまやアしないんです。ただ、愉しく、ノンビリとした気持で、飲めばいいんです。もっとも、普通の茶碗だと、三口半で飲むのが、大体、飲みいいんですね。それだけの話です……」

と、菅は、落ちつき払って、所説を述べ立てた。

「じゃア、コーヒーは、幾口で飲むのが、合理的かね」

大久保が、反問した。

「とても、三口半では、ムリですね。コーヒーは、原則として、熱いうちに飲むから、一口に多量飲むと、食道をヤケドしてしまう……」

と、中村教授が、もっともらしいことをいう。

「あっしなんか、早い方だが、それでも、十ぺンぐらい、かかっちまいますね。会長さんのご研究では、どれくらいですか」

と、珍馬が訊くと、菅は、頭をかきながら、

「さア、実は、飲む時の精神の研究ばかりやって、つい、実践の方が……。しかし、これは、重要な問題ですから、今後、よく考えて置きましょう」

と、素直に、あやまった。

「しかし、和敬清寂の清寂の方は、少くとも、コーヒーを飲む時の気持に、必要でしょうな」

と、中村教授が、菅に助け舟を出した。

「それは、もう。それが、眼目です。コーヒーと茶を結びつけるヒントを得たのも、その点からでありまして……」

「ぼくなんか、行儀が悪いから、畳の上ではアグラだし、イスの時は、フンゾリかえっ

て、飲むけれど、飲む時の気持だけは、清というか、寂というか、あるいはまたワビとかサビとかいう表現と、関係がありそうだな。それは、認めるよ。さもないと、コーヒーがうまくないもの……」

大久保がいうと、菅は相好を崩して、

「大久保さんでも、そうおっしゃる……。いや、コーヒー飲みも、茶人も、本質にはちがいないんで、うまく飲もうという工夫が、おのずと、道に通うんですよ」

「ところで、今日も、モエ子さんは、欠席ですね」

と、珍馬は、彼にとって、あまり面白くない話題を、変えようとした。

「あの人のご主人を、会員にするという件は、どうなりました?」

中村教授が訊いた。

「そうは思ってるんですが、うまく、連絡がつきませんで……」

と、菅が、苦しい弁解をした。

彼は、今日の例会の通知を、彼女に出したのだが、何の返事もなかったのである。

四谷三丁目の喫茶店で、モエ子とケンカ別れをしたのを、ひどく、コダワっているなと、考える外はなかった。彼の方は、あんな別れ方をしたのを、後悔してるのである。

なぜ、もっと根気よく、少くとも、次回の説得のチャンスを残して、別れなかったかと、ホゾをかんでるのである。

そして、その後、考えたところでは、この際、塔之本を可否会の会員に加えることで、彼女のキゲンをとり、徐々に、旧の関係に復そうという計画なのだが、モエ子の方で、怒っているのでは、どうにもならない。

「モエちゃんといえば、あっしがテレビ寄席で、中央放送へ行った時に、思いがけない噂を、聞いたんですがね」

と、珍馬が、口をはさんだ。

「へえ、どんなこと?」

大久保が、モノズキな眼を、輝かせた。

「洋行の噂じゃないですか」

菅が訊いた。

「いえ、もっと、深刻な話なんですがね……」

珍馬は、タレントの控え室で、俳優たちのヒソヒソ話を、小耳にはさんだのであるが、ちょっと、いいにくそうな顔つきを見せた。

「そんなに、気を持たせないで、サッサと、話し給え」

大久保が、催促した。

「さいですか。でも、人の噂を、又聞きしたんだから、ウソかホントか、知りませんよ。大方、ウソでしょう」

「そんなことは、気になさらんでも……。モエ子女史が、恋愛でも始めたというんですか」

中村教授も、人の噂は、嫌いでないらしい。

「そうでもないんですよ。じゃア、まア、ズバリいきますがね――女史が、夫婦別れをしたというんです」

「え、離婚?」

萱が、調子外れの声を出した。

「いや、驚かんよ。いかにも、ありそうなことだ。年下の亭主を持つということは、まア、爆弾を抱えてるようなもんでね……無論、亭主に女ができたんだ。きまってますよ」

大久保は、いかにも平凡な事件のようなことをいうが、詳細を知りたい様子が、アリアリと見えた。

「大久保さんのおっしゃるとおりですよ。対手の女というのは、新劇の新人女優でね、年が十六もちがうということで……」

「八つ年上の女房を持っていた男が、十六も年下の女と結婚したんですね。従来の埋め合わせということも、考えられるが、16は8の倍数であることに、何かの意味が感じられないこともない……」

中村教授の冗談は、どこまでも理窟ッぽい。

「とにかく、これア、近来の大ニュースだ。いや、このところ、女史が欠席続きなのも、これで、読めたね。彼女、大いに悩んで、コーヒーどころじゃなかったんだよ」

と、大久保画伯。

「それにしても、われわれが、彼女の不幸に、知らん顔もできんじゃないですか。同じ可否会会員として、何とか、慰問の道を講じなくてもいいですか」

中村教授は、本来のマジメさを、とりもどしたようだった。

「慰問は、大賛成ですが、まさか、お香典を持って、この度は……とも、いえませんな」

珍馬が、バカなことをいう。

「これは、一つ、会長さんに、一任しようじゃありませんか」

と、中村教授は、いつも、穏当な意見。

「賛成！」

他の人が、そう叫んだが、先刻から、考え込んで、一切、口をきかなかった菅が、やっと、

「承知しました。いずれ、事の真偽を確かめました上で……」

それからは、コーヒーの話よりも、モエ子問題に、話の花が咲いて、長くなった日も暮れかかり、散会の時がきた。

「来月の例会は、モエちゃんを慰める会にしようじゃありませんか」

「それがいいですね。コーヒーというものは、体の鬱気《うつき》を散じる作用があるんだが、無論、心の鬱気の方にも、効きますよ」

「会長に頼んで、トルコ式コーヒーのドロドロしたやつでもこしらえて貰って、一パイ飲ませれば、すぐ、元気になりますよ」

会員たちは、口々に勝手なことをいって、帰って行った。

菅は、いつも、会の後のコーヒー道具のカタヅケは、自分でやるのだが、今日は、その気になれず、妹と女中に任して、茶の間へ引き上げた。

長火鉢の前へ、腰を降した菅は、薄暗い部屋に、電燈もつけず、腕組みを始めた。

「モエちゃんが、とうとう離婚した……」

彼は、心の中で、つぶやいた。

「だから、いわないこっちゃなかったんだ……」

可否会の会員には、いずれ、真偽のほどを確かめて——などといったが、誰よりも彼が、噂はホントであることを、信じていた。モエ子から、その問題について、相談を受けたのだし、その後も、成り行きを、気づかっていたところだった。

「塔之本君が、若過ぎる上に、モエちゃんの収入が、大き過ぎる……」

その二つのアンバランスが、破局を呼んだことは、更めて、考えるまでもなかった。

彼は、勉君と、二、三回会ったきりで、人物を熟知してるとはいえないが、決して、悪人とは、思われなかった。ただ、見かけは温和でも、シンはなかなか強情らしく、一遍、決心したら、思い返すことのできない性格であるぐらいは、よく、知っていた。

「これは、覆水《ふくすい》、盆にかえらずだぜ……」

誰か仲人役に入ったところで、モエ子の許へ帰るような男とは、思われなかった。

「気の毒なのは、モエちゃんだ……」

彼は、アパートの一室で、ションボリと、途方に暮れてる彼女の姿を、アリアリと、眼に浮かべた。ガラガラした女で評判の彼女が、実は、幼児のように、気弱で、善良な性格であることを、彼は、見抜いてるつもりだった。

「ただの慰めの言葉なんかで、彼女は、救われやしないのだ。こうなったら、一層、可否道に打ち込んでくれるといいのだ。亭主と生き別れをした女には、持ってこいの仕事なのだ……」

そうは思っても、その勧誘をしたために、四谷三丁目の喫茶店で、ケンカ別れをしたことを、考えずにいられなかった。今日の例会の通知に、出欠の返事さえ寄こさなかったのは、まだ、根に持ってる証拠だった。

「一度、ゆっくり話し合いたいんだが……」

彼は、また、思案に暮れた。

そこへ、妹が、駆け込んできた。

「兄さん、今ごろ、モエちゃんがきましたよ。会の時間でも、まちがえたんでしょうか……」

「そうか。そんなら、ここへ、お通しして……」

菅は、驚喜の表情を見せた。

「でも、可否会に見えたんでしょう」

「もう、今日は、散会したんだ。モエちゃんなら、茶の間で、会うよ。それから、少し、混み入った話になるかも知れないから、あんたも、この部屋へくるのは、遠慮して……」

「何か、モエちゃんに、変ったことでも……」

「それは、いずれ、ゆっくり話す。とにかく、ここへ通して……」

菅が、居ずまいを正して、待っているところへ、ひどく静かな足音が、中廊下から聞えた。モエ子は、そんな、しとやかな歩き方をする女ではないのだが、やがて、障子を開けて入ってきた姿も、屠所の羊といったような感じだった。

「先生、おそくなりまして……」

と、彼女は、神妙に、手をついた。

「いや、今日の会へは、たぶん、ご欠席と思っていたんですよ。さア、火鉢のそばへいらっしゃい」

菅は、長火鉢の向う側を、指さした。

「先生、この間は、喫茶店で、自分勝手ばかりいって、ほんとに、すみませんでした。きっと、お腹立ちのことと思って、伺いにくくなったんですけど、そのお詫びかたがた、ご相談申しあげたいことが、起きまして……」

「いや、あの時は、あたしこそ、大人げないことをいって……」

菅は、つとめて、意に介しない風を、装いながら、自分で、急須《きゅうす》に茶を入れ始めた。

「今日の会へは、最初から、伺うつもりだったんです。でも、皆さんのいらっしゃる前で、申しあげにくいお話もあるもんですから、わざと、終りごろの時間を見計らって……。それに、今日なら、きっと、ご在宅と思ったもんですから……」

モエ子の声は、いつもと、ガラリと変って、低く、湿っぽかった。

「あア、そう。よく、来てくれました。あたしも、あなたのことは、気になっていて、その後、どんな様子かと、案じていたところなんですよ」

「ありがとうございます。そんなことを、おっしゃって下さるのは、先生ばかりで、あたくし、東京に身寄りもありませんし、いろんなことを打ち明ける友人だって……」

モエ子は、ハンケチを出して、眼にあてた。

「あたしで、お役に立つことだったら、何なりと……」

これで、二人の仲は、旧にもどった。喫茶店で別れ際の空気は、跡もなく、拭き消された。

「先生、前から、先生がご警告下さったことが、とうとう、ホントになってしまいました……」

モエ子は、一段、声を高めて、そういうと、ハンケチで抑えた口許から、ほとばしるように、むせび泣きを始めた。

「あたし、捨てられたんです。先生、ベンちゃんが、あの女のところへ、行っちまったんです……」

モエ子は、浮わずった声で、叫び続けた。

「うむ、そうですか、それは……」

菅は、珍馬から聞いたとも、いえないので、初耳を装《よそお》った。もっとも、珍馬のいったことは、極く簡単な噂話に過ぎなかったので、彼女から委細を聞く期待はあった。

「足かけ九年も、一緒にいたのに……あんなに、よくしてやったのに……」

後は、むせび泣きとなった。

「ごもっともです。あんたの気持は、よくわかります」

菅のいうことは、アイサツではなかった。彼女の悲哀が、よく、同感できるのである。身を揉んで、むせび泣く彼女の肩でもさすってやりたいほどだった。もっとも、こういう状態のモエ子を見るのは、最初のことで、テレビの画面では、いつも、穏かな晴天のような笑顔を、絶やさない彼女だった。

「それも……別れ話は一言もいわないで……一本の置き手紙だけで……」

「一体、いつのことです」

「それが……あの喫茶店でお別れした日の晩なんです……おそくなって、家へ帰ったら、テーブルの上に、手紙が……」

「そうですか。それア、いささか一方的な処置ですね。で、手紙には、どんなことが?」

と、聞かれると、モエ子は、取り乱した態度を、いくらか更めて、詳しく、話し出した。

「生活革命ですか、なるほど……。すると、その女に対する恋愛のみが、動機でなく、従来の生活を、清算したいという意志も……」

「そうらしいんです。でも、何が、不足なんです。何が、不平なんです。あたくしとしちゃア、あの人に、新劇に精進させたいから、ジャンジャン働いて、生活を助けてやったのに……。少しだって、恩被せがましい気持を、顔に出したことは、なかったのに……」

モエ子は、対手が菅であるかのように、食ってかかる調子になった。

彼女としては、この一週間、泣けるだけ泣き、悩むだけ悩み、一応、気持の整理はついたように、思っていた。菅のところへ訪ねてきたのは、むしろ、グチを聞いてもらうつもりであったのに、対手の顔を見たら、今までのオサライを、全部、やり直したくなったばかりでなく、怒りまで、倍加してきた。それだけ、彼女には、菅を兄のように思い、甘えたり、訴えたりするのに、好適な対手なのである。

「よくわかります。つらいでしょう。悲しいでしょう。いくらでも、お泣きなさい。あんたの気のすむまで……」

菅は、重病人の枕もとに坐ったような、顔つきをした。

「この前、先生にあんな勝手なこといって、ご免なさい。あたし、お宅に上れた義理じゃないことは、知ってるんですけど、あたし、どうしても、先生に聞いて頂きたくて……」

優しい言葉をかけられたモエ子は、思いきり泣いた。台所にいた妹のスエ子さんが、何事が起ったかと、障子の外へ、立聞きにきたほど、遠慮のない、大声だった。

菅も、短気な性質にかかわらず、根気よく、モエ子の大泣きが、中泣きになり、やがて、無言のすすり泣きになるのを、待った。

「まったく、あんたの塔之本君に対する愛情は、妻であり、母であり、ちょっと、普通の場合とちがうからね。むしろ、大きな息子に、家出された母親の気持でしょう」

菅は、対手が、やや鎮静したのを見て、そう話しかけた。

「そうなんですの。先生、よく、わかって下さいますわ。ですから、ヤキモチなんて、絶対に、やきませんの。ただ、心細く、情けなくて……」

ヤキモチなしとは、少し、誇張が過ぎるが、息子に背かれたという感じは、ウソではなかった。

「しかし、息子は、いつか、母親の恩を、思い出しますよ。そして、もう一度、あんたのもとへ帰ってくるという日が、決してないとは、いえないが……」

「いいえ、先生、それだけは……万一、そんなことがあっても、もう、あたしは、あの人を許しませんよ。その点は、あたし、キッパリ決心をつけました。誰が何といったって、二度と再び、あたしは、ベンちゃんを寄せつけません」

モエ子は、涙の乾いた顔をあげて、強い表情を示した。

「そう思われるのも、ムリはないし、また、その方が――まったく新しい人生に、出発される方が、あんたの利益かも、知れませんね」

菅は、いいにくそうに、賛成して、

「何といっても、年齢の開きが、不自然でしたよ。これが、二つか、三つのちがいなら、そう問題はないのだが……」

「それは、今度という今度、身に浸みてわかりました。いいえ、最初ッから、これはムリかなと、思わないじゃなかったんですけど、ベンちゃんが、大きな愛の前に、年齢差なんか、問題でない――七十歳のゲーテが、十八になる娘をどうしたとか、例まであげて、申しますもんですから……」

「男の方が上なのは、割りと、調和するようですけどね……」

「そうなんです。女は、損でございます。今度のようなことが起きなくても、なんだかんだと、人からいわれ続けでしたもん……」

「何にしても、お察ししますよ」

「でも、先生、奥さまをお亡くしになった時は、どんなに、おつらかったかと、あたし、今度、よくわかりますわよ」

「いやア、あたしのは、死別れで、あんたの場合とちがうが、その当座の寂しさといったら……」

モエ子から亡妻屋の軒先きに、火をつけるようなことを、いわれたので、菅は、しばらく、懐旧談を始めたが、いつものように、ノロケを列べるところまで行かなかった。

「ちょうど時間だから、飯を食っていきませんか」

と、菅にすすめられて、八時まで体の明いてるモエ子は、その気になった。

菅の家で食事をするのは、初めてだった。妹さんの手料理に、近所のウナギ屋からとったらしい重箱も列んで、チャブ台の上が賑やかだった。

「まア、一つ飲み給え。ぼくは、このごろ、黒ビールだけにしてます……」

菅は、彼女に、日本酒の酌をしてやった。

「勝手に頂きますから、どうぞ、そのまま……。でも、こうして、家庭らしいお食事を頂くと、とっても、身に浸みますわ。だってあたしには、もう、家庭というものが、なくなったんですもの……」

少し、陽気になりかけたモエ子が、また、ベソをかいた。彼女は、泣虫小僧のように、センチになってるらしかった。

「もう、そんな考えは、やめなさい。すべてを忘れて、積極的に、前途を打開する気持にならなければ……」

「はい……」

「あんたは、今度、主演のテレビ・ドラマをやってるそうだが、全身を、それに打ち込むんだね。芸道一途に、生きるんだね」

「自分でも、そうしようと、思ってるんです。でも……何だか、気が散って、困ります」

「それは、是非、頭を切り変えなければいかん。それにはだね、精神を統一して、コーヒーをいれるというのも、適当な補助手段でね」

菅は、この前、〝もう、頼まん〟なぞと、立派な口をきいたが、それは、一瞬の腹立ちで、まだまだ、モエ子を可否道に引き入れる望みを、絶ってはいなかった。

「そのコーヒーも、喜んで飲んでくれる人がいなくなりましたから、このごろは、インスタントばかりで……」

「絶対にいかん、そんなことは……。あんたは、自分自身のために、あの立派な腕前をふるわなければ……」

「だって、張合いがなくて……」

「それア、まだ、あんたが塔之本君に、未練がある証拠だ」

「あら、もう、未練なんて、ウの毛ほども……」

「じゃア、あなた自身のためのコーヒーを、入れなさい。モエちゃん、こういう時にこそ、ほんとのコーヒーの味が、わかるんですぞ。愛する男に裏切られた寂しい気持――誰に訴えようもない、悲しみと憤りを、ジッとこらえて、静かに、コーヒーをいれる……。豆も、なるべく上等品がいい。あまり、刺戟の強いのは、よくないかも知れない。ほどよい苦み――これは、心理にも、一致しますからね。まア、スマトラのマンデリンあたりが、いいかも知れない……。それを、心を落ちつけて、丁寧にいれる……。あんたの手順は、ちょっと、早い方だが、それを控えて、ゆっくりいれる……。そして、クリームをいれるなら、ほんの少量、できればブラックで、砂糖を少くして、静かに、口にふくむ……。あア、その味は、きっと、あんたを救いますよ。その味は、あなたの胸の悩みを洗い、人間や人生の本来の姿を考えさせ、新しい和敬清寂《わけいせいじやく》の心境に、導いてくれますよ。きっと、きっと、きっと……」

たたり目

それから、半月ほどたって、陽気も、だいぶ春めいてきた。

モエ子は、菅《すが》の熱心なすすめに従って、毎朝のコーヒーも、インスタントをやめて、レギュラーでいれることにした。豆だけは、菅のいったスマトラのマンデリンを、探すのが面倒で、有り合わせのモカとジャバにしたが、そのせいか、格別の味とも、思われなかった。

「悲しみを、ジッとこらえて、味わうコーヒーで、人生の味が、わかるというけれど……」

まだ、味覚を通り越して、精神の領域に浸み込んでくる味ではなかった。菅は、彼女に嘱望《しよくぼう》するけれど、そういう飲み方は、彼女に縁が遠かった。

それよりも、勉君と一緒にいた時は、大きなコシ袋を使っていたが、それでは、コーヒーが余るので、一人用のフィルターを使うことにしたが、その小ささが、感傷の種になってならなかった。

「こんな、オモチャのような道具を、使って……」

そして、ポタポタと、長いことかかって、したたる雫《しずく》は、生ぬるく、冷めていた。それを、一人っきりで、一皿だけのハム・エッグスで、食べる朝飯は、いかにも、味気なかった。

唯一の慰めは、勉君が食べてる朝飯を、想像することだった。

「どうせ、ロクなものは、食べてやしないわ。少くとも、うまいコーヒーだけは、飲んでるわけがないわ。きっと、インスタントでも、かきまわしてるにちがいないわ……。いい気味！」

その気持があるから、彼女も、便利なインスタントをやめて、面倒な、本格のいれ方を行ってるとも、考えられた。

その後、勉君からは、何の音信もなかった。もっとも、彼としても、別れた妻に、いちいち近況を報告する義務はなかったし、用事ということも、別段、起り得るわけがなかった。勿論、二人が別れた噂は、仲間の間に、パッとひろがって、モエ子は、テレビ局へ行っても、意味ありげな視線で、眺められるのが、つらかったが、それは、だいぶ慣れてきた。また、あの二人の仲のいい同棲生活の噂ぐらいは、耳にしたが、そんな話は、わざと、聞かないことにした。

「いいわよ。もともと、ほんとの亭主じゃないんだもの……」

わざと、そんなことも、考えてみた。

勉君と二人が結びついたのも、勉君が帰りの電車がなくなって、彼女の家に泊り込んだのが縁であり、同棲してから、結婚届を出す話は、何度も二人の口に上ったが、勉君は不精者の上に、法律軽視の精神もあって、つい、延々になっていた。入籍していたら、今度のような事件は起らぬかといえば、勉君の性格と世界観からいって、怪しいものである。

しかし、勉君がその自由を濫用して、平然と、若い女のところへ走ったと考えれば、腹も立つが、すべては、もう遅い後悔だった。

ただ、モエ子が勉君の消息を、間接に知る手段が、ないこともなかった。

それは、当事者の丹野アンナと、一週四回も、顔を合わすからである。毎週行われる読合せ、立ち稽古、本稽古、本番——必ずしも、四日間に行われるのでないにしても、きっと、四回は、顔を合わすのである。

今、思い出しても、胸クソが悪いのは、〝社長夫人〟第一回の読合せの日だった。

C・T・Vの五階の本読み室は、中央に、パイプ脚のテーブルとイスが列《なら》んでるだけの殺風景な、ガランとした部屋であったが、そこに、ディレクターの鈴木を中心にして、アッシスタント・ディレクターや、男女のタレントが、台本を前に置いて、腰かけている。

「丹野君待ちか……」

と、鈴木ディレクターが、バカバカしそうに笑った。さまで重要でないワキ役で、タレントとしても、駆け出しの丹野アンナの遅参で、読合せが、始められないのである。

「とっくに、家を出た電話があったんですがね」

と、アッシスタントがいった。

「近ごろの若い人ったら、ほんとに、ルーズね」

と、社長の母親をやる、中老タレントがいった。

「ほんと！　ほんと！」

モエ子は、口から出かかるのを、やっと、我慢した。

勉君が家出してから、アンナに会うのは、今日が最初だった。どんな顔して、モエ子の前に出るか。大勢の前だから、謝罪の言葉は、口にできないにしろ、眼つきや態度で、どんなに、キマリの悪さを、示すか。

「どんな、殊勝《しゆしよう》な態度をしたって、許すこっちゃないけれど……」

モエ子は、そう思いながら、彼女の出現を待った。

もっとも、テーブルを囲んでる連中は、誰も早耳であって、今度のスキャンダルはよく知ってるだろうから、モエ子とアンナの〝サヤアテ〟の一幕を、期待してるにちがいなかった。だから、うかうか、大声を発するようなことは、もの笑いの種であるが、そうかといって、黙って知らぬ顔をするには、胸の中が煮え立ち過ぎていた。

「何か、一言で、対手《あいて》の胸を、グサリと刺すような……」

モエ子は、先刻から、それを、一心に考えていた。

「そう待っても、いられないね。誰か、代読みをして貰って、始めますか」

と、鈴木がいいだした時に、ドアが乱暴に開いて、丹野アンナが、ナダレ込むように、飛び込んできた。

「皆さん、すみません。バスがエンコしちゃって、後、駆けてきたのよ……。あら、坂井先生、おくれて、申訳ありません……」

と、威勢のいい早や口で、シャアシャアと、お辞儀をした。

アンナは、モエ子のことを、いつもの調子で、

「坂井先生」

と、呼んだ。

その声音も、眼の色も、表情も、全然、平常と変らなかった。人の亭主を盗んで、悪かったとか、或いは、逆に、誇らしげだとか、どっちの様子も、見られなかった。

「まア、近ごろの女の子って、神経がないのか知ら。いえ、とても、図々しいのよ。鉄《てつ》面皮《めんぴ》なのよ」

モエ子は、心の中で、憎々しそうに叫んだ。

そして、本読みが始まったが、テレビ・ドラマのそれは、至って、簡単だった。芝居

の場合のように、演出者が、作中人物の心理や性格とか、作意がどうであるとか、説明する労は、一切、省かれた。台本を、棒読みに、通読するようなもので、出演者は、自分と他人のセリフの受け渡しのところだけでも、注意してればよかった。

だから、モエ子も、台本に眼は注いでいるものの、それほど、意力を集中しないで、もっぱら、丹野アンナの様子が、気にかかった。

ある場面で、他のタレントの長い会話が続き、モエ子とアンナは、遊んでいる時に、自然と、モエ子の視線が、対手に注がれた。それまでは、見たいのを我慢するように、わざと、眼を外らしていたのだ。

すると、アンナの方でも、見るともなしに、モエ子の方を見た。二人の視線が、完全に、結ばれた。そして、火花が散るかと思ったら、そうではなかった。モエ子の方では、精一杯、これ以上、コワイ顔はできないような、険悪の形相となって、対手に穴のあくほど、睨みつけたにかかわらず、アンナの方では、ニッと笑いを洩らして、八重歯を現わし、まるで、無邪気な小娘のように、小首を傾けて見せた。

「まア、人を嘲弄する気ね！」

モエ子は、怒りに燃えて、なおも、対手を睨んでいたが、どうも、怒るのがバカバカしくなるほど、対手の笑顔は、無邪気で、悪意らしい影はなかった。

結局、モエ子が敗けて、眼を外らした。

そんな気持が、胸にあるから、モエ子の読合せは、あれほど意気込んだ、最初の主演ものであったのに、何の感激もなく、終ってしまった。それに、第一回では、モエ子とアンナがセリフを交わす場面もなく、三角関係の二つの鋭角が、嚙み合う機会もなかった。

「じゃア、これで……。第一リハーサルは、明後日の夜、八時からやります」

鈴木が、立ち上ると、タレントたちも、

「おつかれさま……」

と、席を離れた。

モエ子は、第一番に、本読み室を出た。アンナがいるので、人々の好奇な視線を浴びるのが、イヤだったからである。

ところが、アンナが小走りに、彼女を追いかけてきた。そして、彼女の側へくると、別に、声もひそめないで、

「先生、安心して下さいね。ベンちゃん、とても、元気ですわよ……」

それには、モエ子も、度肝を抜かれた。

「人の男を、盗んで置いて、安心してくれもないもんだ。それに、塔之本先生といわずに、ベンちゃんだなんて……」

と、憤慨を始めたのも、よほど、後のことだった。

しかし、彼女の憤慨が、当を得てるか、どうか。もう、亭主となった男を、先生といわずに、親称で呼ぶのに、不思議はなく、先夫の消息に、無関心ではなかろう女に、元

気だから、意を安んぜよというのも、一つの親切と解されぬこともない。

その上、アンナの態度には、モエ子から亭主を盗んだという意識が、ほとんど、見られないのである。強いていえば、モエ子は母親であり、勉君は息子であって、その最愛の息子と、母親の意に背いて、結婚してしまった――ぐらいのことしか、考えていないのではないか。

だから、モエ子は姑であって、嫁であるアンナは、できるだけ、気に入られるように、努めてるのではないかと、思われる節がある。

稽古の時に、お茶が出れば、アンナは、まっ先きに立って、誰よりも、モエ子の前に持ってくる。帰り支度をすれば、すぐ、アンナが背後に回って、外套を着せかけてくれる。そして、チヤホヤと、用もないことを話しかけてくるし、最大級の笑顔を、向けてくる。

モエ子は、それが、イマイマしくてならないから、できるだけツンケンした態度をとり、返事すら、ロクにしないようにしている。しかし、それでは、二人のサヤアテの場面など、見られる道理はない。

それは、大いに、周囲の期待を、裏切ったようだった。

「何だい、一向、ハナバナしくねえじゃねえか」

「あれア、ナレアイか知ら」

「いや、久しく行われなかった譲渡結婚てえやつだよ。つまり、双方合意のもとに、モエちゃんがアンナに良人を譲ったんだろう」

「そうかも知れねえな。あれだけ若い亭主を持って、テレビ・タレントをやってちゃ、モエちゃんも、体がもつまいからな」

というような蔭口も、きかれるようになったのである。

しかし、要するに、期待を裏切られたのである。女同士のツカミアイなぞは、ついに、見られなかったのであるから、周囲も、次第に、二人に熱心な視線を、送らないようになった。

それは、モエ子にとって、何よりの情勢だった。噂による最大の被害者は、彼女であって、亭主をとられた上に、嘲笑の的となっては、まるで、勘定に合わないのだが、後者の方が、風当りが弱まってきたことは、何といっても、ありがたいのである。

リハーサルの後で、モエ子が個室から出ようとすると、アンナが、寄ってきた。

「坂井先生、ごめんなさい……」

「何よッ」

モエ子は、振り飛ばすような、怒声を発した。それでも、今までは、何を話しかけられても、返事をしなかったのに、とにかく、返事を示したのだから、進歩というべきである。

「いいえ、今度のことですわ」

アンナは、初めて、勉君を奪ったことについて、謝罪の意を表わした。

「知らないわよ、あたしは……」

モエ子は、側を向いた。

「こんなことになろうとは、あたし、全然、予期してなかったんです。それア、あたし、塔之本さんを、尊敬してたんだけど、まさか、結婚なんて……。それに、坂井先生という方が、いらっしゃるのに……」

アンナは、ひどく、殊勝げだった。

「それがわかってながら、どうして……」

モエ子は、激昂で、口がきけなかった。

「ですから、あたし、ずいぶん、お断りしたんですの。でも、塔之本さんの熱意といったら……」

その言葉は、一層モエ子を怒らした。勉君の方が、積極的で、こんな小娘に、ノボセ上ったというのか――

「さア、ベンちゃんに聞いたら、何というか、知れないわよ。でも、あたし、そんなことを聞く、興味ないの」

「でも、あたし、先生に悪いわ。結果としては、先生の大切な人を、横どりしちまったようなカッコになって……。ほんとをいうと、偶然みたいなことなのよ。塔之本さんは、ずっと以前から――あたしと知り合う以前から、生活革命が決行したくて、その機会を、待ってたんですって……。でも、それだけ大きなことを決行するには、ダイビング台が必要でしょう。あたしは、その跳び板の役目を仰せつかったに過ぎないのよ――いいえ、そういったわ、塔之本さん自身で……」

アンナの言葉には、第一の女から男を奪った、第二の女の口調はなかった。どうやら、モエ子は、女というよりも、母親の扱いだった。息子を誘惑した女が、母親に弁解をしてるようなところがあった。若い女にとって、二十四歳も年長の女は、女と思えないのか――

「だから、塔之本さんは、とっても、先生のことを、感謝してるわよ。それに、あんないい人は、世界にいないって……。あたしは、先生に、どう思われたっていいけど、塔之本さんだけは、憎まないであげてね……」

「大きなお世話よ、あたしが、どう考えようと……」

と、いったものの、モエ子は、勉君のいった言葉というのに、心を動かされた。

「あたしもね、ほんというと、塔之本さんを崇拝はしてるんだけど、ほんとに好きか、どうか、そこんところが、まだ、よくわからないのよ。でも、あの人の生活革命を成功さして、それから、自分も大きく脱皮したいって気持は、とても、強烈なの……。先生も、できたら、あたしたちの味方になって、助力して下さらない?」

アンナは、いよいよ、勝手なことをいった。

そういう会話を交わして、また、数日たって、モエ子は、アンナから話しかけられた。

何しろ、一週四回も顔を合わせるので、いくら、モエ子の方で、厄病神のように、アンナを避けたところで、先方から、近寄ってくるのだから、仕方がない。それに、モエ子の方にも、それほどアンナを嫌悪しながらも、彼女の口から、勉君と二人が、どんな生活をしてるか、知りたくてたまらない好奇心があるのが、弱味であった。

ある時は、アンナが、モエ子の個室の中へ、遠慮会釈もなく、入り込んできた。C・T・Vの個室は、個室といっても名ばかりで、WCも付いていず、学生の下宿のような、畳敷きの六畳で、ドアの鍵さえ、故障していた。その上、モエ子は、大スターのように、付け人なぞも連れていないから、ノックと同時に、ドアを開けられると、逃げ場もなかった。

「先生、ヤンなっちゃうわ」

と、入ってくるなり、アンナはベッタリと横坐りをして、甘ッたれた声を出した。

モエ子は、返事もしないでいると、新世帯の生計が、いかに苦しいかの訴えなのである。

「あたし、お料理って、全然、お手上げでしょう。それに、お金かからない工夫しなけれアならないから、ベンちゃんに、市場のコロッケばかり、食べさせてたのよ」

「あら、あの人、コロッケ、あんまり好きじゃないはずよ」

モエ子は、思わず、返事しちまった。

「そうなのよ。それでも、ムリに食べさせていたのよ。そうしたら、コロッケ食べる度に、下痢するようになっちゃって……」

それを聞いて、モエ子は、微笑を洩らした。〝いい気味だ〟という微笑と、アンナの弱点を知った微笑と――

「あれで、食べ物は、なかなか、むつかしい人だからね」

「そうなのよ。でも、あの人、八千円しか収入ないし、後は、あたしが働いてるんだから、文句はいわせないわよ」

アンナの話によると、彼女は、〝河馬《かば》〟の役の成功によって、座員に昇格され、些少《さしょう》ながら、毎月の手当を受けるようになった上に、社長夫人に出たために、一万円の月収を、保証されるようになった。

「でも、二人合わせて、二万そこそこでしょう。とても、苦しいわ。あたし、劇団に、歩合《ぶあい》とられるの、とても、惜しくなっちゃったの。それで、先生のマネジャーの飯島さんに頼んで、劇団に内証で、ジャンジャン稼がして貰おうと思うの」

劇団では、団員のテレビ出演に、一割五分や二割をとるが、普通のプロダクションなら一割だから、手取りがちがってくる。しかし、それが、危い橋であることは、いうまでもない。

「あんた、そんなことしていいの」

モエ子は、そういわずにいられなかった。今のような関係にあるモエ子に、そんな打明け話をするアンナの神経は、どんな形で、どんな材料でできてるかを、あやしみながら。

「第一、あんたがテレビへ出ることは、ベンちゃんが、反対だったじゃない?」

モエ子が訊いた。

「ええ、大反対。でも、生活には、代えられないじゃないの。あたしがテレビに出なければ、どうして食べてくのって聞いたら、シュンとなっちゃったわよ」

アンナは、ひどく、強気だった。

「でも、おかしいわ。あの人は、あたしがテレビで稼いでくるお金で、食べさせて貰うのがいやで、生活革命なんか、企《くわだ》てたんでしょう」

「あら、先生、生活革命って、それだけじゃないわよ。他にも、いろいろの理由があるわよ。たとえば、先生との年齢の相違だって……」

アンナの神経は、特製だとみえて、そんなことも、平気でいった。

モエ子は、図星をつかれた気持で、しばらく、返事ができなかった。しかし、あんまりシャクにさわるから、対手の傷をつつく気になった。

「あんた、ベンちゃんが、最初じゃないんだってね——伯母さんに、聞いたわよ」

ところが、対手は、たじろがなかった。

「あア、神戸のこと? あんなの、昔の夢よ」

「でも、ベンちゃんは、知らないでしょう。可哀そうに……」

「みんな、シャベってあるの。そんなこと問題じゃないって……」

「じゃア、いつ結婚するの、あんたたち？」

「してるわよ」

「いいえ、区役所へ届けを出して……」

「そんな通俗的なこと、いつするか、わかんないわ。先生だって、しなかったんでしょう」

また、モエ子は、一本食った。

「とにかく、あんたたち、少し、マジメにならなきゃ、ダメよ。こんなことになったら、あたしは、もう、あきらめるから、あんたがベンちゃんを、幸福にしてやって頂戴。あの人は、子供みたいで、誰かが付いててやらないと、満足に生活できない人なんだから……」

モエ子は、本気だった。

「そうね。だけど、あたし、先生とちがって、人の世話なんかできない人間なの……」

「自分から、そういっちゃダメよ……。あの人、コーヒーが好きなんだけど、朝は、どうしてて？」

「自分で、インスタントいれてるわ」

「可哀そうに……」

低い声で、モエ子がつぶやいた。

「だって、それも、これも、お金がないからよ。お金があれば、いい生活をして、有能な家政婦雇うことだって、できますわよ」

「そうもいかないわよ。やっぱり、妻のマゴコロがなければ……」

「マゴコロなんて、めったに、効能あるもんじゃないわ。それよりお金よ、収入よ。そして、有名になることよ……。先生、あたし、決心したの。新劇を捨てても、テレビ一本やりで、行こうって……。テレビ以外に、あたしの道はない気がしてきたの……。だから、ほんとに悪いんだけど、あたしとベンちゃんを助けるつもりで、これから、あたしを引き立てて下さらない？」

　どうやら、アンナが話しにきた目的は、そこにあるらしかった。

　そんな工合に、いやいやながらも、アンナと話し合う機会が、多くなってくると、敵意の混った親しみというものさえ、生まれてくるから、不思議であった。

　やはり、モエ子は、当り役の〝表通り……〟のおちかさんのように、好人物のところがあるのだろう。アンナが、あれほど打ち込んだ新劇を捨てても、テレビで売出したいなんて、大外《だいそ》れたことをいっても、それにつけこむ気が、生まれなかった。そんな望みには、勉君は反対にきまってるし、二人の仲にヒビを入れるために、アンナをタキつけることは、容易だが、

「気持悪いわ、そんなこと……」

　と、首を振った。

　逆に、モエ子は、新劇の道が、どんなに大切なものか、アンナに説教するのを、忘れ

なかった。古参のテレビ・タレントと成り果てた自分でも、まだ、新劇の舞台に立つ夢を見るくらいで、この道の高さ、尊さというものは、無限だと、説いたのであるが、

「それが、塔之本さんと世帯を持ってから、パッと、変っちゃったの。新劇精神なんて、マヤカシのような気がしてきたの。マヤカシでなければ、センチな夢よ。第一、芝居をやっては、生活が立たないなんて、バカな話ないわ。だから、劇団の上の人だって、生活は、映画とテレビで、立ててるでしょう。それくらいなら、最初っから、テレビへ出て、それ専門で、立派なタレントになる方が、合理的じゃないの」

昨日までは、新劇の殉教者のようなことをいってたアンナが、驚くべきことをいいだした。

「でも、ベンちゃんは……」

「あの人は、勝手に、新劇と心中すればいいのよ」

こうなると、モエ子は、呆れるばかりで、反駁《はんばく》もできなかった。

「それア、テレビで、必ず、成功すると、きまってれア、いいけれど……」

その声音には、溢れるほど、実感がこもっていた。彼女は、べつに、アンナに、親切な教訓を垂れる気はなかったのに、そんな言葉が、出てしまったのである。

モエ子が、この頃、弱気になってるのは、勉君の与えた打撃のためばかりではなかった。〝社長夫人〟が始まって、三回目になるが、どうも、評判がパッとしないのである。作も面白いし、演出も丁寧であるが、肝心の主人公、チエ子をやるモエ子の演技が、ど

うも、精彩を欠いてるのである。〝表通り……〟のおちかさんのように、ハツラツとした面が、一向に、出てこないのである。

「今度のモエちゃん、いけないいね」

「やっぱり、離婚事件が、響いてるんだわよ」

「いや、ワキ役から、急に、主役をやることになって、固くなっちゃったんだよ」

早くも、局の中で、そういう評判が立った。しかし、そういうことは、当人のモエ子の耳には、なかなか入って来ないのである。誰も、気の毒だと思って、蔭口にとどめるせいもあるが、当人のウヌボレも、手伝っていた。

ところが、それを、ハッキリとモエ子にいってのけた人がある。

それは、B食品のT専務だった。

土橋《どばし》通りのフランス料理屋で、会食したいと、電話があったので、モエ子は、いよいよ洋行の話かと、胸を躍らせて、飛んで行った。

Tさんの方が、先きへ来ていてモエ子は、ひどく恐縮したのだが、そのせいか、彼は、ムッとした顔つきだった。

明治の実業家というと、L型（ラージ・サイズ）が多くて、喜怒哀楽を表に出さなかったものだが、戦後の経営者は、逆である。Tさんは、アメリカ製眼鏡の下から、三白眼《さんぱくがん》で、鋭く、モエ子を睨んでから、

「ぼくが、今度の〝社長夫人〟の熱心な聴視者だということは、あなたも、知ってます

ね」

「はい、どうも、ありがとうございます」

モエ子は、ニッコリと、感謝の意を表わした。

「勿論、義兄の会社が、スポンサーであり、また、ぼくも、あなたの後援会員の末席を汚してるからであるが、それぱかりではない……」

「はア。と、おっしゃいますと……」

「そればかりでないどころか、実をいえば、ぼくは、B食品の専務として、穴のあくほど〝社長夫人〟のあなたの演技を、見てるんです。無論、あなたが、オス・カフェのコマーシャル・タレントだからですよ。正直なところ、テレビ・ドラマなんか、何の興味もないんだ」

彼は、薄い唇を、ギュッと締めた。

「それは、どうも……。でも、見て下さるだけで、ありがたいですわ」

「ところが、どうも、ありがたくない……。一体、どうしたんです。あなた、人間が変ったように、まるで、魅力がないじゃありませんか」

「あら、そんなこと……」

「ご自分じゃ、おわかりにならんのかな。いや、演技のことを、いうんじゃない。そんなものは、ぼくにアわかりません。しかし、あなたの人間的魅力——宣伝媒体としての価値が、どこかへ、飛んでってしまった。表情が、いやに固く、暗くなった上に、あなた独特の、あの寛容な、やさしい声が、全然聞かれない。全体の印象が、トゲトゲして、陰気で、まるで、息子に死別れた、長屋のオカミさんみたいだ……」

と、酷評されて、ムッとしたモエ子も、ふと、勉君の事件に思い当ると、怒る勇気も、どこかへいってしまった。

「そんなですかしら……。でも、そうおっしゃられると、最近、家庭で、ゴタゴタしたこともありましたし……」

「どんなことがあったにしても、あれじゃ、コマーシャル・タレントの価値、大下落ですよ。お正月に姉の家で、あなたにいったでしょう。あなたの持ってる異例なX——目下ゼロになっちゃったですよ」

「そんなにまで、変ったでしょうか」

「変ったにも何にも……。ゼロならまだいいが、不快なアルファが、付着してきたんですからな。幸い、あなたの変化以前の写真やフィルムが、沢山とってあるから、当分は、うちの社でも、使わして貰いますがね。〝社長夫人〟のあなたでは、まったく、使い道にならん。契約料は支払いますが、今後は、暫らく、様子を見させて貰わんと……」

それは、モエ子にとって、大きな打撃だった。テレビに出るようになってから、そんな、酷烈《こくれつ》な不評は、聞いたことがなかったのである。

その上、T専務は、来月に迫ってる洋行について、一言も、口にしなかった。Xを失ったモエ子を、わざわざ外国まで派遣する価値が、どこにあるのかと、いわんばかりだった。

「いいわよ、B食品で洋行させてくれなくたって、外国くらい、自力で行けるわよ」

と、強がってみたものの、心は慰められなかった。

その晩、アパートへ帰ってからの寂しさは、勉君の家出以来のものだった。

「うちの姉まで、今度のあなたの役は、面白くないと、いってますよ」

T専務の言葉が、耳に刺さっていた。ファンというものは、少しぐらいの不出来には、眼をつぶってくれるのだが、あの大ファンの奥さんが、そういうからには、よほど、ひどい演技だったにちがいない。

「どうしたんだろう。自分では、そんなに、悪いデキだとも、思わないのに……」

しかし、最後には、勉君の家出事件を、原因として考える外はなかった。

「あたしが思ってる以上の打撃なんだわ……」

その晩は、いつまでも、眠れなかった。

社長夫人役の不評は、やがて、新聞のテレビ欄にも、現われるようになった。そうなると、局の中でも同じスタッフの者さえも、腹の中に思ってることを、露骨に、顔に出すようになった。

モエ子は、まったく、自信を失ってしまった。そのために、演技は、いよいよ萎縮し、表情は、ますます、コチコチとなり、大らかな社長夫人の性格と、隔りが大きくなった。

それに反して、アンナの演ずる末っ子の娘のミナ子というのが、非常な好評だった。

つまらない〝社長夫人〟だが、アンナの役が面白いので、スイッチを切らずに、最後まで見るという家庭も、多かった。

モエ子は、その評判を聞くと、いよいよ、胸クソが悪くなり、アンナの母親となって、共演する時に、わざと、間を外したり、イキをちがえたりしてやるのだが、彼女は、ビクともしなかった。外された間を、逆に生かしたり、時には、まるで、老練タレントのように、アドリブ（即興のセリフ）なぞ入れたりして、かえって、演技に生気をもたらせた。

「なんて、図々しい娘だろう。空恐ろしいほど、度胸持ってるわ……」

しまいには、モエ子の方が、タジタジになってきた。芸でいじめてやるどころか、かえって、アンナに押されるようになった。

「アンナちゃんて、イケますねえ。ことによると、あの子、天才かも知れませんぜ」

マネジャーの飯島まで、急に、アンナのヒイキを始めた。もっとも、同じ意味の言葉を、塔之本勉君もいったことがあるから、案外、信用できるかも知れなかった。

コーヒー夫婦

菅貫一のところへ、大久保画伯から、電話が掛ってきた。

「いやア、今日午後に、中村教授と二人で、おジャマしたいと思うんですが、ご在宅ですか」

と、いつもと変って、マジメな口調だった。

「はア、家におりますから、どうぞ……。しかし、例会も間近かですのに、今日、わざわざ、お両人でお出で下さるとは……」

一体、可否会《かひ》の同人は、平素は、君子の交わり水の如く、コーヒーの会の席でこそ、あんなに親密に話し合うが、何の往来もなく、年賀状のやりとりもしないことになっている。もっとも、珍馬だけは、芸人らしく、鄭重な文句の年賀ハガキをよこすが、誰も、返事を書かない。

「いや、べつに、可否会と関係のないことで、あなたの友人として、中村教授と小生が、自宅訪問をやるんですが、いけませんか」

「飛んでもない。是非、どうぞ……。何でしたら、夕飯でもご一緒に……」

「いや、そうユックリも、おジャマしていられません。では、お目にかかって、万事……」

大久保も、年がら年中、冗談もいっていられないらしく、今日は、人並みのアイサツだった。

可否会に関係のないことといったって、いずれ、コーヒーに関係のある用事にきまってるから、菅も、二人の来訪に、胸を轟《とどろ》かせる必要はなかった。

「スエさん、大久保君と中村君が見えるらしいから、何か、いいお菓子をとっといてくれ給え。今日は、応接間をやめて、久振りで、茶室を開けて見ようか」

萱の亡父が建てた茶室が、庭の隅にあるが、彼は、夏になって、午睡の場所に使うぐらいで、平常は、閉め切ってあった。

「あら、ちっとも、お掃除がしてないから、大変よ」

「いやね、実は、あの二人に、お茶でも立てて、驚かしてやろうと、思ったんだが……」

エラそうなことをいっても、萱は、本式の素養があるわけでもなく、ただ、亡父遺愛の道具があるから、時々、親戚の茶人にきてもらって、茶事をする程度だった。もっとも、妹のスエさんは、娘時代から、本式に習っていた。

「それに、お茶室は、寒いわよ」

「じゃア、石油ストーブを入れればいい」

萱は、珍案を出した。彼の茶の知識なんて、そんなところである。

「とにかく、今日はコーヒーをやめて、二人に、是非、抹茶を飲ませたいんだ」

可否道宣言の下工作に、この間の会で一席のべたてたから、今日は、一歩を進めて、実物を飲ませ、コーヒーとの共通性を、体験させてやりたかった。

「じゃア、あたしがお茶を立てますから、万事、略式に、お客間でもいいでしょう」

「じゃア、そんなことにするか」

そのうちに、約束の時間が迫ってきた。

やがて、ベルが鳴って、玄関に現われた大久保と、中村は、いつもの応接間へ通されると思ったら、女中が、奥の方へ招じるので、いささか、面食らった。廊下を曲ると、石や燈籠を入れた庭に面して、十畳の客座敷があり、掛け軸も、活け花も、みごとだった。どこかで、香の匂いがした。

「何だい、これア、料理屋へきたみたいじゃないか」

早速、大久保が悪口をいった。

「今日は、可否会例会ではないから、少し、趣向を変えましたよ」

萱が、苦笑いをした。

「初めて、お座敷を拝見しますが、結構なご普請ですな」

と、中村は、礼儀を知ってる。

「いや、戦後のバラック建てで……。オヤジの代には、いくらかマシでしたが……。ところで、今日は、お珍らしく、ご両所お揃いで、お出で下さいましたのは……」

と、萱は、暗に、用向きを訊いた。

「さア、中村君……」

と、大久保が、友人の膝をつついた。

「いや、大久保君から……」

と、双方譲って、語らない。

「ハハハハ。大久保さんが尻込みをなさるなんて、よっぽど、いいにくいお話と、見えますな。恐らく、インスタント・コーヒーに関して、前説をひるがえすというような……」

菅は、どうせ、重大な用件ではないと、見くびっているようだった。

そこへ、おスエさんが現われて、一礼の後、蒸し菓子を乗せた菓子盆を、客の前に置いた。

「今日は、日本菓子ですか。珍らしいな。しかし、こいつとコーヒーは、調和しませんぜ」

そういいながらも、大久保は、早速、手を出した。

「いや、妹のお点前《てまえ》で、抹茶をさしあげようと思って……」

「ひえッ、そいつは、願い下げですよ。第一、坐り直さなけれアならん」

大久保は、最初から、アグラだった。

「どうぞ、そのまま……。コーヒーのつもりで、ノンビリとあがって下さい」

「中村君、どうも、これア、おかしいね。前の例会で、茶道とコーヒーの共通点に、一席ブッたのを思い合わせると、何か、深謀遠慮があるらしいですぜ」

「まア、そう疑わずに、たまには、抹茶もいいですよ」

やがて、妹さんが運んできた薄茶を、中村教授は、少しは心得があるのか、両手で抱え込んだが、大久保の方は、片手を出して、グイ飲みをやって、

「味そのものは、悪くないね。でも、シャチコばって飲まなけアならんのは、閉口だ

よ」

「いや、この間も申しあげたとおり、茶道の本領とするところは……」

と、菅が、また一席ブチそうな気配なので、中村も、

「そのお話は、次回の例会で、ゆっくり伺うことにして、どうぞ、大久保君、あなたから、本論を切り出して下さい」

「いや、それは、中村君のような、温厚な紳士に、一任しましょう。もの柔かく、しかも、理路整然とやるのは、小生の最もニガ手と致すところで……」

と、大久保が、ガラにない遠慮をする。

「だって、この話の発案者は、あなたですぜ」

「そうかも知れないが、どうも、改まった口がきけない男で……」

「あなたが切り出してくれれば、後は、ぼくが引き受けるから……」

と、モメているのを、菅は、おかしそうに、

「一体、何のお話です。平素のご両君にも、似合わないじゃありませんか」

と、ひやかすと、大久保が、やっと、

「じゃア、いいましょう。でも、ぼくからいうと、単刀直入ですぜ」

「結構ですよ」

「菅会長、可否会員として、会長に直言しますが、あなたもこの辺で、亡妻屋を廃業する気はありませんか」

大久保が、早や口でいった。

「亡妻屋？」

菅は、ケゲンな顔だった。

「いや、失礼。あなたは、ご存知ないでしょう。実は、会長さんのアダ名なんですよ。あなたが、亡くなった奥さんのことばかりおっしゃるんで……」

「亡妻屋ですか。ハハハハ、これは、驚いた……」

「それを、この際、廃業して頂こうというんです」

「あたしが、亡妻のことを、口にしてはならんと、おっしゃるんですか」

菅の語気が、やや強くなった。

「いや、それは、あなたのご自由だが、亡妻ばかりでなく、現妻のノロケの方も、伺わせて頂きたくてね」

「現妻？　どういう意味です、それア……」

「いやア、菅さん、結論的に申せば、われわれ両人で、今日は、あなたに再婚をおすすめに上ったんですよ。珍馬君も、このことは、諒承してますが……」

と、中村が、口を添えた。

「再婚ですか。それは、ご親切に……でも、あたしは……」

「その〝でも〟は、不必要だね。少くとも、可否会同人のわれわれが推薦する対手の女性には、一顧の労を払って頂きたい……」

大久保が、セッカチの本性を現わす。

「よけいなオセッカイのようですが、菅さん、お宅へ上る度に、主婦のおられんのが、いかにも寂しい。あなただって、ご不自由にきまってる。それに、あなたは、まだお若い……」

「若いですよ、ほんとに。獅子文六みたいな、古稀《こき》になっちゃア、もうオシマイだが、あんたは、還暦までにも、まだ、十年ある。前途洋々たるもんじゃありませんか。それを、孤影悄然《こえいしょうぜん》、インスタント・コーヒーの悪口ばかりいって、毎日を送られるのは、友人として、見るに忍びんわけだ」

「それも、普通の女性なら、語るに足らんといわれるかも知れませんが、コーヒーにかけては、無類の手腕をもっている婦人があるとしたら……」

と、中村が、暗に、坂井モエ子のことを匂わせると──ホンノリと、匂わせたばかりなのに、菅貫一の童顔が、眼鏡の下あたりから、赤くなった。

「おや、顔を赤めるところを見ると、この縁談、見込みなきにあらずだぞ」

と、ひそかに、勇気を得た大久保が、膝を乗り出した。

「中村君の言葉で、候補者が誰であるか、大体、おわかりと思うが、可否会同人であるかの女史が、最近、不幸な離婚事件を起したのは、われわれとしても、同情に堪えんところです。しかしですな、われわれとしては、今回の離婚、必ずしも、不幸ではない。八ツも年下の亭主を持っていることこそ、不幸であって、彼女が、適正な年齢差のある、謹直稀れに見る好紳士を、配偶者に獲るならば……」

「大久保君のいわれるとおりですよ。しかし、ぼくは、坂井女史の救済よりも、むしろ、菅さんご自身の幸福のために、この縁談に賛成なんです。あなたが亡き奥さんを想われるのは、お美しいお心ですが、そのために、一生、独身を続けるというのは、不自然であり、また、非論理的でもある。更にですな、可否会を本位としてこの結婚を考えるならば、実に、これ以上の慶事はない。モエ子女史も、同人であるのみならず、コーヒー技術の名手であるのは、誰も知るとおりです。この名手と、菅さんのような、コーヒー知識と理論の大家とが、結ばれれば、鬼に金棒のようなものです。つまり、コーヒー夫婦です。コーヒー結婚です。この夫婦を中心にして、わが可否会は、俄然、活気を呈するでしょう。そして、わが、可否会は、名実ともに、日本のコーヒー界の最高権威となるでしょう。いや、日本のコーヒーの最近の向上を考えると、世界のコーヒー界に君臨する、コーヒーの研究と鑑賞の団体となるやも……」

と、中村教授は、もう、二人が結婚式をあげた時の席上のスピーチのようなことを、やり始めた。大久保も、そんな気持になったのか、パチパチと拍手をした後で、

「ただ今の中村君のお説、徹頭徹尾、賛成ですよ。実際、ぼく等が、こんなことを考え出したのも、無論、菅さんとモエ子女史の個人的幸福を計ったのではあるが、それ以上に、わが可否会の隆盛と、日本コーヒー界の発展のためであることを、ご諒解下さい」

大久保も、舌にヤスリをかけた。

二人の長い弁舌を、菅は、首を下げて、黙って聞いていたが、やっと、口をきいた。その調子には、どうやら、処女のハニカミがあった。

「いや、ご両君のご親切は、身に沁みて、うれしく存じます。ことに、ご両君が、あたし自身よりも、可否会のことを考えて、そのような提議をして下さったのが、何より、うれしい……。しかしです、あたしの独身生活は長いが、モエ子女史の方は、まだ、離婚匆々《そうそう》であって、心理の動揺も、甚だしい時でしょう。そんな時に、こんな話を持ち出すなんて、礼を欠きはしませんか」

「そんなことは、こっちの裁量に任して下さいよ。それよりも、あなたご自身のご返事を聞かして下さい。それによって、ぼくらは、すぐ、活動を開始しますから……」

菅は結局、ハッキリした返事をしなかった。

「なにぶんにも、一身上の大問題ですから、考える期間を、与えて下さい。それに、息子も成年者のことですから、一応、相談をしなければ……」

という意味を、くりかえすだけだった。

それも、ムリのない話であって、二人は、それ以上の悪押しはできなかった。

二人は、やがて、菅邸を辞したが、四谷三丁目で、乗物にたどりつくまでの道中を、いろいろ話し合った。

「どうです、大久保君の見込みは？」

中村がきいた。

「小生は、脈ありと、見るね。話を切り出した時に、パッと、顔を赤くしたのは、内心、多少の予期があったからですよ」

大久保は、いつも、楽観的だった。

「そうでしょうか。だいぶ、菅さんも、迷っていられた様子だが……。それに、かりにも、亡妻屋といわれた人物が、そう急に、豹変するわけがないでしょう」

「ぼくは、反対に、亡妻屋だから、望みなきに非ずと考えるんですよ。彼が愛妻家であったということは、常に、一人の女性が、必要だった証拠でね。それに、彼は、女性に懲りた経験がない。女性というものは、大変いいものだと、考えてるから、われわれが、根気よくすすめてるうちに、だんだん、モエ子女史がよくなってくるに、ちがいない……」

「そんなもんですかな。そういう人情の機微は、君の方がお詳しいから、万事、お任せしますよ……。息子さんに相談するといってたが、その方は、どうです」

「近頃の息子なんて、オヤジがどんな女と結婚したって、反対する奴はいないでしょう。どだい、オヤジに興味を持っとらんですからね。それに、あの息子は、大学を出ると、すぐアメリカへ行くことになってる。帰ってきたら、別居するという話ですからね」

「すると、モエ子女史も、係累《けいるい》にわずらわされる心配はないわけですね。ところで、女史の方は、どうでしょう。いずれ、二人で話しにいかねばならんが……」

「ぼくの考えでは、女史の方が難物だね。いや、彼女は、再婚そのことは、亡妻屋君よりも、カンタンに踏みきると思うんだがね。若きツバメ君に対する面当てとしてもね。しかし問題は、彼女の職業だ。あれだけタレントとして、収入があるのに、それを振り捨ててまで、一家の主婦たる決心がつくか、どうか……」

「大きに、そうですね。すると、われわれの説得の主力は、彼女に、そそがなければならん」

「そうですよ。乗りかけた船だから、一つ、やってみましょうよ。それに、事の成否にかかわらず、この問題は、第三者として、小説的興味が深甚でね」

「そう。大きな声ではいえないが……」

モエ子は、すっかり消耗してしまった。

〝社長夫人〟の彼女の役の不評は、最早、動かせないものになった。彼女に好意的だったスポンサーも、眉をしかめ、一時は〝社長夫人〟の早期打ち切りさえ、口にしたくらいだったが、何分、三カ月間の短い連続物だったので、それは、思い止まったようだった。

彼女の最大のファンであり、また、スポンサーのY電機社長夫人でさえ、ヒイキ眼にも余るのか、

「勇気を出して、しっかりやって頂戴。何だか、いつものあなたのようでないのよ。

〝表通り……〟のおちかさんを思い出して、あの通りやったら……」

と、モエ子に忠告したくらいである。もっとも、これは、ムリな註文で、庶民のオカミサンのつもりで、大会社の社長の奥さんをやれたものではない。

稽古の日でも、本番の日でも、モエ子は、中央テレビへ出かけるのが、苦痛になってきた。

役者は、芸で勝負をするというけれど、半分は〝気〟のものである。好調の時なら、自分でも驚くほど、芸の方も光ってくるが、逆になったら、持ってる力の半分も出せない。それどころか、アセればアセるほど、悪い演技をやってしまう。一番いけないのは、自信を失った顔の表情であって、これほど、魅力のないものはない。

「主役なんか、やるんじゃなかったわ。あたしは、やっぱり、ワキ役役者なんだわ」

当人が、そう思い出したのだから、これは、最悪の事態である。

それに関連して、彼女の気を腐らせたのは、洋行問題の立ち消えだった。

B食品の専務は、何でもビジネスで割り切る男だけあって、いうことも遠慮がなかった。

「あなたの顔が、変ってきたんだから、仕方がない。遠慮なくいえば、あんたは、少し、〝嫌われる女〟の人相になってきたよ。いや、ホンモノは旧のままだとしても、カメラ・フェースが、あんな風に変ってきたとなると、大金を費やして、外国まで行って貰う必要がなくなるのでね。やむを得ないから、あなたの代りに、女の子役を連れて行こうと思う。ほんとは、うちの宣伝に、子役は不適当なんだが、〝嫌われぬ女〟の卵として、代用品を使う外はなくなってきたんですよ」

「あら、そうですか。どうぞ、ご自由に……」

モエ子は、強く、いい放ったが、その痛手は癒しようもなかった。

「そうだわ。自費で、洋行してやるわ。五月に〝社長夫人〟が上ったら、一人で出かけてやるわ。ベンちゃんの事件を、忘れるためにも……」

と、思って、自分を慰めた。

所詮、テレビ・タレントなぞというものは、短い命の花である。モエ子なぞは、ドラマが専門であって、歌手タレントのように、一年でシボんでしまうというようなことはないにしても、いつまでも、今の地位をもち続けるとは、思われない。無論、テレビ・ドラマが始まって、まだ十年とはたっていないのだから、その方のタレントの寿命が、どのくらいだか、見当はつかないが、長くないという予想は、誰にでもつく。

〝箱根山〟という連続テレビで、七十四歳の老女優が出演しているが、これは、舞台経験こそ長くても、テレビではニュー・フェースに過ぎない。たまたま、作品が八十余歳の老婆を書いてるために、彼女のところへオハチが回ったので、何度もあることとは、思われない。

モエ子なぞは、五十歳まで、テレビ・タレントが勤まるか、どうか、自信はない。芸の方は、五十やそこらで、衰えるものとは、思われないが、体力が問題なのである。テレビ・タレントで、不自由のない生活を営むためには、毎週、連続もの二本ぐらいに、出演しなければならない。一口に二本といっても、これが、大変な労働なのである。人の眠る時間に働くぐらいは、序の口であって、一週二本のセリフは、ともかく暗記しなければならない。一つの局から、他の局へ駆けつける時間のヤリクリだけでも、いい加減、頭を疲らせる。そして、稽古から本番へと、休息の時間がない。株式取引所の係員のような、激しい仕事をする人でも、日曜という休日があるが、テレビ・タレントは、一日の息抜きもない。

まず、この職業は、若い人だけのものである。その若い連中が、過労で入院するくらいで、モエ子の年齢では、ずいぶんムリである。

事実、四十を過ぎてから、彼女は腰が痛くなったり、毎月のものが不順となったり、やたらに、アクビがでたり、新聞の字が読みづらくなってきた。しかし、側にいた勉君に対し、年上の弱味を見せまいという根性があって、肉体の衰弱を、ムリにも克服しようと努力した。

ところが、ベンちゃん去って以来、ドカッと、年をとった。ハリがなくなったのである。肌の荒れや小ジワは、とっくに気がついてるが、それよりも、心の緊張が一度に消えて、年寄り染みてきた。

「あたし、急に、婆さんくさくなったわ。このぶんでいくと……」

実際の年齢よりも、老化現象が、早く訪れた様子だった。とても、長いこと、火事場のようなあの職場で、立ち働きは、むつかしく思われた。

昨夜も、彼女は、白髪頭になった夢を見た。汚らしい髪を乱し、乞食のような服装で、C・T・VやT・T・Kの編成部へ、役を貰いに通う夢だった。中野も、鈴木も、対手にしてくれなかった。あんまり冷酷なので、当てつけに、高い窓から、飛び降り自殺をやってのけたら、途端に、眼がさめた。

そういう心境だから、洋行どころでなくなってきたのは、当然だが、急に態度をひるがえしたB食品が、恨めしかった。

「せっかく、タダで行けるところだったのに……」

その上、B食品は、近頃、コマーシャルの方にも、彼女の出演を望まなかった。以前に写したものが、オス・カフェの新聞広告や、テレビに出ているが、いつも、同じようだった。

それを見ると、

「今のあたしと、どこがちがうわけでもないのに……」

と、専務の独断に、腹が立った。

現在、彼女は〝社長夫人〟一本だけで、他の収入は、皆無になった。他の会社からも、コマーシャルの註文が、さっぱり来なくなったし、外国のテレビ映画の声の吹き込みさえ、このところ、依頼が絶えていた。

「あたし、一ぺんに、人気が落ちたんだわ……」

ほんとは、そうでもなかった。彼女に主役はムリだという声は、定評となったが、ワキ役役者としての価値まで、疑うものはなかった。その方でなら、彼女の生命は、まだ長いのである。コマーシャルや、声の吹き込みが、何かの拍子で、フッと途絶えることは、従来も、ないことではなかった。

しかし、それを偶然と考えられないところに、彼女の弱り目があった。まず、ノイローゼといったところだろう。

それに、〝社長夫人〟一本だと、以前に比べて、ヒマができた。週のうち一日は、全然、体が明く日があった。

今日が、その日に当った。陽気は、すっかりよくなって、花の便りさえ聞かれるのに、彼女は、外出する気がしなかった。外国映画は、勉強のつもりで、よく、見に行ったのに、それさえオックウだった。

といって、家にいたって、サッパリ面白くないのである。以前は、忙がしい毎日の間に、ポッカリと休日ができると、家で何もしないでいるということが、何ともいえず、愉しかった。

今は、それが、反対になった。ソファの上に、身を長くして、ただ、白い天井を眺めながら、もの想いにふけるだけである。

「ベンちゃんは、どうしてるだろう。その後、何ともいってよこさないが……」

新しい女ができて、家を出た男が、便りをよこすはずもないのだが、どんな生活をしてるかと、気になった。

しかし、もう、彼女は、勉君のことは、あきらめていた。そこは、若い女とちがって、前途を読むことは、知っていた。若いアンナが、自分と比べものにならず、強力なことも、知っていた。

ただ、それが、不人気の意識と一緒になって、寂しい、情けない気持がするだけなのである。

「そうだわ。こういう時には、菅さんがいったように、コーヒーをいれるといいんだわ」

彼女が、ソファを起き上って、台所へ行こうとした時に、電話が鳴り出した。

意外にも、電話は、可否会の仲間の大久保からだった。

「中村君と二人で、ちょっと遊びにいきたいんだけど、いつがいいですか」

「そうね、今日なら、家にいるわ。よかったら、どうぞ……」

電話を切ってからも、モエ子は、どうして、あの二人が、アパートを訪ねてくるのか、理解に苦しんだ。可否会の同人は、例会の席上で会うだけで、個人的な往来はなかったのである。

「きっと、あたしが、このところ、欠席続きだから、四月の会には顔を見せろと、誘いにくるのよ」

それ以外に、彼等の用向きは、想像できなかった。

それにしても、今日のような、気の沈む日には、迷惑な客ではなかった。ことに、陽気な大久保の冗談には、きっと、彼女の心を愉しくするだろう。

彼女は、二人をもてなすために、菓子や果物を買いに出た。どうせ、コーヒーは所望されるだろうから、豆の新しいのを買い、荻窪としては、いいパンを売ってる店で、コッペ・パンも整えた。パンとバターが出てないと、コーヒーが飲めないぞと、文句をいう連中だからである。

二時過ぎに、二人がやってきた。

「豪華なアパートに、住んでるじゃないですか。さすがは、天下の人気者だな」

と、大久保は、入ってくるなり、いつものような口をきいた。しかし、人気者といわれても、いつものように、モエ子の心は弾まなかった。

「大久保君から、ムリに、引っ張り出されましてね。淑女を訪問するのに、男性一人では、恐れ多いとか、何とかいって……」

中村も、菅の家へ行った時ほど、改まっていなかった。

「それにちがいないもの。淑女にして、かつ高名な女優さんを、単独訪問は、気がひけるよ。それに、目下、独身中にあらせられるとなれば……」

と、いってしまって、大久保は、口を抑えた。

「あら、知ってるの？　あなたがたのお耳には、入るまいと、思ってたんだけど……」

モエ子は、二人が、離婚事件のことを知ってるのに、驚いたが、そうなれば、かえって、サバサバしたような気持になった。

「仰せのとおりよ。こうなったら、天下晴れて、ハンサム・ボーイを探しますからね。いいのがあったら、世話して頂戴……」

と、浮いた声を出した。

そんなことをいえば、すぐ、軽口の対手になってくれる大久保が、無口で、中村と顔を見合わせたのは、不思議だった。

「ちょっと、待って頂戴。コーヒーの支度をしますからね」

「それは、ありがたい。久振りで、女史のコーヒーにありつけるとは……」

「腕にヨリをかけて、いれますわよ。何しろ、亭主に追ン出られてから、レギュラーは面倒くさくて、インスタントばかりだったから、あたしだって、飲みたいわよ……」

やがて、運ばれたコーヒーを、二人は、口をつけた途端に、嘆声を発した。

「あア、うまい！」

「不思議だよ、まったく。どうして、こう、いい味を出すんだか……」

それは、お世辞も、掛け値も、一切抜きの賞め言葉だった。

「あら、そう。うれしいわ」

モエ子も、まんざらでない、様子だった。誰が飲んでも、彼女のコーヒーは、絶妙なのだ。それを、〝まずい！〟といったのは、あの朝のベンちゃんであり、それ以来、夫婦の間にヒビが入り、ついに、今日の事態となったのである。どんな場合でも、彼女のコーヒーを、ケナすべきでない。

「ところで、可否会の皆さん、お変りない？　珍馬さん、相変らず、お元気？　あたし、ずっと欠席しちゃって、申訳ないんですけど、四月には、きっと、顔を出そうと、思ってたところなんですよ」

と、彼女は、先きぐりをしていった。

「いやア、皆、元気ですよ。ことに、菅会長は、最近、茶道の研究を始めてね。どうやら、それをコーヒーの方へとり入れる考えらしいんだが、とても、熱心なものですよ」

中村がいった。

それを聞いて、モエ子は、いつかの喫茶店で、菅から聞いた話を、思い出した。

「あたしも、他所《よそ》で、菅さんにお目にかかった時に、そんなお話を伺いましたよ。コーヒー道とか、可否道とかいうんでしょう」

「そうか。モエちゃんには、そこまで話したのか。やはり、われわれとは、信用がちがうね」

大久保が、微笑を見せた。

「あら、皆さんには、何もおっしゃらないの」

「それと覚しきことは、いうがね。可否道なんか、名前まで考えてるくせに、一言も、口に出さん」

「そこが、あの人の慎重なところですよ」

と、中村は、人の悪口をいわない。

「それにしても、モエちゃんだけに、腹心を明かすというのは、怪しからんね」

と、大久保は、わざと、その点を固執する。

「一体、コーヒー道とか、可否道とかいうのが、成立の可能性がありますかね」

中村が聞いた。

「まず、怪しいもんだね。コーヒーなんて、ただ飲んでれアいいのさ。道も、ヘッタクレも、ありませんよ。それを、萱さんという人は、人間が堅いせいもあるが、何かモッタイをつけずにいられないんだね。一体、あの人の性格は、神がかりのところがありますよ。一種の教祖的人物というんだろうな」

大久保が、きめつけた。

「その点は、確かにある」

「そういわれれば、そうね」

と、二人が同意すると、大久保は、いよいよ得意で、

「しかし、それは、必ずしも、あの人の生まれつきの性格か、どうか。ぼくにいわせれば、やはり、欲求不満の表われだね」

「だって、あんな、不自由のない方が……」

「いや、不自由は、大いにある。一言にしていえば、彼は独身であり、ヤモメであるこ

とだ……」

「なるほど、そうかも知れないわね」

「かも知れないどころじゃないよ。儼然《げんぜん》たる事実でね。彼が、何かというと〝亡妻、亡妻〟という点からして、ノーマルな状態じゃない……」

「だって、それは、菅さんのお心の美しさだわよ」

と、モエ子は、強く反抗した。

「勿論、菅君の性格は、立派なものだ。しかし、彼が亡妻、亡妻というのは、過去の悲しみを追うのじゃなく、現在の不満を表わしてるんだ。つまり、彼は、亡妻に替る現妻が欲しいんだよ」

大久保は、大マジメな顔をした。

「現妻って、つまり、後妻のこと？　それア、大ちがいよ。あの方、一生、独身で通す覚悟なのよ。それが、見上げたところなんだわ」

モエ子が、詠嘆的な声音でいった。

「モエちゃんは、いい年をしながら、まだ、男ごころというものを知らんね。男ごころってのは、正月の重箱みたいに、底があるものが、重なってるんだ」

「そうかしら」

「そうとも。ねえ、中村君。菅会長が、最近、再婚に踏み切ろうとしてるのは、顕著な事実だね」

「そうもいえますね」

中村は、ニヤニヤする。

「あら、ほんと？　もし、そうだとしたら、再婚というよりも、茶飲み友達が欲しくおなりになったのよ」

「いや、コーヒー友達だ」

「あら、何よ、コーヒー友達って……」

「茶飲み友達より、ずっと、濃い友達のことです。同時に、共にコーヒー道に邁進しようという友達のことでね」

「でも、中年になって、そんなにコーヒーの好きな女の人って、いるかしら」

「いるじゃないか、そこに……」

大久保は、モエ子の鼻の見当に、人差指をのばした。

「あら、あたし？　あら、あたしなんか……」

見る、見る、モエ子は、顔を赤らめた。大久保も、中村も、いつも、ガラガラしてる彼女が、羞恥というものを、顔に表わしたのを初めて見た。

「いや、ザックバランにいおう。菅君の孤独な姿を、ぼく等としても、見るに堪えなかったので、誰か、好配はないものかと、かねがね、中村君とも話し合っていたんだよ。でも、候補者はあっても、オビに短し、タスキに長しで、具体化しない。ところが、最近、モエ子女史が、空き家になったでしょう？」

「あら、ひどい。まだ、別れてホヤホヤなのよ」

「ホヤホヤでも、空き家にはちがいない。いや、空き家にならない前から、女史ならば、性格といい、コーヒーの造詣といい、彼の理想の候補者と思っていたんですよ。まさか、重婚の罪を犯させるわけにいかんから、控えていたんですがね。今や、絶好の機会を迎えて、中村君とぼくは、俄然、奮起したわけなんです……」

「そんなこと、急におっしゃったって、お返事のしようがありませんわ」

と、モエ子は、演技か、自然か知らないが、羞恥に、身をくねらせた。

「勿論、この場で返事をしてくれというんじゃありませんよ。ただ、聞き置くという程度でよろしい……」

中村も、タマには、助太刀を入れる義務があった。

「で、菅先生の方には、もう、お話しになったんですか」

モエ子は、サグリを入れた。

「それア、こういうことは、男の方を先きにすべきでね」

と、大久保。

「何とおっしゃいました、先生？」

と、モエ子に急所をつかれて、二人は、顔を見合わせたが、やがて、大久保が、

「大乗り気だ」

「あら、ほんと？」

「君、こういうことは、あまり、誇張してはよくないぜ」

と、中村が注意した。

「そう。大乗り気といえんまでも、話を聞いた途端に、ポーッと、顔を赤くした——これは、事実だね。中村君？」

「そう。確かに、顔面紅潮の現象があったね」

中村が、口を添えると、

「まさか、ホッホホ」

と、モエ子が笑った。

「いや、それほど、彼は純真なんだ」

「それは、存じていますわ」

「そこを、買わなければ、いかんね。その上、あのとおりの財産家であるし……」

「それア、お話し下さるだけでも、ありがたいと思いますわ。正直に申して、あたしも、菅さんを尊敬申しあげてますし、こんなお婆ちゃんに、モッタイないお話で、それだけに、お断り申しあげた方が……」

「なぜだね、それア」

「だって、釣合わぬのは、不縁の因と申しますわ。それに、あたし、家政ってこと、全然、弱いんです。それに、主婦となれば、女優稼業もやっていかれませんし……」

「家政に弱いというが、塔之本君とは、立派に、家庭を持ってたじゃありませんか」

と、大久保。

「そして、菅さんも、あなたに女優をやめて貰いたいとは、いっておられなかったように思うが……」

と中村。

「それア、対手がベンちゃんのような人なら、家政なんて必要もないんですが、菅さんのようなご大家の……」

「君、何よりもかによりも、君には、コーヒーという大きな武器のあるのを、忘れちゃいけない……」

「あら、コーヒー夫婦なんて、聞いたこともない……」

「聞いたことがなくても、存在は可能だ。君が、毎朝、うまいコーヒーをいれる。それを、菅君が感に堪えて味わう……。それだけで、世間の夫婦以上の交流と和合が、成り立つじゃありませんか」

大久保は、ここぞとばかり、それから、長広舌《ちょうこうぜつ》をふるい始めた。

稽古場の結婚式

赤坂のテレビ通りから横に入った、小さなヤキトリ屋で、塔之本勉《とうのもとつとむ》君と、劇団新潮の演出部員の二人が、飲んでいた。

檜町の稽古場の付近には、飲食店が少く、といって、六本木付近へ足をのばすには、彼等の懐中が思わしくないので、つい、安いが取り柄のこんな店へ、寄ることになるのである。

といって、飲むことにかけては、人後《じんご》に落ちること甚だしい勉君が、率先したのでないことは、いうまでもなかった。その上、彼は、アンナと同棲後、金の苦労ばかり重ねて、とても、飲み代の工夫は、覚つかなかった。今日も、仲間のオゴリであるのは、無論だった。そして、その仲間も、テレビで収入のある役者たちとちがって、スカンピンぞろいだった。

「ベンちゃん、君の結婚式、いつやるんだ?」

演出部員のHが、モツヤキを横ぐわえしながら、聞いた。

「いつやるって、困るね」

勉君は、ニヤニヤ笑った。

「わかってるよ、費用のことだろう」

やはり、演出部員のGがいった。

「そうだよ。毎日、市場のコロッケばかり食って、暮してるのに、結婚式どころじゃないもん……」

勉君は、酒が飲めないから、大きな湯呑みの番茶を、ゴクリとやる。

「それア、結婚さえすれば、結婚式なんかどうでもいいっていう理論もなりたつが、演技部の奴らは、あんなにハデにやりアがるからな。おれたちはおれたちの方法で、結婚式をやってやりたいよ」

Hがいうのも、もっともであって、演技部員――つまり、役者連中が結婚をすると、少くとも国際文化会館あたりで、先輩知友を招き、披露の宴を張るのが、常例となってる。なぜ、役者たちに限って、そんなことをするかというと、彼等はミイリがいいからである。なぜ、彼等はミイリがいいかというと、テレビや映画に出演するからで、本職の芝居の公演の配当は、雀の涙ほどであり、演出部員と大差ない。

とにかく、演出部員は貧乏と決まって、おのずから、懐中工合《ふところぐあい》のいい演技部員と、境遇的な対比ができた。それが、対立まで発展しようとする形勢も、生まれてきた。

しかし、芝居は役者のやるものであって、劇団内の主流勢力は、どうしても、役者の方に傾き、演出部は、党内野党の立場に置かれる。その代り、新劇精神の本義というようなことになると、野党の受持ちとなってくる。

「大体、幹部俳優のものの考え方は、すでに、新劇人たることを忘れてるばかりでなく、芸術家ですら、なくなってるよ」

「そうだよ。微温的な家族主義で、劇団の運営をやっていこうたって、そうはいかないよ」

「その点は、自覚のある演技部員も、不満なんだよ。中堅の連中で、頼もしいのが、二十人はいるな」

「一つ、おれたちが立ち上って、文学座みたいに、分裂をやってやろうか」

と、コップ酒をあおりながら、HとGが、盛んに気焔を上げてるのを、勉君は、ニヤニヤしながら、聞いていた。

「ところで、ベンちゃんの結婚式の問題は、どうなったんだ」

Hがいった。

「無論、やるんだよ」

Gが、いきごんだ。

「いいんだよ、やらなくたって……」

勉君が、手を振った。

「なぜ?」

「おれんところは、法的な結婚もしないし、世俗的結婚式もしない方針なんだ」

「それは、わかる。恋愛ってものが主体であって、結婚なんて、ヤキトリのクシのようなもんだ」

Hは、警句を吐いたつもりで、得意になり、わざわざ、皿の上のクシを、つまんで見せた。

「それはそうだが、演技部の奴等が、結婚式をやって、おれたちがやらねえってのは、名折れだよ」

と、Gがいった。

「勿論だよ。だから、いくら無意味でも、結婚式はやるべきなんだ」

と、H。

「しかし、やれない理由は、簡単なんだよ。金がねえ……」

勉君は、ひどく、落ちついたもの。

「金がなくても、結婚式はやれるよ。演出部らしい結婚式にすれば……」

「それにしても、多少の金は……」

「いや、儲かる結婚式だって、やりようによって、できるんだ。そこは、演出次第でね……」

と、Hが、飛んでもないことをいいだした。

「儲かる？」

「いいか、演技部の奴等の結婚式の時には、祝い代りに、たいがい、千円ぐらいの会費をとるだろう。そこを、五百円であげれば、半分儲かるじゃねえか」

「だって、そんな安いレストオランってねえだろう」

「なあに、稽古場でやれば、タダだ。まさか、幹部だって、部屋代をとるとはいうまい」

「でも、酒や料理は？」

「酒は、二級酒と、安いウイスキーで、間に合わせればいいし、料理の方は、Gに任すよ」

「おれが料理？」

Gが、眼を円くした。

「例のおでんさ」

Gという男は、不器用で評判のくせに、おでんをつくることに、妙を得ているのである。研究生時代に、おでん屋の下働きをしていたからだと、人はいうが、当人は否定してる。しかし、劇団のピクニックの時に、たき火で、おでんをこしらえて、腕前を実証した。もっとも、鍋の代りに、バケツを用いたばかりでなく、まっ黒な手で、材料をつかむので、汚らしいという評判はあった。しかし、味の方は、好評だった。

「それだって、結婚式だぜ。おでん出すから、結婚式でねえって理由は、成り立たねえんだぜ」

「それも、そうだな」

と、勉君が、ニコニコしていった。

その時は、酒の勢いで、そんな話になったものの、誰も、冗談半分のつもりだったが、ヒョータンから駒が出るように、勉君とアンナの結婚式が、具体化してきた。

演出部には、助手格を入れて、八名の部員がいるが、ヤキトリ屋へ行かなかった連中が、かえって、本気になって、応援した。

「面白いよ、そういう形式の結婚式は――。演技部の奴らの鼻を明かしてやることになる……」

また、幹部俳優に反感をもつ、中堅の役者たちは、平素から、演出部の連中と仲がいいので、その話を聞くと、

「おれたちは、こぞって出席するから、是非、やってくれよ」

と、ケシかけた。

ついに、稽古場の早く明く、ある春の宵に、二人の結婚披露式が、行われることになった。

案内状からして、劇団事務所のガリ版を用い、ハトロン紙の封筒に入れて、貧乏臭さを、わざと、強調した。末尾に、

〝御出席なき方でも、通知を差し上げた方には、後で会費を頂きます〟

と、慾の深いことを、書いてあった。

会費は千円であるし、新郎も新婦も、座員であるから、出席の返事は、ほとんど全座員から来た。もっとも、式に顔を出すのは、半数にも充たないだろうが、ツキアイはやかましい社会であり、どうせ、祝い物は出さねばならぬのだから、千円で済めば安いと思う連中も、多かった。

そして、饗応の方は、おでんと安酒だけだから、会費の半額は、祝い金として、勉君とアンナの貧しい新家庭を、賑わす予算になっていた。前にも述べたとおり、劇団新潮は、座員同士の結婚が名物であり、男優と女優とが家庭をもつのであるが、今度は、演

出部員と演技部員とが、一緒になるというので、新例をひらいた。一番、人間の多い演技部部員が、アンナのために、出席の返事を出してくれた上に、貧乏なために、ツキアイを逃げる演出部員も、勉君のために、総出席を申込んできたから、まず、満員の盛況ということができた。

勿論、当日の出席者は、平服となっていて、新郎新婦もフダン着の予定だったが、演出部のHが、すばらしい知恵を出した。

「あの〝明治の花〟の新婚衣裳が、まだ、倉庫に残っていたろう。あれを、着させよう」

見島雪雄先生原作のその戯曲をやった時に、鹿鳴館時代の華族の婚礼の場面があり、洋風の結婚式衣裳が、衣裳屋になくて、新調させた。それを、二人に着させようというのである。

司会も、Hがやって、稽古場の舞台の上で、二人を握手させ、花束を贈る。式といえば、それだけだが、この二人が最初に唇を合わせたのは、正月休暇の寒いその舞台だったから、思い出は深いだろう。

それから後は、おでんだけの盛宴に移るが、その間に、中堅俳優が舞台で即興劇をやる予定だった。その即興劇は、毎年の劇団創立記念のパーティーで、必ず、行われたが、いつも、来衆の喝采《かっさい》を博し、劇団の名物になっていた。

余興までついてるし、変った形式だから、さぞ、面白い結婚式になるだろう。

その結婚式通知が、どうしたマチガイか、坂井モエ子のところへも、舞い込んできたのである。恐らく、封筒の表書きを頼まれた座員が、座員名簿を見て、無意識に客員の部の彼女のアドレスにも、筆を走らせてしまったのだろう。もし、故意ということが、成立するならば、一名でも、会費の払込みを多くするという意志以外に、考えられなかった。

しかし、当人のモエ子の身になると、そうもいかなかった。

「まア、ひどい！」

彼女は、血相を変えて、叫んだ。

勉君の置き手紙を、発見した時は、深夜だったが、今度は、午後に外出しがけの時だった。どちらも、大きな打撃だったが、彼女を怒らせたのは、今度の手紙の方が、大きかったかも知れない。

「こんな、侮辱を与えられるなんて……」

彼女は、この通知の差出人を、勉君だときめてしまった。勉君でないにしても、招待者を選定するのに、彼が与っていないはずはないから、差出人も、同様だった。

そう思えば、腹が立つのが、あたりまえであって、別れたばかりの先妻のところへ、先夫の結婚式の招待がくるなんて、前代未聞である。

「ノンキな人だと知っていたけれど、これは、それとはちがうわ。悪意よ。悪意でなければ、こんなことできるはずないわ」

その推論は、もっともだった。

彼女は、怒った。心の底から、怒った。涙は、一滴も出なかった代りに、全身が、ワナワナと震え、その辺にあるものを、力一ぱい所かまわず、投げつけたかった。勉君が、彼女を愚弄するか、憎悪してるのでなければ、こんな所業は、できないはずだった。

「いいわ、こっちも、憎んでやるから……」

彼女は、堅く決心した。よほど決心しないと、勉君を憎むことができない性分なのだから、よくよく、自分にいいきかせたのである。

「あたしの時には、式をあげもしなかったのに、今度は、レイレイと、やる気なのね」

それも、腹が立った。

結婚式なんて、通俗的だと、軽蔑して、自分たちの時は、何も行わなかったのに、若いアンナだと、こんな案内状を、人に出すのか。

「やっぱり、ベンちゃんは、あたしよりアンナを愛してるし、今度の結婚は、永久的だと、考えてるんだわ」

モエ子は、悲しくなったが、いつものように、悲しみに浸る気はなかった。現実の姿を、ハッキリ見たような気がして、頼りになるのは、自分だけだ――これからは、徹底的に、自分だけの利害に、生きなければならぬと、思った。

心が冷静になると、彼女は、モミクシャにした招待状のシワをのばし、同封のハガキの欠席の文字の上に、丸をつけた。そして、千円の小為替を、組み入れて、手紙で送ってやるつもりだった。

「お金を送ってやる方が、かえって、面当《つら》てになるわ……」

大久保と中村が、その話を持ってきてくれたが、彼女は、何かバカバカしくて、本気に聞けなかった。

といって、無論、悪い気持がしたわけではなかった。少女時代から、芝居の道に入ったせいか、正式の縁談が持ちこまれたのは、この年になるまで、初めてであって、それだけでも、胸のトキメキがないでもなかった。また、彼女を捨てた勉君に対して、立派な拾い手の出てきたことを、聞かしてやりたい気持もあった。

しかし、菅を結婚の対手と考えると、何だか、おかしかった。

「あのおじいちゃんのコーヒーの友達になるの？」

彼女は菅を、兄のように、伯父のように、尊敬はしてるけど、よほど、年長の男と思ってるのも、事実だった。もっとも、今まで、八つも年下の亭主を持っていたのだから、一層、菅がジイさんに見えるのかも知れないが、事実として、それほど、年のちがう夫婦ではないのである。

菅は、今年五十二で、モエ子は四十四だから、八つちがいという数字が出てくる。

「あら、また、八つちがいよ」

でも、今度の八つちがいは、良人の方が年長であって、世間にザラにある例である。この頃でこそ、一つとか二つとか、僅かな年差の結婚が、流行するけれど、一昔前には、夜目《よめ》遠目《とおめ》傘《かさ》の内といって、男の方が四つ上か、十ちがいが、よいとされたものである。

モエ子が菅を、そんなに年長者視するのは、彼の性格に由来するのだろう。頭を坊主刈りにして、袖なしの茶羽織を着たりする好みからして、ジジムサイのであるが、諸事にキチョーメンな彼の性行が、彼女に、大きな隔りを、感じさせるのである。

「あたしみたいな、ダラシない女が、ああいう人のところへ行ったって……」

ダラシないというのは、服のたたみ方や、台所の跡始末ばかりではなかった。正常の家庭の主婦から見れば、何でもないことが、彼女には不得手で、窮屈なのである。

菅と夫婦になれば、良人の送迎に、

「行ってらっしゃいませ」

「お帰りなさいませ」

というようなことを、口にしなければならないが、それすら、重荷に感じられた。そんなアイサツ抜きで、ベンちゃんと、足かけ九年も、一緒に暮したのである。

彼女も、中年女である。良きにつけ、悪しきにつけ、過去のワガママな習慣が身についてしまって、抜けなくなってる。しかも、それを肯定する芸術家気質というものがある。

彼女も、テレビ・タレントの大先輩で、今更、新劇とか、芸術とかいうのは、滑稽なのだが、故郷忘《ぼう》じ難《がた》しで、心の奥底には、芸術家気質がわだかまってる。

そういうような難点が、数々あるにかかわらず、彼女は、勉君とアンナの結婚式招待状を貰った時から、

「萱さんの話、マジメになって考えなければ……」

という気になったのである。

萱は萱で、その話を、第一番に妹に相談した。

「スエ子、実は、大久保、中村の両君が、こんな話を、持ってきたんだが……」

と、大いに、テレた顔で、モエ子との縁談を話した。

「結構じゃないの。ほんとに、お似合いの縁談だわ」

妹は、即座に賛成したが、ちょっと、小首を傾け、

「でも、モエちゃんが独身になるのを、待ちかねたって風ね。せめて、別れてから、一年もたってからなら……」

「あたしも、そう思うんだ。しかし、大久保君は、近ごろのアパートは、明いた途端に申込まないと、話がまとまらんとかいって……」

「ホッホホ。大久保さんて、セッカチだからね……。でも、これは、兄さんのことを考えてくれての話よ。モエちゃんが独身になったのは、最近にしても、兄さんの方は、ずいぶん長いんだからね」

「そう。こっちの空き家は、長かった……」

「だから、あたし、この間もいったでしょう」

「いや、あの時は、ちょっと、寂しかったよ。あたしだけ、置いてきぼりにされるようで……」

スエさんが、再婚の希望をホノめかした時のことを、いうのである。

「でも、妙ね。あの時、あたしは、兄さんも後の人を、お貰いなさい——モエ子さんのような人が、性に合うからっていったわね。何だか、虫が知らせたみたい……」

「そう。そんなことをいったな。してみると、お前さんは、あの女に不賛成はないということになるが……」

「ええ、そうですとも。気ごころは知れてるし、年かっこうはいいし……。それに、兄さんのような、神経質な人には、モエちゃんのように、一風変った人が、合い性なのよ」

「それは、あたしも認めてる。死んだミヤ子とは、仲もよかったが、また、よく、口ゲンカをしたが、モエちゃんなら、そういうこともないだろう。それに、あたしが、今、もくろんでる仕事に、モエちゃんは、協力者として、是非、ほしい人なんだ……」

「それだけ、条件がそろえば、ウンもスウもないじゃありませんか」

「ところが、そういかんのだ。あの人が女優という仕事を持ってることを、まず、考えないと……」

「あら、女優、結構じゃないの。少し、お婆さんだけれど、何といったって、普通の人とちがう色気があるわよ」

「つまらんことを、いってくれるな。あたしは、もう、これから貰う細君に色気だの、容色だのを、問題にする気はない。あたしとの共同事業さえシッカリやってくれれば、満足なんだ」

「それに、家政という点では、モエちゃんは、理想的とはいえないわね。あの人、コーヒーいれるのは上手でも、お料理の方は、どうかしら……」

「料理ぐらいは、我慢するにしてもな。家を外にして、毎日、テレビ稼ぎをする女を、女房には持てないからな……」

といって、モエ子が、家庭の主婦に不向きだという推測が、縁談を断る方へ、菅の心を傾けさせるかというと、あながち、そうでもなかった。

「あの人が、結婚しても、テレビの仕事を止めないと、いったわけではなし、また、あの人の年齢から考えても、今の忙がしさが、そう長く続くわけでもないだろうし……」

いろいろと、希望的観測が、湧いてくるのである。

「そうだ。このことは、一郎の意見も聞いてみないと、いかんな」

ふと、彼は、息子のことを、思い出した。本郷の大学へ行ってる息子は、非常な勉強家であり、卒業も間近いので、家にいれば、二階の書斎に閉じこもり、外出すれば、学校の研究室という有様で、めったに、父子が顔を合わせる閑《ひま》がなかった。

ある日曜の午飯を、久振りに、息子と一緒に食べた菅は、二階へ上ろうとする対手を抑えて、

「ちょいと、君の意見を聞いて置きたいことがあるんだ。実は、あたしに、再婚の話があってね……」

と、切り出してみると、

「結構じゃないですか」

息子は、何の感動も示さなかった。そして、半分、腰を浮かして、二階へ上ろうとする気配を見せた。

「まア、一応、話を聞いてくれ。対手というのは、よく家へくる坂井モエ子という女だ。君も、会ったことがあると、思うが……」

「あア、あのテレビ・タレント……。いよいよ、結構じゃないですか」

「そういうけれど、テレビ・タレントなんていうものは、テレビ局へ行かなけれア、商売のできないものでね。家政のことは、自然、おろそかになるものと、思わなけれアならん」

「そんなこと、何でもないじゃありませんか。家政婦を置きさえすればいい」

「あたしの身の回りの世話まで、家政婦に頼むのか」

「それくらい、我慢しなければいけませんね。ぼくら、細君を貰ったら、必ず、皿洗いをさせられるものと、覚悟きめてるんですぜ」

「驚いたね。今の婿さんて、そんな哀れなものかい」

「皿洗いぐらいで、済めばね……。しかし、モエ子さんて人なら、いくら芸術家でも、年が年だから、パパの主権ぐらい認めてくれるでしょう。そういう幸福な結婚ができるのは、後、何年間か。まア、対手があったら、サッサと貰っとくことですね」

「じゃア、君は、何も、反対意見はないのか。ぼくのワイフというだけではない。君のママにもなる人のことなんだからね」

「ちょっと、待って下さい。パパのワイフだけで、沢山じゃありませんか。ぼくのママというのは、どうかな。そんな古風な考え方をしなくたって、ぼくは、スマートに順応してきますよ。義母に対するエチケットは、充分、守りますよ。親しみや友情が出てきたら、勿論、惜しみなく、示しますよ。それでいいんじゃないですか。その結婚は、飽くまで、パパの問題であって、ほんとをいうと、ぼくなんかにお話しなさる性質のもんじゃないんですよ……」

息子には、確かに、一本やられた気持だった。

「自分のことは、自分で考えろというんだ」

菅自身も、そういう主義で、息子のことには、一切、干渉しない方針だったが、先方で、それをいい出されたには、驚いた。

「つまり、父親が、どんな妻を貰っても、自分には関係がない。好きなようにしろ。もっとも、その女に、母として仕えることは、別問題であり、また、その必要もなかろうという意見らしい……」

もっとも、一郎は、大学を出ると、すぐアメリカに留学することになっていて、帰ってからも、別居の予定になってるから、父親がどんな妻を持ったとしても、大した問題と思わないのだろう。また近頃の息子は、自分の完全な自由を認めて貰いたいので、父親の自由を尊重しないと、工合が悪いのだろう。

「あの調子では、アメリカから、青い眼の嫁さんでも連れてきた場合に、有無をいわせぬという予防線を、張ってるのかも知れない……」

要するに、父と息子の関係が、すっかり、昔と変ったのである。個人と個人のツキアイの方に、近くなってきたらしい――

「ああいうのを、ドライというのかな」

しかし、息子は、終始、モエ子との縁談に、賛成だった。それだけは、明らかな事実だった。

妹も、八分通り賛成な上に、息子の意見がそうだとすると、後に、問題はないわけだが、肝心の菅自身の決心が、きまらなかった。

「あたしは、一体、モエちゃんが、どれほど好きなのか？」

彼は、自分自身に、そう質問してみた。

無論、彼は、モエ子が好きである。好もしい人柄だと、思ってる。だから、是非、後妻に欲しいという結論が出そうで、なかなか、出て来ない。無論、彼女の女優稼業というものが、障害となってるのは、事実だが、それくらいのことは、息子の言い草ではないが、

「家政婦を置けばいいじゃありませんか」

である。

何か、それ以前に、迷ってるものが、あるらしい。

「あたしは、モエちゃんが好きだが、結婚したいほど好きだ、というわけでもないのか」

そう考えると、どうやら、そんな気もしてくる。

「そもそも、あたしがモエちゃんに、一番惹かれてるのは、コーヒーの名手ということではないのか。可否道の創成に、最も頼りになる協力者として、彼女に魅力を感じてるのではないのか。そうだとすると、彼女に、大変、気の毒なことになる。私は、彼女と結婚するのではなくて、コーヒーと夫婦になるようなものだからだ。そんな結婚は、罪悪ではないか」

何しろ、細君に死なれて六年目にもなり、独身生活も、どうやら身についてしまった五十二歳の男として、再婚に踏みきるのは、容易なことではないらしい。

大久保と中村は、その後も、菅邸を訪れ、また、モエ子とも落ち合って、二人の説得にかかってるのだが、二人とも、あまり煮え切らないので、閉口していた。

といって、望みのない縁談なら、手をひくのだが、菅にも、モエ子にも、アリアリと、色気は見えるのである。ことに、菅の方は、かなり、心を動かしてる様子である。そのくせ、気の短い大久保が、すぐにも、結納というようなことをいうと、

「待って下さい。とにかく、生涯の大事なんだから、もう少し、考えさせて……」

と、手を合わさんばかりに、嘆願する。

「だって、対手がモエちゃんなら、改まって、見合いをする必要も……」

「無論、見合いをしなくても……。ただね、急ぐ必要はないんです」

「そんなことをいってる間に、会長も、モエちゃんも、ジイさんバアさんになっちまいますぜ」

「いや、それほど、待つ必要はないんです。ほんの、ちょっと……」

大いに、心が動いてるくせに、決断がつかないというのが、菅の心境らしかった。気に入った対手なら、すぐにも結婚するのが、若い者の慣わしだが、初老の男ともなると、あらゆる場合を、慎重に考え、綿密に計算し尽さないと、可否の結論が出てこないのだろう。ハタから見ると、実にジレったいし、いやらしくさえある。

もっとも、菅としてみれば、そういう自分の因循《いんじゅん》さに、一つの口実を持っていた。

「モエちゃんの性格問題、職業問題を、すべて呑むとしても、今すぐ結婚するわけにもいかんじゃないか。彼女が離婚してから、まだ、いくらもたっていないのだ。死別の場合でも、大てい、一周忌のすむのを待って、式をあげるのが、世間の例だ」

たしかに、一理ある口実である。しかし、口実である証拠には、一方、そんなに待たないで、早く決断を下したい気持もないことはない。

無論、可否道の創成のことである。今年のうちには、世間に対して、発表を行いたい。その準備のために、彼は、毎日、コーヒーをいれては、順序とか、方式だとかを研究し、それを、メモにとる。ノートに、書き直す。一人二役の仕事だから、その手数は、大変である。

「もし、モエちゃんが、側にいてくれたら……」

少くとも、コーヒーをいれる手順の方は、彼女に助けて貰える。また、二人で語り合って、研究すれば、いろいろ、いいアイディアも、生まれてくるだろう。

そして、いよいよ発表会を行ったら、翌日から、協力者が必要である。その協力者が妻であったら、心丈夫であり、また、女性の入門者を扱う場合に、どれだけ、適当であるか知れない。

「だから、かりに、結婚をするなら、夏か、せめて、九月ごろがいいことになるが……。しかし、かりにだよ。まだ、きめるわけにはいかない……」

初老の男の決断は、こんなにも、手が掛かるのである。

大久保画伯が、ゴウを煮やして、中村教授のところへ、電話をかけた。

「どうです、その後、あなたの方は……。ぼくの受持ちの方は、因循姑息《こそく》を極めとってね……」

二人は、分担をきめて、大久保は菅、もの柔かな中村は、モエ子の説得に、回っていた。

「ぼくの方の受持ちは、最近、よほど積極的になってきましたよ。熱心に、ぼくのいうことを、聞いてくれるようになりました」

「それア、結構ですね。それで、女優稼業をキッパリやめて、主婦業専門になる決心でも、語りましたか」

「いや、そこまでは、どうも……。しかし、従来どおり、テレビに出ることを、菅さんが認めるならば、話の成立の可能性は、非常に高くなってきたと、思うんですよ」

「ところが、菅さんの方は、何しろ、亡くなった奥さんが、よき主婦だったから、テレビ局から朝帰りをするような細君じゃ、困るんじゃないですか」

「それは、わかります。モエちゃんも、気にしてるようで、できるなら、今の職業を捨ててもという考えが、ないでもないらしいが、決断がつかないらしいんです。どうも、収入や財産のある女の結婚というやつは、厄介ですよ。出戻りで、兄の家へ寄食してるというのなら、簡単なんですがね」

「しかし、女史は、やる気は充分なんでしょう——やる気といったら、おかしいが……」

「それア、ぼくの見たところ、相当、心が動いてます」

「菅さんだって、そうなんですよ。色気は、タップリだと、睨《にら》んでます。しかし、フンギリがつかないんですな。或いは、ハニかんでるのかな。近頃、羞恥という感情は、中年から初老の日本人でないと、見られませんからね」

「何にしても、手のかかることです。全然、見込みのない話なら、ぼくも手をひくが、今いったとおり、モエ子女史の下心は動いてるのだから……。何か、いい方法はありませんか」

「どうです。こうなったら、本人同士をブッつけますか」

「実は、珍馬君から、その案が出ているんです。あの人は、ハタでガヤガヤいうよりも、二人を温泉マークか何かへ、押し込んでしまえば……」

「それは、少し、乱暴ですな。でも、二人を、直接に話し合わせる機会は、是非、必要ですね。どうでしょう、四月の可否会例会を、どこか、郊外へ持ってったら？」

「それで、どうなさる？」

「茶道の〝野立て〟みたいに、道具を持参して、野外で、コーヒーを入れる会にするんですな」

「それで？」

「それで、われわれは機を見て、お先きへ失礼する……。なアに、関《かま》やしません。結局、本人たちの幸福を考えて、やることなんだから……。あんなジイさんバアさんでも、結婚する前に、交際期間というものが必要でしょう。そのキッカケをこしらえてやるだけ

も、知らなかった。


「でも……」

　大久保は、モエ子が単独で、菅の家へ出入りすることも、喫茶店で待ち合わしたことも、知らなかった。

テレ牛異相

テレビ・タレントのマネジャーに、テレ牛《ぎゅう》というアダ名があることは、前にも書いたとおりなのだが、それによって、昔日の花街の妓夫《ぎふ》、または牛太郎《ぎゅうたろう》の卑しさと、厚顔ぶりを連想するのは、必ずしも、当を得ていない。

タレントの写真を貼ったアルバムをたずさえて、テレビ局のご用聞きに歩くところだけを見ると、ちょっと、そんな感じがないでもないが、案外、純真な人物もいるのである。

彼等のすべては、弁舌さわやかで、金の勘定に抜目がなく、押しの強さは、誰にもヒケはとらないといっても、ホンモノの妓夫のような、アクドさはない。暗さもない。テレビという近代的企業の中で、一役荷ってるだけであって、やはり、彼等も一種の近代人なのである。近代的な良心や知性だって、持ち合わせないとは、いいきれない。

もっとも、中には、タレントに渡すギャラを使い込むとか、タレントの持ってる宝石類を、高く売るとかいって、ドロンと消えてなくなるという場合も、ないことはないが、それくらいのことは、他の職業の近代人も、ちがった形で、平気で行うのである。

そして、良心という問題であるが、たとえ、右のような所業を、平気でやる者があったにしても、彼等が、芸術的良心まで、捨て去ったと見るのは、早計である。

「この子、イケますよ。この子なら、絶対……」

というようなことをいって、全然、才能のないタレントを、売込む場合は、彼等に一片の良心なきように見えるが、自分の気に入った〝上物〟（文芸物）の番組の時には、別人のように、商売を忘れて、他のプロダクションの適役タレントを、推薦するようなこともある。

これは、日本のテレビの歴史が浅く、マネジャーも、徹底したクロウトになりきれない段階にあるのかも知れないが、ソロバンを片手に持ちながら、根っからの芸術好きという連中さえいるのである。

というのも、どのマネジャーにしたって、世の中へ出た途端に、その職業についたわけではない。皆、何かの成れの果てなのである。テレビ局の勤めをしているうちに、どうも面白くなくなって、自由な職業であるマネジャーを、選んだ者もいる。タレントの付き人をやっているうちに、マネジャーの方がワリがいいと思って、転業した者もある。もっとも、これは、女のマネジャーであるが、この職業、決して、男性の独占ではない。

しかし、マネジャーの前身で、一番多いのは、彼等自身も、タレントだったという場合である。もっとも、テレビ・タレントばかりとは限らない。有名歌手の弟子で、いつまでたっても、ウダツが上らなかったとか、或いは、大衆劇団の下回りだったとかいう例もある。

坂井モエ子のマネジャーの飯島なぞは、新劇団にいたことがあった。もっとも、三大劇団というような、由緒あるところではないが、とにかく、若い者ばかりで、小さな劇団をつくり、そこで、役者もやれば、舞台係り、切符売り、何でもやった。

そして、ガヤ（通行人）として、テレビに出たりしてるうちに、劇団がツブれた。その後は、テレビ・タレントになるつもりで、役もつかないのに、セッセと局通いを始めた。こういうのを、テレミ・タレントというそうで、テレビ局へくることはくるが、一向に出演しないで、他人のやってるテレビを見て暮してる意味である。今もって、このテレミ・タレントは、どの局の廊下にも、何人となく、群れをなしてる。

それほど、テレビは、恐ろしい執念をいだかせるが、飯島の場合は、芸のヘタなことと、人間に愛嬌のあるのが、一徳となって、局の人から、可愛がられ、タレントの口入れ業を、すすめられた。

「お前、とても、芸の方じゃ見込みないから、人の芸で、飯を食うようになったら、どうだい？」

彼は、決して、バカな男ではなかったから、その忠告に従った。その頃は、プロダクションの数も、今ほど多くなかったから、彼の商売は、着々として、地歩を築いた。役者クズレのおかげで、タレントには顔が広く、また、アクドイことができない性分なのも、かえって成功を助けた。

「マネジャーってえのは、要するに、ガイドなんだよ。テレビ局が山で、タレントは登山家さ。そして、マネジャーは、山のガイドってわけさ。いいガイドがつかなけれア、安全な山登りはできねえだろう。おれア、そいつを、心がけてるんだ」

彼は、少し、酒でも回ると、よく、そういうが、ピンハネが商売の職業でいながら、そうひどいことはやらなかった。

それでは、彼が道徳家かというと、そうも思われない節がある。見え透いたウソも、平気でつくし、約束も、よくスッポかす。強いていえば、彼は、自分の職業が好きで、タレントを愛してるのかも、知れない。

エトワール・プロダクションという名が、彼の事務所の入口に出ているが、所属のタレントは、ほとんどドラマ・タレントだった。それも、新劇出身者が多かった。

坂井モエ子が入会したのは、古いことだが、飯島は、彼女に接近して、ついに、所属のタレントたることを、承諾させたのである。それは、彼がモエ子のワキ役役者の芸を、高く買っていたからであるが、彼女が新劇出身ということに、一層の魅力を感じていた。

「新劇の人は、どこか、ちがうからなア」

彼は、自分が途中で止めた新劇に、いつまでも、郷愁を持っていた。その点は、モエ子の心境と、そっくりだった。新劇とは、麻薬のように、一度、口にしたら、忘れられなくなるものなのか。

自分の趣味なぞ持っては、商売の妨げであるが、彼の心の奥には、いつも、〝新劇好き〟がひそんでいた。新劇的な台本、新劇的な演技の役者だと、商売を忘れて、好意を持つのである。

彼が、坂井モエ子を大切にするのは、決して、彼のドル箱というだけの理由ではなかった。彼は、モエ子のマネジャーたることを、誇りとしていた。

ところが、最近、彼は、丹野アンナに熱を入れ始めたのである。

飯島は、劇団新潮の〝河馬《かば》〟の公演を見に行った。プロデューサーとか、マネジャーとかいうものは、多忙なくせに、新劇の公演をのぞきに行くのは、新人発掘が目的なのだが、その時に、丹野アンナの舞台を見て、一目で、惚れ込んでしまった。

「これア、カッコよくて、シビれて、ハートある役者だ！」

彼は、テレビ人語で、胸中に叫んだ。

これを、普通語でいうと、彼女の芸はスマートで、強い感動を与え、人に訴えるものを多くもつ——つまり、最高の素質があるということになる。

彼は、職業人として、役者の鑑別力を持ってるが、どうやら、目一ぱい以上に、アンナを買ってしまった。彼の新劇ビイキが、そうさせるのだろう。

有望な新人を発掘すれば、それが次第に売出していくにつれ、ギャラが高くなるから、マネジャーの手数料も殖えてくる勘定で、彼のアンナに対する熱の上げ方も、ソロバンずくではあったが、それだけでもなかった。

その証拠に、彼は、アンナの結婚披露の切符を、十枚買った。一万円である。そして、もっと驚くべきことに、当分の間、アンナから、手数料をとらないことを、宣言したのである。

「あんたの生活の苦しいのは、わかってるからね。当分、ぼくもサービスするよ。その代り、あんたが出世したら、沢山、貰うさ。そして、他のプロダクションには、絶対に入らないことを、約束してくれ給えね」

アンナとしては、棚からボタ餅のいい話だった。

彼女が、劇団新潮の座員として、テレビに出れば、二割の払い戻しを、要求される。普通のプロダクションは、一割であるが、飯島のところでは、タダで世話してくれるというのである。

しかし、劇団新潮では、座員は、必ず、座のマネジャーの手を経て、テレビや映画に出演し、また、必ず、所定の二割払い戻しをする内規があった。

公然と、内規を破ったアンナは、結婚披露式から、数日の後に、劇団幹部から、烈しい叱責を食った。

その時に、アンナがおとなしく、引き退れば、問題はなかったのだが、

「あたし、今のままでは、とても、食べていかれないんです。どうしても、いけないとおっしゃるんでしたら、当分、座を休ませて下さい」

「当分の休座なんて、病気でない限り、認めないよ」

「じゃア、永久に、休ませて下さい」

と、彼女は、退座を口にしてしまった。

「やっと、劇団員になったばかりなのに、ナマイキな奴だ」

と、幹部は、カンカンになって、怒ったが、

「いいよ。いいよ。ぼくが、ついてるよ。ぼくが、ジャンジャン売込んで、今の収入の何倍も、瞬く間に、稼がせて見せるよ」

飯島は、むしろ、アンナが自由の身になったことを、喜んでいた。

一口にいって、飯島は、アンナにホれてしまったのである。

プロデューサーとタレントの情事は、よく聞かされるが、マネジャーの方は、まず、ソロバン専門である。もっとも、絶無というわけではない。何しろ、マネジャーの売込み方一つによって、出演の回数も、ギャラも、大いにちがってくるので、慾の深いタレントが、わが身を提供するという場合が、生じてくる。

しかし、マネジャーの方から、手を出すという例は、稀れなようである。菓子屋のオヤジが、自分の店の品物を、ツマミ食いしないようなものである。

飯島は、自分の店の菓子に、食慾を動かしたのであるが、これを、百パーセントの情《じよう》痴《ち》と考えると、ちょいと、見当がちがう。

彼は、アンナが塔之本勉君という男と、同棲生活を送ってるのを、よく知ってるし、二人の仲に、ヒビを入らせようとする量見は、少しも、持っていない。彼自身も、妻子

があり、家を忘れるような男でもない。

それなら、アンナの才能だけにホれてるかというと、そうでもない。彼女の顔も、声も、彼女という女全体が、すっかり気に入ってるのである。会えば、うれしくなって、何でもいうことを、聞いてやりたくなる。ことに、彼女が劇団新潮を除名されてから、身の入れ方は、大変なもので、〃まかしとき〃とか、〃親船に乗った気で……〃とか、いうようなことばかり、口にしてる。

アンナを売出そうというのは、彼の商売上の一つの道楽であり、そういう気持がなければ、〃テレ牛〃といわれて、年中、頭を下げてる職業に、救いがないのかも知れない。しかし、別な方面から見れば、アンナに、はかないプラトニック・ラヴなぞというものは、考えられるだろう。プラトニック・ラヴを懐いてるとも、現代で捕獲されない珍鳥のように、思われるが、案外、そうでない。人間関係が多忙になり、複雑になってくると、面倒の少いこの恋愛方式が、愛用されないとも、限らないのである。

アンナの方でも、飯島の好意が、反映しないわけはなかった。

「飯島さんて、とても、いい人ね」

彼女は、仲間のタレントにも、良人の勉君にも、吹聴を忘れなかった。

「そう？」

仲間の女性は、クスクス笑った。

飯島は、決して、誰に対しても、寛大なマネジャーではなかった。もっとも、誰に対しても、ノー・コミッションだったら、彼は、忽ち破産してしまうだろう。アンナに対して、特別待遇を与えてることだの、彼女の売込みに狂奔してることが、眼のはやいこの世界の人間に、異常と映らないはずはなかった。

「アンナちゃんと、デキてるんじゃない?」

その噂は、まことしやかに、仲間の間に、伝えられていた。

しかし、アンナは、一向、平気だった。むしろ、彼女の方から、積極的に、デキているのではないかと、思わせるような態度を、人前で見せていた。

吉祥寺といっても、練馬区に近い方に、ゴミゴミした家並みがあった。その横通りに、二軒長屋の二階家があって、〝編物教えます〟と看板を出した玄関口が、いかにも貧相だが、それが、勉君とアンナの大家さんの家だった。

モエ子も、今の高級アパートへ移る前には、ここから遠からぬ場所に、自分の家を持っていた。勉君と二人で、七年間も一緒に暮したのだが、五間ほどの小ザッパリした家で、現在の勉君とアンナの寓居《ぐうきょ》に比べれば、天地の隔りがあった。勉君も、新家庭を持つなら、いっそ、知らない土地へ行った方が、よさそうなものだが、そこは、不精者であって、土地カンのある場所を、うろついたに過ぎなかった。

格子戸を開けると、狭い玄関があって、老未亡人の編物先生の居間に通じるのだが、そこへ入らずに、二階へ登る階段がある。恐らく、最初から、二階を貸間にする設計なのだろう。

二階は六畳で、奥行き半メートルぐらいの床の間がついてるが、カケモノのようなものはかけてない代りに、〝河馬〟の舞台写真が、何枚もピンでとめてあり、床板の上も、勉君の書籍を積み重ねただけで、置き物代りにしてある。折りたたみ式のチャブ台が、室の中央にあって、これだけは新調らしく、黒く塗った鉄の脚が、光ってるが、その両側に敷かれた座布団は、どこで探してきたのか、汚れきった上に、綿までのぞいてる。ことによったら、劇団新潮の稽古場の小道具を、失敬してきたのかも知れない。

雑然たる中でも、混雑を極めてるのは、外に面した三尺の廊下であって、突き当りに、置き流し台があって、鍋類と洗面器が棚の上に、同居してるのは、ここで、食物も洗い、二人が歯をみがく場所にも、なっているのだろう。

廊下に、ブリキの米ビツ、石油コンロが列んでる。電気炊飯器には、手が届かなかったと見えて、それで飯も炊くのだろう。その他に、旧式な七リンも、列んでいる。その他、新聞紙に包んだジャガ芋、ニンジン、玉ネギなぞも、顔を出してる。醤油ビン、砂糖壺も、眼につく。つまり、廊下が、炊事場に使われているらしいが、どうやら、その使用者は、勉君自身が多いと見えた。もし、アンナが炊事をするのだったら、かりにも、女の身であるから、こうまで、乱雑なことにはならなかったろう。

しかし、この二階は、わりかた見晴らしがよくて、その上、樹木の多い界隈だから、昼間だったら、青葉若葉の間に、遅咲きの八重桜ぐらい見えるのだが、もう、すっかり、戸を閉め切ってある。勉君が、一人で、晩飯をすませたのも、三時間ほど前である。

しかし、彼は、チャブ台の前に、洋書と辞書と原稿用紙を列べ、一心に、飜訳の仕事に、熱中してる。飜訳といっても、フランスの演劇論の下訳であって、彼の名前で出版されるわけではないが、せめて、そんな仕事でも、引き受けないと、八千円の月給では、アンナに頼り過ぎることになる。

仕事が、一区切り済むと、勉君は、ゴロリと、仰向けに、寝転んだ。モエ子の家にいる時も、よく寝転ぶ男だったが、あの頃には、上等なソファがあった。今は、センベイ布団と、固い畳があるだけである。しかし、そんなことを、一向、苦にする男ではなかった。

「アンナの奴、今日も、おそいな」

といって、彼は、そのことも、苦にならなかった。彼女の帰りがおそいから、こうやって、内職の仕事もできるのであって、一人きりで、本を読んだり、ものを書いたりするのは、彼にとって、むしろ愉しみの一つだった。

女房の帰りのおそいのは、モエ子と同棲期間中にも、慣れきっているので、べつに問題にする気はないのだが、

「しかし、おれに相談なしに、座をやめやがったのは、困ったもんだ……」

これは、最近の勉君の頭痛の種であった。

それも、あのような、風変りな結婚式をやった直後だったから、困るのである。彼等二人の計らいではなかったといっても、座員の大部分から、千円の会費を貰い、そのうちから五百円ぐらい、儲けてしまった後だから、困るのである。

「アンコ（アンナの座内のアダ名）は、まさに、食い逃げだね、ベンちゃんは、居残りで、つかまっちゃったというわけか」

そんな蔭口も、聞かれるのである。

そして、アンナの不評は、相当だった。もし、アンナが幹部女優とでも、衝突して、退団したのだったら、同情者も出たろうが、テレビ専門に転向したのだから、一種の変節者扱いを受ける。

「アンコも、素質があるのに、バカな奴だ」

と惜しむ者もあれば、

「もともと、あの子は、ガメツかったんだよ」

と、ケナす者もあったが、大部分が彼女を軽蔑した。

ところで、肝心の勉君は、あんなに、アンナのテレビ出演に、反対したのだから、誰よりも、彼女の所業に怒りそうなものだが、彼女がテレビ・タレントになるために、退座したとは、信じていなかった。

「あたし、他の新劇劇団へ入りたくなったのよ。だって、〝新潮〟の幹部連中と、何年待ったって、理念の一致は見られないから、個人的な分裂運動を、起したのよ。相談しなかったのは、悪かったけど、幹部と話してるうちに、カーッと、頭へきちゃって……」

と、勉君に弁解した。人を疑うことの嫌いな勉君として、それを信ずる外はなかった。

そして、アンナは、自分の理想に適《かな》った劇団を見出す間、生活費稼ぎとして、テレビに出演するのを、許してくれといった。

「何だか、以前と同じことになってきたぞ」

勉君は、モエ子との同棲時代を、思い出さずにいられなかった。しかし、モエ子は、もう、新劇に志を失った女優であるに反し、アンナは、初一念を堅持してるところが、大きな違いだと、思い直した。

そうはいっても、勉君は、同棲してからのアンナが、予期に反する女であったことを、気づく機会は、少くなかった。

第一に、彼女が、よく、ウソをつくことである。

「今夜は、二本もビデオどりがあるから、徹夜だと思うわ。明日の朝帰ってくるわ」

〝外泊〟と聞いて、勉君は、ギョッとしたが、モエ子だって、そういうことは、よくあったので、気にしないことにした。

しかし、そのウソは、じきにバレた。飯島が、勉君と会った時に、彼の事務所で、夜通しマージャンをやったことが、判明したのである。もっとも、稽古はなかったのではなく、十一時に上ったのだそうだが――

「モエ子先生に会ったら、あんたによろしくって、いってたわよ」

これも、ウソなのである。〝社長夫人〟の始まりの頃で、モエ子は、アンナに顔をそむけてばかりいて、口をきく気もなかった。たとえ、口をきいたとしても、先夫によろしくというようなことを、今の妻にいうはずはなかった。

また、彼女が勉君に、毎日、コロッケばかり食べさせてるというのも、ウソである。彼女は、晩食の時間に、ほとんど、家に帰ったためしがないから、どんなものも、良人に食べさせるわけがない。市場のコロッケは、勉君が、自分で買いに行ったのである。

そういうウソを、何の目的のためにつくか、何人も、理解できないだろう。彼女の利益にならないウソでも、平気でつくのである。だから、ウソをついて、やましいという気持は、毛頭ないらしい。また、ウソとホントを、それほど区別しない性癖《せいへき》も、持ってるらしい。

あれほど烈しく燃えていた、新劇の理想を、一夜のうちに、テレビの野望に乗り替えてしまったのも、一つのウソといえるかも知れないが、当人は、何の反省も持っていない。

ただ、勉君に対しては、少し、キマリが悪いと見えて、初一念をひるがえさないようなことをいってるが、無論、それもウソである。

彼女は、何でもいいから、芸能の世界で、出世がしたくなったのである。劇団〝新潮〟では、先きがつかえている上に、幹部から睨まれてるアンナが登用される機会は、そう近いとも思われなかった。

彼女が、思い切って、劇団を飛び出したのは、〝社長夫人〟の娘役で成功したので、テレビ・タレントとして、躍進する好機をつかんだと、思ったからである。

もっとも、彼女だって、今度が最初だったら、そんな野望も懐かなかったろうが、研究生時代から、アルバイトをやっていて、テレビ・タレントの世界を覗いていた。

この世界に入ると、誰も、人と競争したくなり、人を押しのけても、スターになりたくなる。スターになれば、どんなことが待ち受けてるか、誰も考えない。ともかく、スターになって、多額のギャラをとって、世間に名を謳われて——という熱病の患者にならぬ者はない。

アンナのウソツキについては、勉君も、困ったものだと、思うのだが、そのわりに、気にしていない。

「女のウソって、可愛いものだ」

と、思うことすらある。

また、彼女が、家事に全然無能力で、料理はもとより、洗濯だって、ロクロクしたことがないのは、普通の亭主なら、我慢のできぬことであるが、彼は、その点も平気である。

「一種の天才少女なんだからな。仕方がないよ」

と、彼女の分の汚れ物まで、自分で洗濯してやることもある。

そんな所業を知ったなら、モエ子は、どれだけ怒るかも知れない。彼女と同棲中の彼は、横の物をタテにもしないくらい、不精者だったのである。モエ子も、決して、家庭的な女ではなかったが、勉君の身のまわりのことに、絶えず気を配る神経だけは、持っていた。朝飯は、必ず、自分でつくったし、勉君が、汚れたシャツなぞ着ていようものなら、

「まあ、みっともない。さ、早く、お着換えなさい」

まるで、母親が小学生の息子に対するように、ワイシャツを着せて、ボタンまでかけてやりかねない有様である。もっとも、彼女は、自分で洗濯ものをする時間がないから、何でも洗濯袋の中に入れて、洗濯屋に回してしまうのだが、とにかく、汚れに注意することにかけては、人にすぐれた眼を持っていた。

ただ、留守が多いというだけで、家へ帰ったモエ子は、よく気のつく細君だったが、勉君にとっては、それが、少しウルサイという気味が、なくもなかった。単に、ウルさいというよりも、半ば扶養を受けてるせいか、絶えず、彼女から支配を受けてるようで、屈辱感もともなった。生活革命の何のと、むつかしいことをいうけれど、その辺のことも、彼の家出に関係がないこともなかった。

アンナと一緒になってからは、その気遣いは霧消したけれど、今度は、勉君が彼女の世話をしてやらなければならない事ばかり殖えて、少し、閉口してる。彼だって、三日に一度は、劇団新潮に顔を出さねばならないし、そう家に引き込んで、掃除や洗濯ばか

りやってもいられない。

「明日は、座へ行くから、君、外へ出る前に、家の仕事やっといてくれよ」

と、前夜のうちから、頼んで置いても、

「いいわよ、全部、かたづけちゃうから……」

と、いうのは、返事ばかりで、アンナは、悠々と朝寝をし、何も、ほったらかして、テレビの仕事に、出かけてしまう。夕方、勉君が帰ってくると、家の中は、前夜よりも、乱雑になっていた。

「女のダラシのないのも、可愛いものだ」

最初のうちは、そんなノンキなことを、考えていたのだが、この頃は、少し、当惑してきた。屈辱感を忍びながらも、キチンとした生活をしていた荻窪時代が、懐かしくなることもあった。

しかし、勉君は、ノンキな性分であって、まるで〝ますらお派出夫〟のような身分になったといっても、そう悲観してるわけではない。

「モエ子と一緒にいた時だって、まア、留守番みたいなもんだったからな」

だから、我慢のできない苦痛ではなかった。

ただ、問題は、アンナが、どうやら、完全にテレビの俘《とりこ》となりそうな点である。これは、重大な心配である。

「どこかの劇団へ入るとは、いってるけれど、べつに、運動してる様子もないし……」

アンナは、新劇に対する初志をひるがえさないといってるのも、どうやら、勉君に対する口実ではないかと、思われてきた。

「まったく、惜しいよ。あの才能を、テレビで、朽ち果てさせるなんて……」

勉君は、今でも、アンナの素質の高さを、信じていた。テレビへ出演して、好評なのも、彼女の持ってる才能のほんの片鱗が現われたので、極めて当然のことと、思っていた。

一体、彼がモエ子の許を飛び出したのも、アンナの色香に迷ったのか、どうか、疑問であった。少くとも、自分では、この大女優の卵を育てて、立派な鳥にするのが目的だと、信じている。無論、〝新潮〟にいた時から、アンナは有望視されてはいたけれど、そんな研究生は他にも数名いて、誰も、勉君ほどに彼女を買う者はなかった。

勉君だけが、常に、熱心な指導者だった。戦前に、作文の天才少女がいて、彼女の書いた文章が、大雑誌に載ったり、映画になったりしたが、蔭の人として、彼女の作文の先生がいた。彼女の才能を伸ばしたのは、その先生の力だといわれた。勉君は、その先生の役を、買って出たともいえた。

しかし、勉君の本職は、舞台画家であって、役者でも、演出家でもなかった。従って、天下晴れて、指導者らしい顔をするわけにもいかなかった。そのために、劇団の親しい仲間まで、アンナの色香に迷った勉君として、取扱うのだが、彼の本心は、相当、良心的なのである。

「でも、アンナと、あんなに年がちがい過ぎるんだから、そう思われても仕方がねえや」

彼は、友人にヒヤかされても、弁解はしないで、ニヤニヤするだけだった。

しかし、アンナの一筋な、健全な成長を、彼ぐらい、熱心に祈ってる者はないから、彼女のテレビ出演は、どうも、面白くないのである。また、勉君ほどのテレビ嫌いも、ちょっと、類がない。今の貸間住いでは、テレビ器どころではないが、モエ子と住んでる頃には、立派な機械があった。それなのに、彼が、スイッチを入れるのは、野球かボクシングの中継ばかりで、ことに嫌いなのが、テレビ・ドラマだった。時に、モエ子に頼まれて、彼女が出演する〝表通り……〟なぞを、見ることがあっても、

「醜態見るに忍びないよ」

と、じきに、スイッチを切ってしまった。テレビ・ドラマを、頭からチャチなものと、きめてしまって、それに出演する細君まで、露店で芸の切り売りをしてるような醜態と、感じてしまうのである。

今度の家は、電話がなくて、アンナは、職業上の不便を、かこっているが、テレビもないことは、勉君を喜ばしてる。現在の細君や、先妻が、テレビの画面から、彼を襲ってくる心配がない。しかし、

「何とかして、アンナのテレビ稼ぎだけは、やめさせたいんだがなア……」

という考えは、一日も、彼の頭から去らなかった。

それも、劇団新潮に籍があって、アルバイトしてる時代は、まだ、安心できたが、今では、糸の切れたタコのように、どこへ飛んでいくのだか、気がかりでならない。

「といって、生活のためだと、いわれれば、一言もないし……」

さすがの勉君も、この頃は、大分、ショげてきた。前妻がテレビで稼いだ金で、扶養されるのが、いやだったから、家を飛び出したのに、新妻の方も、同じ状態になってきたのだから、クサるのが、当然である。

「まア、仕方がない。飜訳の下請けでも、一所懸命にやって、生活費の足しにすることだ……」

彼は、ムックリ起き上って、チャブ台へ向った。

「それにしても、アンナは、もう帰ってきそうなものだ……」

彼は、腕時計を見た。十一時を過ぎていた。

モエ子と一緒にいた時でも、彼は、細君の帰りのおそいのを、気にしたことはなかった。眠くなれば、サッサと、先きに寝てしまうのである。アンナと新生活を始めてからも、そんなことは、度々だった。今夜は、飜訳仕事なぞやって、頭が冴えたのか、なかなか眠気がささず、初めて、細君の帰りのおそいのが、気になった。

そのうちに、外へ、自動車の止まる音が、聞えた。

「アンナの奴、また、駅から乗ってきたな」

帰りがおそくなると、駅のタクシーをフンパツするのは、道が寂しいからという理由であったが、実は、テレビ・タレントらしく、ふるまいたいからだろう。飯代を欠いても、タクシーを利用したがるのは、その昔、モエ子の駆け出し時代にも、やったことである。

やがて、専用の階段に、足音が聞えて、ガラリと、フスマが開いた。

「今晩は……」

意外にも、それは、モエ子やアンナのマネジャーの飯島だった。

「やア、君か」

勉君も、モエ子の家にいた頃から、顔なじみであり、最近は、アンナの仕事のことで、よく、この二階を訪れた。

「いつものソバ屋さんに、呼び出しを頼んだんですがね。もう、おそいからとか何とかいって、取次ぎをしそうもないから、あたしが飛ばしてきたんですよ」

飯島は、国産の小型車を持っていた。自分で運転して、用を足すのだが、その方が、万事に能率的で、且つ、安上りだといってる。

「それア、ご苦労さん……。ところで、アンナは、どうしました」

勉君は、チャブ台の向う側へ、飯島を招じながら、そう訊いた。

「それがね、今、話しますがね、それよりも、アンナちゃんの最近の進境——どうです。どこまで伸びていくんだか、見当がつかないじゃありませんか」

飯島は、高ッ調子で、始めた。

「へえ、そんなに、いいんですか。うちにア、テレビがないから、見てないんですがね」

と、気のない返事を、飯島は憤慨するように、

「ひどい！　あなた、奥さんの出るテレビ、見ないんですか。そんなことって、ありませんよ。無論、奥さんがホトケになる（絶句すること）ようなところは、見ない方がいいが、すばらしい演技だけは、見なければ、バチが当りますよ。何なら、一台、寄付しましょうか」

「それにも及びませんね。ぼくア、テレビってやつ、あんまり、虫が好かないんだ」

「変ってますね。テレビの嫌いな日本人って、聞いたことないな」

「べつに、テレビそのものが、嫌いなわけじゃないんだがね。現在のテレビ・ドラマの行き方には、どうしても、我慢がならないし、テレビ・タレントの在り方についても……」

「でも、前から見れア、ずいぶん進歩したし、タレントだって、アンナちゃんのような優秀な人は、ドンドン、出世ができる時代になってきましたからね」

「その出世が、こわいんだ……」

「え、出世がこわい？　変ってるね」

「君にアわからん問題だ」

勉君は、上品な、高い鼻柱を見せて、横を向いた。

「まア、何でもいいや。だけど、あんただって、アンナちゃんの優秀さは、認めるでしょう」

「無論。ぼくは、彼女は天才だと、信じてる……」

「ほんと？　これア話が合うね。あたしも、アンナちゃんは、天才と思ってるんです。あたしも、長い間、タレントを手がけてきたが、アンナちゃんみたいな、カンのいい子は、初めてでね。セリフといい、シグサといい、まるで、ちがうんです。顔は、それほど、美人といえないかも知れないが、いつも、表情がイキイキして、あれくらい、眼玉のよく動く女優さんは、滅多にいませんぜ。どうも、日本人てえものは、眼玉が動かねえものなんでね」

「それア、アンナの頭脳の感度が、速いからなんだ」

「そうかも知れねえね。そこへいくと、あんたの前の奥さんなんか、長年、叩き込んだ芸で持ってるんだけど、カンはあまりいい方とはいえないね」

「彼女は、天才ではない。だが、努力家であった……」

「その通り。でも、モエ子さんだって、あれくらい、押しも押されないタレントになるんだからね。アンナちゃんは、まったく、どこまで出世をするんだか――そう思うと、あたしも、商売気を離れて、後押しがしたくなるんですよ」

「それア、わかったが、君は何で今ごろ、ぼくを訪ねてきたんです」

勉君は、話が一段落すると、対手の用向きが知りたくなった。

「それが、いろいろの用向きなんで、一口にア話せないけれども、あたしがどれだけ、アンナちゃんの芸に打ち込んでるかってことは、是非、塔之本さんのお耳に入れとかないとね……」

「それは、わかりましたよ」

「いや、どこまでわかって下すったか……」

「君が、ぼくたちの結婚式の切符を、十枚買ってくれたことも、知ってますよ。あれア、アンナに対する厚意で……」

「情けない。それっぽっちのことを……。あたしアね、商売始めて、一番の大物として、アンナちゃんを、育ててみせます。きっと、売出して見せます。必死ですよ、あたしア……」

「ぼくもね、アンナを大きく育てて見たいんだ。ただし、飽くまで、新劇女優としてね……」

「それア、結構ですが、新劇の人も、皆、テレビへ出てるんですから……」

「そいつが、ぼくには、気に食わないんだ」

と、勉君の持ち前のガンコさを、そろそろ出し始めたが、対手は、どこまでもケンカしない方針らしく、

「それア、アルバイトしないで、暮してけれア、申し分ないんだが……。ところで、塔之本さん、あなたも、一つ、アルバイトやって見る気はありませんか」

飯島は、意外なことをいった。

「ぼくに、通行人の役でも、くれる気なのかい」

「冗談いっちゃいけない。あんたまで、タレントにする気はありませんよ。テレビ以外の大きな仕事で、あなたの本職の方の腕を、ふるって頂きたいんで……」

「わかった。大衆劇の装置をやれって、いうんだろう。ご免だね。ぼくは、新劇だって、〝新潮〟の仕事だけしかしてないんだから……」

この辺が、勉君のエラいところであって、安い下訳のアルバイをやってるくせに、いい話に耳を傾けない。

「そうですか。それア、惜しいな。いえね、あたしの知ってる映画プロデューサーが、今度、文芸映画をとるんですがね。その男から、新進の装置家に、新しい仕事をやって貰いたいから、誰かいい人はないかって、頼まれたもんですからね……」

と、飯島は、いかにも惜しそうに、そういった。ついでに、汚くて乱雑な室内も、改めて、もう一度、見直した。

「何、映画?」

すると、勉君が、わが耳を疑うように、反問した。

「そうです。映画なんですよ」

「映画なら、別だ。詳しく、その話を聞かしてくれ給え」

勉君は、急に、乗り気になってきた。

映画の仕事のアルバイトなら、彼の先輩たちも、よくやっていて、べつに、不名誉にならない。演劇と別種の世界だからだろう。そして、装置料も、演劇とは比較にならない大金が、手に入るのである。

飯島の話は、お座なりとも思えない、調子があった。もっとも、なぜ、彼が、そんないい話を、深夜、わざわざ、勉君のところへ持ってきたかについては、疑問があった。飯島のアンナに対する情熱は、わかっているが、勉君にまで、ホレこんだわけではあるまい。

しかし、勉君は、あまり耳寄りな話を聞いたので、そんなセンサクをする気になれなかった。それでなくても、人を疑うことを、知らぬ男なのである。

「しかし、映画の仕事は、初めてなんでね。自信は、持てないんだが……」

勉君は、正直なことをいった。

「なアに、あなたは、加藤先生の系統なんでしょう。あの先生は、しょっちゅう、映画の仕事をやってるから、コツを聞いてらっしゃいよ。それに、今度は文芸映画なんで、新しい装置でいきたいって、いうんですよ。型どおりのリアリズム装置では、かえって、困るんですって……」

「そう。それなら、何とか、ぼくにもやれるかも知れないが……」

「それから、お礼の方なんですがね。文芸物だから、大当りは期待できないから、沢山は出せないって、いうんですが……」

「沢山はいりませんよ。それに、初めての仕事だし……」

それは、本音だった。欲も、大したことのない男なのである。

「Eぐらいで、いかがでしょうって、いうんですが……」

飯島は、金の話になると、つい、テレビ界の隠語が出てくる。恐らく、音楽で使う外国語からきているのだろうが、E（エー）は3を意味するのである。

テレビも特殊世界であって、特殊の隠語略語が多いのであるが、名詞を逆にいうのも、その一例であろう。例えば、

「ジコシのチャンバーのギャラね、オクターブ・アップよ」

なぞという言語は、他の世界の誰にも通用しない。外国語に強い人には、オクターブは8を意味するのかと、危く、見当をつけるくらいのことである。

ところが、テレビの世界で生活する人には、忽ち、次ぎの意味が、伝達されるのである。

「越路のばあちゃんは、ギャラが八千円上ったのよ」

しかし、これは、事実とは関係ない。語法上の一例に、引用したにすぎない。

勉君も、いつも、アンナから、隠語略語を聞かされてるので、彼の示した数字ぐらい、判読する力がある。

「あア、三万円ですか。結構ですよ、それだけ払ってくれれば……」

と、満足そうに答えると、

「塔之本さん、何をいってるんですよ。いくら、文芸物でも、もう少しは、払いますよ。あたしのいってるのは、三十万円ですよ」

「え、三十万円？」

勉君は、奇声を発した。けだし、彼にとって、天文学的数字である。

「三十万円とくると、一体、何年食ってけるのか、わからない……」

そんな気がする、勉君なのである。一カ月三万円で暮しても、十カ月しか保たないなんてことを、急いで計算する必要はない。

それほど、三十万という数字は大きく、魅力に富んでいた。

「承知してくれますか」

飯島が、わざと、訊き返した。

「無論ですよ」

勉君は、声を高めた。

「それを聞いて、安心しました。それにね、塔之本さん、今度の仕事が成功すれば、一ぺんきりということは、ないものね。装置家の数が少いので、各社とも、腕のある人を狙ってるから、あんたのところへ、続々と仕事が舞い込みますよ」

「その度に、三十万円ですか」

「いや、もっと、上りますよ」

と、飯島は、口をすべらせた。今度の話だって、彼のリベートは別にして、勉君に話したのである。

「感謝しますよ。その話のために、わざわざ、こんな時間に……」

「いや、まだ、他の用事もあるんですが……」

と、飯島は、わざと、軽くいった。

彼は、勉君のマネジャーではないから、仕事を探してくる義務はないのだが、本気になって、映画の話を取次いだのである。無論、商売上の慣例として、多少のピンハネの利益はあるだろうが、決して、それが目的ではなかった。

彼は、勉君に自活の能力を、与えてやりたいのである。そういうと、大変、親切な男に聞えるが、アンナを売出そうとするには、その必要があった。彼は、アンナのために、勉君に親切にせざるを得ないのである。

なぜ、アンナを売出すために、勉君の自活能力が必要かというと、ちょっと話が混み入ってくる。飯島の眼から見た勉君は、女優のヒモに過ぎなかった。以前は、モエ子に扶養して貰っていたし、今はまた、アンナの稼ぎで、生活の大半を補っている。モエ子のような中年女優の場合は、ツバメを飼ってるといわれても、そう障りにならないが、アンナのような娘役のタレントに、悪いヒモがついてると、評判が立てば、出世の妨げである。そんな噂は、案外、世間に拡がりやすく、画面で、いくら無邪気な顔つきをして見せても、聴視者がついていかなくなる。

「何しろ、あのヒモを、とっぱらわなくちゃア……」

飯島は、この間うちからその決心を固めた。

「わざわざ、ご親切に、知らせに来てくれたのに、お茶も出せないで、恐縮だが、ビールぐらいあったかな……」

勉君が、廊下の隅へ、探しに立とうとするのを、飯島は慌てて、押しとどめ、

「いや、もう、頂いたも同然……。それよりも、もう一つ、話を聞いて下さい」

「まだ、あるんですか」

「いえ、決して、重大問題じゃありませんがね。アンナちゃん、今夜、仕事がおくれちまって、恐らく、C・T・Vで泊るかも知れません。それで、あんたが心配なさると、いけないと思って、車を飛ばしてきたんですよ。どうも、電話がないと、タレントも、商売に差支えますぜ」

飯島は、努めて、軽くいった。心中、勉君がどう出るかと、観察してるらしかった。

「あア、泊るんですか。いいですとも」

と、勉君は、一向に意に介しない。

「このところ、アンナちゃんのところへ、仕事が集中してるんですよ。こんな交通不便で、電話もないところへ住んでると、今に、あの人、体が疲れちまって、どうなるか知れたもんじゃない。そこで、明日の晩は、あたしんところへ泊れって、いってあるんですがね。家内や子供もいて、ガヤガヤした家だけど、便利な点にかけちゃ、ここと比べものになりません」

「お宅へご厄介になるんですか。悪いですな、それア……」

勉君は、てんで危惧の念を、現わさなかった。

「それで、アンナちゃんの寝巻きや、身の回りの物なんか、持ってくるように、頼まれたんですが……」

さすがの勉君も、この問いには、不審な顔をした。

「一晩きりで、そんなものまで、必要なんですか」

「いや、それが、一晩で済むか、二晩で済むか、仕事の進行によって、一週間以上、お家へ帰れないかも、知れないんでね」

飯島の言い草は、どこか、ウサンくさかったが、勉君は、降って湧いた映画の仕事の方に、心を奪われていた。

「ぼくの方は、何日帰らなくても、差支えありませんよ」

「そう聞いて、あたしも、安心しました。ご不自由でしょうが、あの人のためだから、辛抱して下さい……。やア、おそく上って、失礼しました」

と、帰り支度を始めながら、

「行く行くは、アンナちゃんのために、交通の便利なところのアパートでも、借りなけれアいけませんね。あんたは、こういう静かなところの方が、お仕事がはかどるでしょうが……」

と、念を押した。

彼としては、ヒモを取り除く工作の第一歩を、完了した気持だった。

といって、彼は、少しも、うしろめたいことはなかった。商売気をはなれて打ち込んだ、アンナというタレントを、是が非でも、大スターに育てたいからで、飯島もまた、夢の男だった。

野火止め

武蔵野の北隅に、平泉寺という禅林がある。

ずいぶん古い、大きな寺であって、由緒は、天授元年にさかのぼるという。もと武州《ぶしゅう》岩槻《いわつき》にあったが、兵火を蒙って現在の場所に移ったのである。檀那となったのは、川越城主の松平公で、菩提寺として扱われた。

それが寛文三年。その建物が、そっくり残ってるのだから、武蔵野では古刹《こさつ》の方である。それに、境内が非常に広くて、三万坪はあろう。もの寂びた七堂伽藍《しちどうがらん》も、広い密林の中に、ゆっくり収まっている。

総門、山門、仏殿、本堂、禅堂、いずれも、杉や松や檜の巨木に囲まれ、その中に、梅、桜、楓、竹等を、配している。野の寺であるが、実に樹木が多い。

それに加うるに、水がある。いわゆる武蔵野の野火止め用水の支流が、境内を大動脈のように、流れている。この付近は、地名も野火止めというくらいで、古来から、水の名所である。野火止め塚というのが、境内の外れにあるが、小高い丘であって、焼畑耕法を行う時の火勢を、見張ったのであろう。

野火止め用水は、もう細い水路となって、防火の用も怪しい上に、水も濁っているが、庫裡《くり》の中の井戸が、昔から名水の評が高い。発見者は、多分、茶人であろう。本堂の庭園に、茶室があって、江戸の茶人が来遊したらしい。

その井戸の水は、冷たく、柔かく、そして甘味がある。砂糖でも、井戸の底に沈んでるのではないかと、思われる。

その味を知ってるのが、可否会《かひ》の大久保画伯なのである。彼は、この寺の樹林を愛して、よく、スケッチにくるうちに、喉が乾いて、庫裡へ行き、水を一ぱい所望して、その味に驚いたのである。そして、スケッチに通う時には、必ず、そこの水を飲んだ。そのうちに、住職とも面識になり、水を賞めたり、画談を闘わせたりした。寺宝も、ゆっくり見せて貰った。

可否会の四月例会を延期して、初夏の野外へ持って行こうという話の出た時に、大久保が思いついたのは、この寺だった。今度の例会は、菅《すが》会長が茶道の野立てに慣って、戸外でコーヒーをいれることになっていたが、近頃、そんな静かな場所は、東京の近郊に見当らなくなった。ただ、コーヒーを飲むのが目的なら、我慢のできない場所が、ないことはなくても、会の後で、菅とモエ子を、二人きりで、ゆっくり語らせるという陰謀があるからは、井ノ頭や深大寺では、人目が多過ぎるのである。そこへいくと、この寺は、交通が不便な上に、入園料を徴収するので、人足《ひとあし》も、至って疎《まば》らである。

その上、水がいい。

可否会の同人ともなると、コーヒーの湯に用いる水質を、なんだかんだと、やかましいことをいう。

「あの水を、甘露というのだろう。絶対保証つきの水だ」

と、大久保が、ひどく宣伝するので、会場は平泉寺と、きまったのである。

五月初旬のよく晴れた日だった。

早午食《ひる》をすませて、一時に、池袋駅で落ち合った大久保、中村、珍馬の三人は、モエ子の来着がおそいので、ジリジリしていた。

「嫁さんが来なくちゃ、今日の会の意味がなくなりますな」

「萱さんの方は、荷物があるから、自宅から車で行くと、いってましたがね」

「萱さんは、堅い人だから、大丈夫だが、モエちゃんは、忘れたんじゃないかな」

「まさか。彼女だって、それほどノンキじゃありませんよ。それに、昨夜、電話で、念を押しといたんだ」

と、中村が弁護した。

「一体、今日の会てえものは、演出をきめとかないと、工合が悪かありませんかい」

と、珍馬が口を出した。

「そうさね。結局、二人を後に残すというダンドリが、必要なんだが、われわれが先きに帰る汐時が、なかなか、むつかしいな」

「あんまり技巧的だと、かえって、二人を神経質にさせるからね」

「あっしは、イの一番に、帰らして下さい。夜の席の都合がありますから、それを口実に、そうさせて頂きます」

と、珍馬。彼も、今日は、珍らしい洋服で、ハデな上着が、若々しい。

「よかろう。では、コーヒーを飲んだら、珍馬君は、すぐ、立ち去ってよろしい。でも、われわれは、不幸にして、夜の職業を持たないし……」

「いいじゃないですか、大久保さん、臨機応変でやれば……」

「その臨機応変で、とかく、ヘマをやるんでね……。じゃア、平泉寺を知ってるのは、ぼく一人らしいから、中村君を住職に紹介するとか、何とかいって、そのままズラかっちゃいますか」

「それも、作戦の一つに、加えといて下さい。いや、実際に、住職にお目にかかって、寺宝でも拝見してもいいですよ」

「後陽成天皇《ごようぜいてんのう》筆の老子の図と、〝重美《じゆうび》〟になってる開山《かいざん》の石室禅師の墨蹟《ぼくせき》は、一見の価値がありますよ。それから、野立ての席へは帰らずに、近道をして、山門を抜けちまいましょう。なアに、境内が広いから、二人の眼をくらますぐらい、わけはないです」

「怒りはせんでしょうな、菅さんは……」

「何、怒るもんですか。こっちが、スイをきかせるんだからね」

「それア、決して、腹なんか立てませんよ。昔から、色にはなまじ連れはジャマ、といいやして、ことに、野郎どもは、早く退散するに限るんです」

と、閑にまかせて、おしゃべりをしているうちに、

「や、来た、来た……」

と、大久保が、遠くから、人混みの中のモエ子の姿を、見出した。

「や、どうも、おっそろしくメカしましたなア、今日は……」

と、珍馬が、嘆声を発したように、モエ子は、ヨソイキの和服姿で、見ちがえるような厚化粧だが、さすがに、商売柄だけあって、そうイヤらしくも、見えなかった。

「すみません、お待たせしちまって……」

モエ子は、遅刻の理由を、いろいろ述べたが、ほんとの原因は、お化粧に手間取ったことと、着慣れぬ和服の外出で、歩みがおそかった点に、あるらしかった。

「今日は、モエちゃんが女王だよ。われわれ三人は、お供という格でね」

大久保がからかった。

「女王さま、少し、老けちゃってね。ヨタヨタしてますから、よろしくお頼みしますわ」

モエ子の気分も浮いてるようだった。

「どう致しまして。今日のおあでやかさといったら、クレオパトラ・クラスですよ。ど

うして、女てえものは、独り身になると、こう色気が出てくるもんですか知ら……」

珍馬が、マジメくさって、首を振る。

「恐らく、可否国の王さまも、ご満足でしょう」

中村教授までが、珍らしく、軽口をきいた。

可否会の連中が集まれば、すぐ、こういう空気が出てくるのである。それほど往来もしてないのに、顔を合わせれば、百年の知己のように、親しむのである。趣味を共にするというだけで、このような睦み合いが、生まれてくるのも、コーヒーの一徳だろうか。

西武線に乗って、清瀬駅まで。

途中、北武蔵野の広々とした風景が展《ひら》け、新緑の始まった田野に、鯉のぼりが各所にひるがえり、秩父の山々も青く見えた。

「一体、今日は、コーヒーの〝野立て〟というんだが、菅さんは、どんな趣向を見せる気かね」

大久保が、隣席の珍馬に話しかけた。

「大方、木の枝でも燃やして、茶釜でも湧かしますかね。まさか、茶センでコーヒーを、かき回しもしないと、思いますがね」

「アブクの出るコーヒーなんて、願い下げだね。しかし、あの人のことだから、単なる茶道の模倣は、やらんでしょう」

「でも、今日は、コーヒーは、二の次ぎじゃねえんですか」

モエ子と中村は、遠くの席に坐ってるので、珍馬は、声をひそめる必要もなかった。

「それアそうだが、やはり、コーヒーが出ないと、われわれが集まる理由がなくなるからね」

「一体、今日のお二人さん、見合いにしちゃ、おかしいですよ。今まで、サンザン見合った仲だもの……」

「そうだな。見合いじゃない。強いていえば、話し合いだ」

「二人を後に残して、ゆっくり話させるというのは、わかってますが、くすぐってえ気がするね」

「そうでもしなけれア、菅さんは、自分から機会をつくろうとしないからね」

「あたしア、うっちゃっといても、大丈夫だって気がするんですがね」

「なぜ?」

「割れ鍋に閉じ蓋っていうくらいでね。ハンパ同士が、ひとりでに、くっついちゃいますよ」

「そこが、そう簡単にはいかんから、われわれは、苦心してるんだ。君も、今日は、ぼく等と、心を合わせてくれなくちゃア困るよ」

と、いってるうちに、清瀬へ着いた。

清瀬駅からバスに乗って、十五分ほどして、平泉寺の総門前へ着いた。

「ホホウ。なかなか、いい寺だね」

巨木の杉林を生垣にして、古びた、カヤぶき屋根の門を中村が見上げた。

「山門の方が、もっと、いいよ」

大久保がいった。

「ここまでくると、ほんとの田舎ですな。おや、どっかで、蛙が鳴いてますぜ。蛙の声なんてものは、何年間も、聞いたことがない……」

珍馬も、風流を知ってるらしかった。

「あたし、こういう所が大好きよ。ほんとをいうと、テレビ・タレントなんかやめて、こういう静かな土地へ、引っ込みたいの」

モエ子が、感傷的な声を出した。

「それは、お見外れ申した。女史にして、そんな隠栖《いんせい》趣味があらんとは……」

「モエちゃんのような売れっ子が、そんなことをいっても、ファンが承知しませんよ」

大久保と珍馬が、ヒヤかしたが、

「それほど、売れっ子でもないわ……」

モエ子は、横を向いて、つぶやいた。

「ところで、菅さんは、どうしたろう。門の前で、待ち合わすはずだったんだが、中へ入っちまったのかな」

大久保は念のため、総門の脇口にある、寺の受付へ、聞きに行った。そこで、誰も、入場料を払って、境内へ入るのである。

「あら、あの車が、そうじゃない？」

国道から門前までくる支道を、土煙りあげて走ってくる、黒塗りの車があった。果して、そうだった。門前までくると、その車の中から、手を振ってる菅の姿が見えた。

「おくれてしまって、すみません。何度も、道を聞いたんですが、よほど、遠回りをしたらしい……」

車から降りてきた菅は、今日は珍らしく、セビロ服だった。坊主頭に、ジミな三つ揃いという姿は、本職の教授の中村よりも、教授らしく見え、とても花婿候補者とは、思われなかった。

「この辺なら、駐車も、やかましくないだろう。付近で、待っててくれ給え」

彼は、出入りのハイヤーの運転手にいった。そして、運転手が両手で運搬してきた、大きなバッグと風呂敷包みを、わが手に受けとった。

「お重うございますわ。一つあたくし、持ちますわ」

と、モエ子が、手を出そうとするのを、大久保と中村が、眼と眼で、うなずき合った。

「おッと、レディに、さようなことは……」

珍馬が、バッグの方を、ひったくった。

「じゃア、入りますよ」

大久保が先きに立った。入場料は、各自で払って、一歩境内へ入ると、きれいに掃除のできた石畳みが、山門に続いていた。

屋根は、ここもカヤぶきだが、建築は念が入っていた。左右に、小型ながら、よくできた仁王像が、金網の中に立っていた。

「凌霄閣《りょうしょう》と、額にありますね」

「石川丈山の筆だそうです」

誰も、閑静で、素朴で、新鮮のあふれた境内が、気に入ったようだった。

「まだまだ、東京の近くに、こんなところがあるんですね」

菅が、嘆声を発した。

一応、境内を歩くことになって、仏殿、本堂、観音堂、薬師堂、鐘楼と、訪ね回った。どこも、楓の若葉が美しく、杉の匂いが、鼻を打った。最後に、弁天祠のある放生池へ出た。

杉木立ちと叢《くさむら》に囲われた池で、昔は清冽《せいれつ》な水だったそうだが、今は濁って、淀んでいた。

「この池も、野火止め用水が、流れ込んでくるんだが、水不足で、用水そのものが枯れてしまって……」

大久保が説明した。

彼の話によると、それまでに歩いた境内の各所に、草におおわれて溝のようなものがあったのが、用水の水路だということだった。その水が、活きて使われた頃は、この寺も、北武蔵野という原野の信仰の中心だったのだろう。

「ちょいと、珍馬君、あの二人を、列んで歩かせるチエはないかねえ」

大久保が珍馬にささやいた。

「テレてるんですよ、お二人さん。でも、可愛いじゃありませんか、あの年で……」

萱は、いつも、先頭に立って、速や足に歩くが、それは、会長の位を意識してるというよりも、なるべく、モエ子と列ぶのを、避けるための工作と思われる。モエ子の方も、和服の裾さばきに、慣れないという風に見せて、列の一番最後を歩いているのは、萱との間隔を、置きたいためらしかった。そのくせ、萱が何かいうと、まっ先きに笑ったりするのは、彼女だった。

「ところで、萱さん、〝野立て〟の場所は、どこにします？」

大久保が訊いた。

「さア。なるべく、人の来ないところなら、どこだっていいでしょう」

萱も、案内を知らぬ所なので、そういう外はなかった。もっとも、入場者は至って少く、アベック一組、若い女の三人連れに会っただけで、人目は少なかった。

「じゃア、場所は、ぼくに任してもらって、これから、庫裡《くり》へ、ゴザと、水を貰いにいくから、珍馬君と中村君も、一緒にきて下さい」

と、大久保は、仲間に話しかけた。

「あたしも、お手伝いに参りますわ」

モエ子も、一緒に行こうとした。

「君は来なくて、よろしい。会長の身辺を、守護してくれ給え」

大久保は、そういって、仏殿の裏の石だたみを、歩き出した。

やがて、本堂の暗い、古びた庫裡へ入ると、かねて、打合せてあったので、寺男が、ゴザに添えて、赤いモーセンまで、貸してくれた。

「水は、ご自由にどうぞ……」

土間の中央に、古いツルベ井戸があった。桶を貸してくれたが、それは、墓参りに使うようなアカ桶で、竹のヒシャクがついていた。

「しかし、水だけは、天下一品……」

大久保が、ツルベの綱を引いた。

三人が一品ずつ持って、もとの場所へ帰ってくると、萱とモエ子は、よほど、打ち解けた様子で、対い合って、立っていた。萱の持っていた荷物の風呂敷包みの方は、いつか、モエ子の手に渡っていた。三人は顔を見合わせた。

「やア、お待ち遠さま。では、これから、会場へ……」

アカ桶を持った大久保が、先きに立った。林間の道を、しばらく歩むと、古い、大きな石燈籠が列んでいた。

「実は、藩公の廟所《びょうしょ》のある付近に、静かな場所があってね」

と、行先きを明かした時、皆が、大笑いした。

「誰が見たって、お墓参りですな、これア……」

「でも、赤いモーセンは、お花見ですぜ」

しかし、墓参でなかった証拠には、先頭の大久保は、藩公墓地と逆の方角へ、歩き出した。やがて、土地が小高くなり、赤松の林になった。その辺は、境内の外れであって、広い眺望が、松の幹をとおして、眺められた。

「どうです、菅さん、この辺は？」

「結構ですね」

そして、一同総がかりで、ゴザをひろげ、モーセンを敷いた。

「やア、いいお座敷ができた。ともかく、坐りましょう」

彼等は、順々に靴を脱いで、モーセンの上に、アグラをかいた。モエ子だけは、形よく草履を脱いで、キチンと坐った。

「モエ子女史は、暫らく、例会を欠席した罰に、皆さんの助手を勤めさせようじゃありませんか」

大久保が提案した。

と、中村と珍馬。

「賛成！」

「じゃア、女史は、菅さんの隣りへ坐り給え」

と、いわれて、モジモジしていた彼女も、覚悟をきめて、菅の側へ行った。

菅は、大型のボストン・バッグから、道具をとり出すのに、一所懸命で、テレる暇もなかった。

「今日は、湯を沸かすのに、セガレの登山用のコッヘルを、借りてきました」

といって、後から後からと、コッヘルや、湯沸し鍋、カップの類をとりだすと、モエ子が、カイガイしく、布巾で拭った。

「おや、会長さん、コーヒー沸しをお忘れで？」

珍馬が、コーヒー・ポットのないのに、気がついた。大切な道具がなければ、せっかくの催しも、コーヒーが飲めぬことになるから、一同、ハッとしたが、菅は落ちつき払って、

「今日は、こういう野外の催しですから、まず、山賊風でいこうと、思いましてね」

「なるほど、これは、ご趣向で……」

珍馬が、額《こうず》を叩いたが、山賊風というのは、コーヒーの最も原始的な、最もゼイタクないれ方であって、好事者以外はあまり用いないが、アメリカの一部では、常用されているという話である。

モエ子が、風呂敷包みを解くと、バゲット・パンや、バターや、紙製の皿が出てきた。

「コーヒーにする前に、せっかくの水を味わして頂こうじゃありませんか」

菅がいった。

コーヒーの前に水を飲むのは、一つの習慣だが、菅は、音に聞く名水を、カップに注

いで、味を見たかったのだ。

「うん、これア、すばらしい水だ！」

「へえ、そんなに、いいですか」

他の連中も、手桶の水をカップに注いで、飲み始めた。飲んで、ジッと味わって、

「なるほど、これは柔かくて、キメがこまかい」

誰も、感服した。

コーヒー飲みも、少し堂に入ってくると、水の講釈を始める。水道の水は、カルキが入っていていかんとか、井戸水はカナ気があって、面白くないとかいって、ミネラル・ウォーターを沸かして、使ったりする。可否会の同人なぞは、ことに、水にウルさいのであるが、その連中が口を揃えて、賞め立てるところを見ると、よほど、気に入ったのだろう。もっとも、この水を、東京へ持って行って、飲ませたところで、こうまで気に入るか、どうか。水の名所という暗示が、だいぶ効いてるらしい。

「山賊風をやるには、どうしても、水がよくないと、いけません」

菅は、イソイソとして、コッヘルの下の固形アルコールに、火をつけた。

「会長さん、山賊風てえのは、どういうところからきたもんですね」

と、珍馬が質問した。

「いや、荒っぽい入れ方だから、そんなことをいうんでしょう。人によっては、マドロス風とも、いってます」

そんな話の間にも、モエ子は、バゲット・パンを、輪切りにしたり、紙皿の上に、バターをとりわけたり、カイガイしく、菅の手伝いをやっていた。

「あたしア、そのいれ方だけは、まだ、飲んだことがないんで、今日は、愉しみですよ」

と、珍馬がいうと、大久保が、

「ぼくは、時に、自宅で行うがね、豆がうんと要って、あんな不経済ないれ方はないよ」

「そう。それと、カスが口につくのが、欠点だが、香りのいいことにかけては、あれが一番ですよ」

と、中村も、経験があるらしい。

「そろそろ、沸いてきましたな」

菅は、鍋の中をのぞき込んでから、プラスチックのコーヒー入れの蓋をとった。中には、今朝挽いたばかりの豆が、一ぱい入ってる。ただし、非常な荒ら挽きであって、一粒宛が見わけられるほどだった。

その粉を、彼は、沸騰する鍋の中へ、何杯も、投入した。その手つきも、優にしとやかであって、いつか、作法を身につけたらしかった。

「豆は、何でございますの」

モエ子が訊いた。

「いや、至って平凡です。モカとコロンビアとブラジル。入れ方が型破りですから、豆の配合は、おとなしい方がいいと、思って……」

萱は、もう、可否道の家元が、高弟に対するような、口のきき方を始めた。

鍋に入れられた粉コーヒーは、火山の熔岩のような色と形状を示して、ムクムクと盛り上ってくると、とたんに、こたえられない芳香が人々の鼻を打った。そして、茶褐色の細かい泡が、まさに、鍋の縁から、吹きこぼれようとする汐時を見て、萱は、サッと、鍋を降した。次ぎに、落ちつき払った手つきで、火を消した。

「それでよろしいんですか」

モエ子も、珍馬と同じく、山賊風は知らないので、学習心を起したらしく、熱心に質問した。

「いや、一分間ほど、このままにして……」

萱の声は、いやに優しかった。

それから、彼は、五人前のカップを揃え始めた。大型のスプーンが、鍋の側に、添えられた。

「もう、いいでしょう。ところで、鍋の中に、コーヒーの皮屑が浮くのを、山賊風にやれば、あたしがプーッと、口で吹くのですが、紳士淑女に対して、それは、恐れ多い……。モエ子さん、扇子のようなものを、お持ちですか」

と、彼は、隣りを顧みた。

「はい」

彼女は、ハンド・バッグを開けて、可愛らしい扇子を、とり出した。

萱が、モッタイぶった手つきで、鍋の中を、静かに扇いだ。シルバー・スキンという、コーヒー豆の薄皮が、多量に浮いてるのが、サザナミに乗って、鍋の一隅に寄った。中央の澄んだコーヒーを、萱は、大きなスプーンでカップに注いだ。無論、端坐して、大いに、気取った手つきで、注ぎわけるのだから、だいぶ時間が掛った。

一杯注ぐと、彼は、スプーンをモエ子に手渡した。

「今の要領で、どうか、お願いします」

「はい」

今日のモエ子は、ひどく従順で、すぐ、萱のマネを始めた。さすがに、役者であって、手つきも、手順も、そっくりそのまま、萱の示したとおりだった。これなら、天晴れな、師範代がつとめられるだろう。

それを見て、萱も満足そうに、

「どうぞ……」

と、合図をすると、モエ子が、まず、カップを三人の前へ配った。

大久保は、一口飲んで、声を発すれば、

「これア、うまい」

中村も、

「何ともいえんアロマ（芳香）です」

「なるほど、コーヒーは、山賊風に限りやすな」

と、珍馬も、舌鼓《したつづみ》の音をさせた。

萱も、モエ子も、カップをとった。

「こんな、上品な山賊は、見たことがないね。お頭《かしら》の萱さんにしても、アネゴのモエちゃんにしても、まるで、茶道の先生みたいだね」

大久保は、わざと、そんなことをいって、ヒヤかした。

「すると、都会の山賊ですか」

珍馬がいう後から、中村も、

「要するに、お似合いの二人ですよ」

山賊風が済んで、普通のドリップ風のいれ方にしてから、何度も、コーヒーが、会員の口に入った。コーヒーをいれるのも、萱ばかりでなく、モエ子もいれたし、大久保もやった。その間にも、大久保や、中村や、珍馬の胸の中では、いわず語らずに、今日の会の成功を認めていた。

「ご両人、思いの外、接近してるじゃないか。このぶんなら、こっちに、そう手数をかけなくても、済むんじゃないのか」

実際、萱とモエ子は、もう、すでに結婚してしまった二人のように、睦《むつ》まじかった。ことに、モエ子が大出来だった。和服を着てきたせいか、いつものガラガラした調子を、一向に見せず、おしとやかそのものだった。萱が宗匠ぶって、コーヒーをいれるのを、調子を合わせて、カイガイしく、介添え役をつとめたのは、可否道宗家の奥方らしく、申し分がなかった。

その上、会員たちの助力ぶりも、満足だった。大久保や珍馬は、もちまえの口軽るさで、萱とモエ子のことを、ハヤしたり、ヒヤかしたりしたくて、堪らなかったのを、必死になって、我慢した。何とかして、二人の仲を成就させたい念願があるから、当らず触らずの口ばかりきいた。温厚な中村は、かくべつの努力をしなくても、協同動作を保った。可否会始まって以来、こんな紳士的な会合はなかった。もっとも、多少、退屈の感はあった。

そのうちに、赤松の影が、長く草の上に、伸びてきた。若葉の匂う微風も、やや、冷たくなってきた。四時近くなってきたからであろう。

「あ、いけねえ。あっしは、夜の商売があるから、グズグズしてられませんよ」

珍馬が、腕時計を見て、立ち上った。

「そうだね。そろそろ、席をかたづけて、用のない人は、境内をブラブラするとしようか」

大久保も、大きなノビをして、立ち上った。立ち上りながら、そっと、中村に眼配せした。

「それでは、お道具をかたづけて……」

モエ子は、菅のバッグに、道具類をつめ始めた。人々が立ち上ったので、中村と大久保と珍馬は、ゴザを巻いたり、モーセンのゴミを払ったりした。

「あたしたちは、借りたものを、庫裡へ返してきますから、ご両人は、ゆっくり野火止め塚でもご覧になって、山門の辺で、落ち合うことにしたら、どうですか」

大久保が提案した。野火止め塚というのが、境内の一番奥にあった。

「そうですか。では、そうお願いします」

菅とモエ子は、大久保に方角を聞いて、その方に歩き出した。

「それ、急げ！」

大久保は、二人にささやくと、三人一緒に、一目散に、庫裡の方へ、駆け出した。そして、庫裡で、借りた道具を返すと、礼もソコソコに、帰路を急いだ。

「山門で、待ちぼうけさせるのは、少し、気の毒だな」

と、中村がいうと、大久保が、

「なアに、菅さんだって、われわれがスイをきかしたぐらい、わからんはずはない……」

鍵

モエ子は、このところ、ずっと家にいた。〝社長夫人〟が終って、後の仕事が、ちょっと途絶えたのである。

テレビ・タレントの仕事にも、波があって、大きい仕事、小さい仕事が、一時に舞い込んできて、体が二つあっても足りないが、その反対に、不思議と、小さな仕事のカケラさえも、頼まれない時がある。完全な遊びである。

モエ子も、長い間の経験で、そういう波のあることは、よく知ってる。今までに、何度となく、今のような小休止がある。それを、ジッと待っていれば、いつか、道が開けてくる。

そんなことは、百も承知であるのに、今度の波の底辺は、ひどく身にこたえるのである。〝社長夫人〟の夫人役が、ついに、最後まで、不評だったせいかも知れない。最初の主役は、確かに、ミソをつけた。これは、彼女自身も、認めざるを得ない。しかし、ワキ役俳優としての彼女の評価まで、ヒビが入ったわけではないのである。

「モエちゃんは、やはり、ワキの人ね」

主役の失敗のために、ワキ役役者としての相場は、かえって、上った感さえある。

「それなら、ワキ役の方の依頼が、続々とあってもいいのに……」

そうはいかない。そこが、波なのである。人力の及ぶところではない。

だが、当人の身となると、思いつめないわけにいかない。

「ファン・レターだって、急に、少くなったわ……」

テレビ・ファンというものは、やたらに、手紙を書くものであって、〝表通り……〟

へ出ていた頃は、十通や十五通の封書やハガキが、舞い込まぬことはなかった。〝社長夫人〟になって、半数ぐらいに減ったが、それでも、毎日、必ずきた。それが、パッタリ、来なくなったのである。といって、これも、ファンの側からいえば、毎晩、茶の間で顔を合わすタレントだから、手紙を書く気になるので、さもなければ、アカの他人だから、仕方がない。だが、彼女は、何事も、ヒガむ癖がついた。

「あたしも、降り坂ね」

それは、丹野アンナのように、グングンと、上昇線をたどるタレントではないにしても、そう悲観するにも当らぬ彼女だった。

「もう、この辺で、テレビ稼業に見切りをつけちゃおうかな」

そこまで考えるのは、早計という外はないが、必ずしも、ノイローゼとばかりいえないだけの理由もあった。

それは、波のどん底と、関係のない理由であった。

「やはり、その、どちらかといえばですな……かりに、われわれが結婚するとすればですよ……あなたが、家を出歩きなさるよりは、あたしの側にいてですね……あなたの優れたコーヒーの手腕を発揮して、あたしの仕事を助けて下さる方が、どれくらい満足だか、知れないわけなんですよ……」

と、すこぶる回りくどい言い回しではあったが、平泉寺で、菅貫一が、彼女に、明らかな宣言をしたからである。

平泉寺の山門で、待っていても、いつまでたっても、三人が現われないので、総門の前に待たしてあるハイヤーの運転手に、萓が訊いたら、

「お三人なら、さっき、バスに乗ってお帰りになりました」

と、いうことなので、〝ハハア〟と、悟った。

萓とモエ子の二人きりで、この静かな寺内で、ゆっくり語り合えという、彼等の計らいにちがいなかった。

「あら、皆さんたら……」

モエ子は、娘のように、ハニかんだ。

しかし、コーヒー友達の親切を、二人は、決して、無にしなかった。広い境内には、まだ歩かない道が、いくらもあった。歩き疲れれば、木蔭のベンチもあった。

二人は、こんなに接近して、話し合ったことはなかった。体ばかりでなく、心も、こんなに接近したことはなかった。

だから、萓の方から、年配相応のシブい表現でもいいから、愛のササヤキに類した語らいがあったら、モエ子の心も、一度に動いたかも知れない。

ところが、二人きりになったら、待ってましたとばかりに、可否道の計画ばかり語るのである。

「まだ、会の同人には、話してないので、あなただけに、打ち明けるのですが……」

それはいいが、モエ子としては、結婚の申込みの言葉としては、どうも、フに落ちな

かった。

勿論、ホれたの、ハれたのということは、いって貰いたくない。しかし、愛の裏打ちのある言葉の一つぐらいは、聞かして貰いたかった。

そのくせ、結婚という言葉は、萱は、何の躊躇もなく、口にした。

「大久保君や中村君のご厚意がなくても、あたしは、あなたに、直接申込んだかも知れません。非常に似合いの縁談であることが、確かなんですから……」

それだけの言葉でも、モエ子に、悪い気持はしなかった。ただ、その上に、愛の一句が点綴《てんてつ》していたら――

「あたしは、結婚を急いでるんです。可否道の発表を、秋に行う予定ですから、できるなら、夏のうちに……」

結婚を急ぐのは、愛に燃えてる男の常であろうが、それとこれとは、ちょっとちがう。モエ子は、結婚は三年先きに延ばしてもいいから、思慕を誓い合う言葉が、とりかわしたかった。

しかし、萱は、結婚後の生活について、常識的な幸福しか、語ってくれなかった。例えば、妹のスエ子は、再婚を欲しているから、縁のあり次第、家を出て行くだろうとか、息子の一郎も、卒業後は、すぐ渡米して、帰朝してからも、別居生活の予定になっているとか――

そして、最後に、いかにも、いいにくそうに、回りくどい言葉で、モエ子が、結婚後、テレビ・タレントをやめてくれないか、という希望を、持ち出したのである。

予期していたことだから、彼女は、その言葉に、驚きもしなかったし、怒りもしなかった。それのみか、

「タレントなんか、やめたっていいわ。それに代るものさえ、与えて下さるんなら……」

と、腹の中で、つぶやいたほどである。

いくら、ノイローゼ状態になっていても、彼女が、タレントをやめてもいいと考えたのは、大きな変化だった。この稼業、そう一ペンに、見切りのつくものではない。論より証拠、各テレビ局へ行ってみると、往年のスターといわれたような男女が、つまらぬ端役で、出演しているのを、見出す。尾羽打ち枯らした彼等が、若いタレントからバカにされながら、安いギャラで、働いてる姿は、〝旅路の終り〟そのものであるが、案外、当人たちは平気で、局通いをやってる。

それほどの執念の道を、いさぎよく捨ててもいいと思ったのは、モエ子の大決断であるが、それに代るものを、与えてくれるならば、という条件がついている。

「ところが、その代償を、気振りにも、見せてくれないんだもの……」

モエ子は、平泉寺で菅と会って以来、かえって、迷いを深くしてしまった。

菅が申し分のない紳士であることは、いよいよ分明となったが、彼女をどれだけ愛してくれてるのか、皆目、見当がつかなくなった。

「あたしが、コーヒーをいれることを、知らなかったら、あの人は、今度の申込みをしてくれたか知ら？」

そういう疑いさえ、起ってくるのである。菅の求めてるのは、コーヒーの名手としての彼女であって、彼女その人でないとすると、彼女も、考え直さねばならない。

「そういえば、ベンちゃんとの縁だって、コーヒーが、結んだようなもんだったわ……」

彼女は、なまじ、自分が、うまいコーヒーをいれる特技があるのが、呪わしくなってきた。男は、彼女の愛を求めるのでなく、彼女のコーヒーを求めにくるらしい――

「あアあ、どうして、あたしは、こんな、ヒガミ根性になったんだろう」

彼女は、髪をかきむしりたいような気持で、ソファに横になった。

今日も、仕事がないから、思いっきり寝坊をして、朝飯をすました後だった。ガウン一枚の姿だが、もう陽気がよくなったから、ヒーターは止まっても、一向、寒くはない。といっても、家にいたって、気が迷うばかりで、面白いことはないから、新宿へ行って、映画でも見ようかと思ったのだが、なかなか、腰が上らない。

そのうちに、玄関のブザーが鳴った。

「飯島でもきたのか知ら……」

彼女は、ドアの内側から、念のために声をかけた。

「どなた？」

「ぼくだよ」

彼女は飛び上って驚いた。ベンちゃんの声なのである。

「知りませんよ、そんな人……」

今ごろ、どの面さげて、人を訪ねてきたというのだ――

「そんなこといわないで、入れておくれよ」

勉君の声は、図々しいというのか、鷹揚というのか、少しも、臆したところがなかった。

「いけません、一体、何の用があって、今ごろやってきたんです」

モエ子は、きびしく、きめつけた。

「用って、べつにないけど、ちょっと、会いにきたんだよ。もっとも、全然、用なしってわけでもないんだがね」

「用があるんなら、郵便ででも、何でも、いってきたらいいでしょう。あたしは、あんたなんかに会いたくないんです」

「それア、あんな風に出て行ったのは、ぼくが悪かったよ。もっと早く、詫びにきたかったんだけど、何だか、キマリが悪くてさ……」

「それでも、キマリの悪いってこと、知ってるの」

「それア、反省してるさ。あの時のことも、あやまりたくて、やってきたんだよ。だから、入れておくれよ」

「ダメ！　ここは、あなたのくるところじゃないわよ。アンナちゃんが、待ってるから、早く、お帰んなさい」

　モエ子は、どこまでも、強硬だった。それに、この前、アンナの伯母さんが、ド鳴り込んできた時とちがって、勉君の声は、とても、ノンビリしていて、隣室の人の耳にも、別れた夫婦のイサカイとは、聞えないだろうから、安心なものだった。

「アンナなんか、待っていないよ。もう、家にいないんだから……」

　意外の事実が、ドアの向う側から、聞えてきた。しかし、勉君の声は、淡々として、置き去りにされた亭主のそれとも、思えなかった。

「え？　何をいってるの」

　モエ子は、耳を疑った。

「そんなこと、どうだっていいよ。とにかく、君と会って、話したいんだよ。開けとくれよ」

「いいえ、いけません。ここは、あたしの家です。あたし一人の家です」

　もう、意地であった。あんな置き手紙一本で、出ていかれた日のことを考えると、たとえ、アンナともう同棲していないことが、事実であっても、滅多に、ドアは開けられなかった。

　その上、彼女には、勉君を懲らしめたい、という気持があった。ちょうど、夜遊びをして帰ってきた子供を、わざと、閉め出してやる母親の気持のようなものが――

「わかってるよ。君の生活を、少しだって、妨害にきたんじゃないんだよ。顔を見て、ちょっと話しさえすれば、すぐ帰るんだよ」

「いやッ、あんたと会いたくない……」

何しろ、彼女が内側から、ドアのノッブを回しさえしなければ、この新式の錠前は、開きはしないから、大丈夫である。

ところが、対手は、一向にイラ立つ気色もなく、

「ともかく、ぼくは入るよ」

と、いったと思うと、ガチャリと音がして、関所の扉は、スーと、開いてしまった。

「あらッ」

と、モエ子が驚く隙に、勉君の姿が、ヌッと、中へ入ってきた。

「こんちは……」

例のように、柔和で上品な笑いを浮かべて、指さきでキイ・ホルダーをグルグル回していた。

それは、この部屋の鍵であって、勉君がモエ子と同棲中、各自に、一個ずつ、持っていたものである。

「この鍵、忘れて、持ってっちゃったんだ。だから、これを返しにきたのも、用事の一つさ」

モエ子も、勉君が鍵を持って行ったことは、すっかり、忘れていた。

「まア、鍵、持ってたのね」

「ここを出る時に、鍵をかけて、そのままポケットへ入れてっちゃったんだ。すみません……」

いつか、勉君は、食堂兼居間の広い部屋へ、足を入れていた。勝手知ったるわが家であったのだから、遠慮する気が起らない。

「もう、あんたは、絶対に、この家へ入れないつもりだったんだけど、仕方がないわ。まア、お掛けなさい」

モエ子も、あきらめた。というよりも、勉君が、すでに、アンナと同棲してないということを聞いて、少しは、気が弛んだのかも知れなかった。

勉君は、なつかしそうに、何度も寝転んだことのあるソファに、腰を下しながら、

「その後、お変りありませんか」

アイサツの正しいのは、彼の特長だった。

「何いってんのよ。あたしがどうなったって、あんたの知ったこっちゃないでしょう」

「そんなことないよ。ぼくは、君と別れたって、友達に変りはないよ」

その言葉は、いかにも自然な調子で、勉君の口から流れた。

「滅多なことを、いわないで頂戴。あたしは、今、縁談が進行中なんですからね」

モエ子は、虚勢を張った。

「ほんとかい？」

勉君は、半ば疑うように、笑いかけた。

「ウソだと、思ってるのね。お生憎《あいにく》さま、対手は、あんたも、知ってる人だわよ」

「さア、誰だろう」

「可否会の菅さんよ。あんたも、二、三度、会ったことあるでしょう」

「あの人か。彼なら、立派な人だよ。それア、よかった」

勉君は、弟が姉の結婚を、祝福するような調子だった。

「だからね、あたしのことを、友達なんていわないでよ。男友達があれば、縁談にさわるじゃないの」

「そんなことないよ。友人は、結婚式にも招待される例だもの。それに、君とぼくとは、ケンカして別れたんじゃないよ。ぼくの生活革命が原因だものね」

「それが、シャクなのよ。あんたは、そんな美名の下に、アンナと一緒になっちゃったんじゃないの」

「断じて、ちがう。誤解しないでおくれよ」

二人は、その点で、論争を続けたが、長くはかからなかった。モエ子の方が、次第に、宥和《ゆうわ》的な気持になってきたのである。

「あんたはアンナちゃんと、別れたっていうけど、ほんとなの。どうして、また、そんなことになったのよ」

と、眼を光らせた。

「どうしてってことも、ないんだけどね。むこうで、出てったきり帰らないんだよ。淀橋のアパートに、住んでるらしいんだが、万事、飯島が世話してるんだ」

「飯島が？」

モエ子は、思い当る節があった。方々で、アンナと飯島の噂を聞いたのだが、マサカと思っていた。それに、マネジャーがタレントにホれては、商売にならぬことも、よく知っていた。

しかし、妙なもので、勉君が飯島に、アンナを奪われたと聞いても、いい気味だという気は起らず、反対に、不憫に思われてくるのである。

「飯島も、バカね。でも、アンナちゃんは、もっと、バカだわ」

「いや、アンナはね、テレビ・タレントとして、出世をするなら、どんな犠牲も払うよ。よ。すべては、テレビが悪いんだ。あの魔物にとりつかれて、出世をするなら、どんな犠牲も払うすっかり、彼女は、堕落してしまった。もう、新劇なんて、何の興味もないらしいんだ。だから、ぼくも、彼女を育て上げる必要も、なくなってね。家にいようが、いまいが、問題じゃないんだ……」

「何にも知らないのね。テレビ・タレントの運命なんて、ハカないものなのに……」

モエ子は、実感をこめて、つぶやいた。

「でも、飯島には、妻子があるのよ。それを捨てて、アンナちゃんと、一緒になったの」

「いや、そういう関係とちがうらしいね。飯島君は、アンナに打ち込んでるんだ。ちょうど、新劇女優として、ぼくが彼女に打ち込んだようにね……」

「あんたも、ノンキね。でも、よけいなチエつけることないわ……。で、あんたは、今、どうして生活してるの」

勉君が、アンナに食わして貰ってるという噂は、彼女も知っていた。

「それが、情勢、すっかり好転してね。映画の装置の仕事が、舞い込んできて、前金を十万円貰っちゃったよ。当分、そっちの仕事をやろうかと、思ってるんだ」

勉君は、ひどく、得意だった。

「今日、君を訪ねる気になったのも、ぼくの生活が安定したからなんだよ。君にも、長らく厄介をかけたが、自活できるようになったことを、報告したかったしね」

「そう。それは、よかったわね」

と、いったものの、モエ子は、本心では、そう満足でもなかった。彼女の扶養家族だった頃の勉君の方が、彼に似つかわしく、また、可愛げもあった。

「何だか、これで、生活革命が成功したような気がしてね」

勉君は、家出の真意を、ほのめかしたい気持も、あるようだった。

「そう。それは、おめでとう。あんたが一本立ちで、やってけるようになったなんて、大したことだわ。でも、よく、そんな仕事、見つけだしたわね」

モエ子は、不精者の勉君が、働き口を見つけたことだけでも、不思議に思った。

「うん、飯島君が、世話してくれたもんだからね」

勉君は、ニコニコして答えた。

「え、飯島が？　おかしいわね、あんたの世話までするなんて……」

モエ子は、裏を読もうと、一心になった。飯島がアンナに血道をあげる気持は、よくわかるが、勉君にまで厚意を抱く理由はなかった。飯島は、どんな打算をもって、勉君に仕事の世話をしたのだろうか——

「あア、わかった。飯島はベンちゃんがアンナの悪いヒモだと思って、手を切らせるために、自活の道を開いてやったんだわ」

テレビの世界で、長年、苦労してるだけあって、彼女は、すぐ裏を読んだ。しかし、口に出してはいわなかった。そうとも知らず、欣々《きんきん》として、新しい仕事をありがたがってる勉君が、ひどく、可哀そうになった。顔つきが上品なだけに、ヒモなぞに見られた彼が、ひとしお、不憫に見える。

「まア、いいわ。とにかく、その仕事、一所懸命にやって、次ぎの仕事の註文受けるようにしなさいね。ね、ベンちゃん……」

いつか、モエ子は、勉君を昔の呼び名で、呼ぶ気持になっていた。

「うん、今度こそ、しっかりやるよ」

「それで、そのことを知らせに、あたしのところへきてくれたのね」

モエ子は、勉君の気持を、うれしく感じた。

「うん、鍵を返す必要もあったしね。それから……」

彼は、ちょっと、いいよどんだ。

「それから、何よ」

「うん、悪いけどね、もし、お風呂に入れさせて貰えれば、ありがたいと、思ってね……」

頭をかきながら、勉君がいった。

「お風呂？　あんたのところにないの」

「二階借りだもの、あるもんか。それに、ぼくア、銭湯ってやつ、ニガ手なんだ。この家にいた時の癖がついて、汚くて、行く気になれないんだ。ここの風呂、気分いいからなア」

聞けば、勉君は、吉祥寺へ移転以来、風呂に入ってないそうである。毎朝、冷水で体を拭くだけで、我慢してたのだそうである。

「まア、汚い……。いいわ、入れてあげるわ。三十分もたてば、すぐ、沸くから……」

と、モエ子が風呂場へ立とうとすると、

「いいよ。ぼくがやるよ。慣れた仕事だもの……」

同棲時代にも、勉君は、よく一人で風呂を沸かして、一人で入ったものである。

「じゃア、好きなようにしなさい。タオルは、今、出してあげるから……」

やがて、浴槽を充たす水音が、音高く、聞えてきたが、モエ子は、男のように、両手を組みながら、混乱した頭を鎮めるために、思案を始めた。

その日の勉君は、満身のアカを落して、いい気持になって、帰って行ったが、それから、一週間もたつと、再び、モエ子の部屋のドアを叩いた。

「悪いけど、また、お風呂に入れてくんないか」

ずいぶん図々しいと、思ったけれど、モエ子は、承諾した。

一つには、勉君の態度に、湯に入りたい一心しか感じられず、暗さや不自然さが、まったく見られないためでもあった。

もっとも、タダで風呂に入れて貰っては、悪いと思ったのか、彼は、大きな紙包みを、モエ子に差し出した。

「吉祥寺のベーカリーのアップル・パイ、買ってきたよ。昔、あんた、好きだったろう」

吉祥寺に、わりとウマイ洋菓子屋があって、以前は、モエ子も顧客《とくい》だった。

「まア、あんたにお土産貰ったの、生まれて初めてじゃないか知ら」

モエ子は笑ったが、同棲十四年間中に、勉君は、細君にものを買ってきてやる、経済上の余裕もなかった。

「何しろ、このところ、ブルジョアなんだからね」

勉君は、自活の道が開けたことが、よほど、うれしそうだった。

「ダメよ。いい気になっちゃア。十万やそこらのお金は、またたく間に、消えてっちまうわよ」

モエ子は、知らないうちに、昔の姉さん女房の口調を、とり戻していた。

「大丈夫だよ。緒《いとぐち》をつかまえたら、きっと、次ぎの仕事を、探してみせるよ」

勉君は、勇んで、浴室へ向った。そして、入浴を終ると、いかにも、いい気持そうに、

「ありがとう。生きッ返ったよ。また、頼むよ」

と、帰って行った。

勉君の方は、それでいいが、一人になってモエ子は、考えることが、沢山あった。

「菅さんの方の返事を、早くしなくちゃア……」

それだけでも、大きな問題だった。菅自身も、結婚を急いでるし、大久保や中村も、催促の電話を、よく、かけてくる。しかし、平泉寺で、二人きりで語らって以来、彼女の迷いは、かえって深くなってきた。テレビ・タレントをやめる決心がつくような言葉を、菅は、その後もいってくれないし、一方、人気降り坂のノイローゼは、一向に、快癒しない。

「愛情の問題を抜きにして、いっそ、打算的な結婚をしちまおうか」

と、考えることもあったが、菅という人が、申し分のない紳士ではあっても、差し向いで毎日暮すようになったら、ずいぶん窮屈な亭主ではないかと、危惧も生まれてくる。それに、コーヒーの先生になるということが、どう考えても、興味が湧いて来ない——

「いくら人気が落ちても、局で使ってくれる間は、タレントとして生きていくのが、自

由で、幸福な道ではないかしら」

と、想いは千々《ちぢ》に乱れて、自分でも収拾がつかなくなってくるのである。

あれほど呪いつくし、憎みきった勉君であったのに、何度も顔を合わしてるうちに、モエ子は、自分でもダラシがないと思うほどに、心が解けて行くのである。もっとも、最初は、アンナに捨てられた彼が、生活に窮して、再び、彼女のもとへスガリにきたのかと、疑ったが、度々会ってるうちに、そんな気振りは、少しも、感じられなかった。反対に、彼は生活力を獲得したことを、モエ子に誇示しにきたかのようだった。

それに、何といっても、勉君と話してると、菅との場合の十倍も、愉快だった。十四年間の同棲は、二人に共通の話題を、山ほど積み上げていた。演劇に関する話だけだって、尽きない愉しみだった。その上、気ごころの隅々まで、お互いに、知り合ってる

――といって、菅をベンちゃんに乗り換えて、ヨリを戻そうという決断も、生まれなかった。年上女房の苦痛は、彼女の身に浸みていた。それに、勉君の今のほんとの気持も、彼女に解しかねた。

しかし、勉君の方は、何の拘《こだ》わりもないようで、

「君、ぼくが前に使っていた部屋、まだ、明いてるんだろう。もし、よかったら、ぼくに貸してくれないか。部屋代は、払うけど……」

と、飛んだ要求を、持ち出すのである。

「そんなことダメよ。前と同じことになっちまう……」

「いや、ぼくは、夜は吉祥寺へ帰ってもいいんだよ。だって、お風呂入りに通うのも、面倒くさいし、あの部屋の方が、今の家より、仕事がよくできるし……」

「ちょいと、あたしに縁談が進んでることを、忘れないで頂戴」

「そうか。じゃア、仕方がねえから、お風呂だけに通うよ」

彼は、ケロリとして、要求を撤回した。

モエ子は、それが、物足りなかった。勉君が、過去の非を詫びて、昔の仲に戻ってくれと、涙でも流しながら、懇願してくれたら、彼女は、どんな気持になったか、知れなかったのに――

しかし、彼の訪問は、次第に、繁くなってきた。最初の一週一度が、三日置きになり、時には、二日続けて、顔を見せた。

そして、ある日、いつもは風呂へ入ると、すぐ帰るくせに、モジモジと、長居をした。

「ねえ、モエちゃん、まことに、申しかねるんだけどなア……」

と、上眼づかいに、彼女を見た。

「なによ」

彼女は、勉君が仕事部屋を借りたい申込みを、また、始めたのかと思った。

「風呂に入れて貰った上に、こんなことまで頼んじゃ、悪いんだけどなア……」

「いいわよ、早く、いいなさいよ」

「どうも、お湯から出たてのせいか、喉が乾いてしょうがねえんだよ。済まないけど、コーヒーを一杯……」

そういって、勉君は、ペコリと、頭を下げた。

「おやすいご用よ」

その時は、モエ子も、何の拘わりがなかった。すぐ、コーヒーの準備を始めた。この頃は、自分はインスタントばかり飲んでるが、勉君のために、豆を挽き、コシ袋を使って、例のとおり、無雑作な入れ方だった。

それを食堂に持って行くと、勉君は、いやしい横眼使いをして、待ち構えていた。そして、カップを持つ手も遅しと、鼻の先きへ運んで、フカフカと音を立てて、匂いをかいだ。

「あア、いいアロマ（芳香）だ」

彼は、飢えた犬のように、恥を忘れた様子で、カップに口をつけた。あの上品な男が、どうして、こんな眼つきができるかと思うような貪慾さで、

「あア、うめえ！　これが、ほんとのコーヒーだ。これが、飲みたかったんだ」

と、狂喜の声を立てた。今まで、モエ子は勉君に、何度コーヒーを飲ませたか、知れないが、こんなキチガイ染みた喜び方は、初めてだった。

「まア、あたしのコーヒーが、そんなに、おいしいの」

以前のモエ子なら、そういって、得意になるところだった。

ところが、彼女は、黙っていた。何か、不愉快な暗示が、働きかけていた。

それとも知らず、勉君は、一口飲んでは、舌なめずりをし、また、惜しそうに、一口飲んでから、

「あれから、ずいぶん、コーヒー店を歩いたよ。アンナときたら、インスタントも、ロクにいれられない女だからね。でも、どこへ行っても、満足したためしはないんだ。東京中——いや、恐らく世界中に、君ほどウマいコーヒーをいれる人はない。断言するね。ねえ、君、ぼくを、また、毎日、こんなコーヒー飲めるようにしてくんないかな」

勉君は、まるで、拝むように、両手を結んだ。

「お風呂に入りたいなんて、ほんとは、口実だったんだ。ほんとは、このコーヒーが飲みたかったんだ。ぼくが、どれほどコーヒーの好きな男だか、君も知ってるだろう。久振りに、君のコーヒーを飲んだら、もう、ぼくは、理性も、良心もなくなっちまったよ。このコーヒーが、毎日飲めるなら、どんな犠牲も払うよ。頼むから、菅さんなんかと、結婚しないでおくれよ。いや、結婚してもいいが、毎日、このコーヒーを飲ましてくれるなら——でも、そうはいくまい。やはり、君は結婚しないでおくれよ。そして、ぼくをここに同居させておくれよ。もう、以前のように、生活上の迷惑はかけないよ。部屋代も、ちゃんと払うよ。食費も、払うよ」

勉君は、必死になって、懇願したが、モエ子は、石像のように、答えなかった。

遂に、彼は、最後の切札を出した。

「ぼくは、君と、もう一度、結婚してもいいんだ」

すると、モエ子が、烈火のように怒った。

「お黙り！　イヤシンボ！　誰が、そんな奴と結婚するもんか。どいつも、こいつも、あたしのコーヒーばかり、狙いやがって、あたしを愛してくれる奴は、一人もいやしない。さ、もう、用はないから、サッサと帰っとくれ！」

おしまい

それから一カ月たって、モエ子は、羽田の空港から、ヨーロッパへ旅立つことになった。ほんとなら、勉君を追い帰した翌日にも、外国へ行きたかったのだが、渡航準備は、案外、時日を要するのである。

彼女は、勉君に愛想をつかしたが、同時に菅と結婚する気も失った。菅が可否道のために、結婚を求めてる心底が、勉君に愛想をつかした途端に、アリアリと読みとれたからである。

「男って奴は、どいつもこいつも、コーヒー好きのイヤシンボで、エゴイストで、あたしのコーヒーが目的で、結婚しようなんて、いい出すんだわ。誰が、その手に乗るもんか！」

そして、彼女は、自分のコーヒーの特技にも、嫌悪を感じ、なまじ、そんな腕を持ってるから、男に狙われるので、生涯、インスタント以外は、コーヒーに手を出さぬ決心で、可否会にも脱会届を出した。無論、それと同時に、萱の縁談も断った。その代り、彼女は、もう一度、テレビ・タレントとして奮起するために、烈々たる決意を燃やしたのである。

「いいわよ、ワキ役で結構。ワキで、日本一になれば、いいんでしょう」

妙なもので、その決心を立てたら、途端に、出演の依頼が、相次いだ。ちょうど、波が、上汐《あげしお》の方に回ってきたのだろう。

「生憎《あいにく》だけど、あたし、ちょっと、ヨーロッパへ行ってきますわ。ほんの一と月か、一と月半の予定ですけど、外国のワキ役女優の演技を、一所懸命に、見てきて、帰ったら、モリモリ働きますわ。済みませんが、それまで待って頂戴……」

彼女は、プロデューサーに期待を持たせるような宣伝を、忘れなかった。

六月末の火曜の夜だった。羽田空港ターミナル・ビルは、目下増築中で、二階の待合室も手狭だったが、そこへ、テレビ関係者ばかりでなく、旧交を忘れない可否会同人も、塔之本勉君も、アンナさえも、見送りにきていた。もっとも、アンナが飯島と連れ立ってるのは、当然だったが、勉君と萱が仲よく話し合ってるのは、少し異様だった。

「モエ子女史が脱会して、欠員ができたんだが、代りにあなたが可否会へ入会しませんか」

萱は、そんなことさえ頼んでいた。

モエ子は、そんな異様な現象から、一切、超越したような、晴れ晴れとした顔で、贈られた花束を胸に抱え、人々に愛想よく、アイサツしていた。勉君に対してさえ、

「どうも、お見送りありがとう」

と、ニコニコした。

やがて、チャイムが鳴って、アナウンスが始まった。

「日本航空のお知らせを、申し上げます。日本航空四〇一便、北極経由パリ行き、ただ今から、十七番ゲートより、ご搭乗をご案内いたします」

それを聞くと、モエ子は、

「では、行って参ります」

と、あでやかに笑って、見送り人に頭を下げた。何だか、五つ六つ、若やいだように、イキイキした態度だった。

「モエ子女史、万歳！」

大久保画伯が、両手を高くあげると、他の連中も、大声で、それに和した。

【付録】

『可否道』を終えて

私も戦前から、ずいぶん新聞小説を書いてるが、今度のような経験は、最初だった。すなわち、病気をしたのである。

新聞小説を書いてるうちは、うかつにカゼもひけないという緊張感があって、それがまた、効を現わすのである。三十年間、新聞小説を書いてる間には、鼻カゼくらいひいたのであるが、薬でも一服のめば、たいてい癒《なお》ってしまう。病気が執筆に支障を起したことは、一度もなかった。その代り、書き上げてしまうと、病臥することは、ないでもなかった。

ところが、今度の『可否道《かひどう》』は異例だった。四分の一ほど書いたころから、胃のぐあいが悪くなった。食物が不消化で、胃に停滞して、どうも気分が悪い。もっとも、正月ごろに、いろいろ到来物があって、不消化を知りつつ、食い意地を張った覚えはある。正月の酒を飲み過ぎたのだろうと、友人はいうが、いかんせん、老来その勇気がなくなった。正月だからといって、特に多く飲む必要を認めなくなった。

しかし、酒でなく、コーヒーの方なら、秋から冬にかけて、ずいぶん飲んだ。私は、一体、コーヒー好きで、三十数年前に外国に行って以来、毎朝、飲んでる。しかし、戦後は朝一回飲むだけで、それも、多量の牛乳を混じている。そして、べつに、コーヒーの通たるような飲み方もしなかった。ところが、『可否道』を書くに当って、どうしても、にわか勉強の通にならざるを得ない。そこで、有名コーヒー店や、コーヒー問屋のようなところへ行って、連日のように、コーヒーを飲んだ。やはり、よい豆を適当な方法でいれたコーヒーというものは、非常にウマいのである。また、日本人のコーヒー鑑賞力というものは、お茶の関係か、非常に高いことも発見し、コーヒーを飲みまわるのが、おもしろくなった。そして外で飲むだけでは満足せず、自宅でも、午後になると、濃いやつをいれて、よく飲んだ。もっとも、この間死んだ、吉田電通社長のような、ムチャ飲みをやったわけではない。それでも、胃のぐあいがおかしくなってきた。

こんなことをいうと、コーヒー業者は、文句をいうだろう。コーヒーは古来薬物といわれ、健康を増進こそすれ、害のあるものではない。悪いのは、砂糖である。砂糖が胃を悪くするのである――

そうかも知れない。何にしても私の胃は悪くなった。正月にはいって毎朝重い気分で『可否道』の原稿を書くのが、つらくなってきた。

私には、胃の前科がある。十年前にガン研で、胃潰瘍の手術をしてるのである。経過はたいへんよかったが、時間がたつにつれて、三分の一に小さくなった胃袋が、疲れてきたのか。また、悪い病気でもあるのか。不安になった私は、ガン研へ久し振りに出かけて、田崎博士にレントゲンをとってもらった。ところが、胃の方は胃炎であったが、心臓肥大を発見され、その方で相当オドカされた。それで、心臓ノイローゼのごとき症状を呈し、気が沈んでやりきれなくなった。たばこも一日五本にしろ、と命じられたが、五本なんてハンパだから、いっそ禁煙しよう、それも小説を書き上げてからだと、誓ったが、書き上げた今日も、まだ喫ってるのは、情けない。

一方、胃の方は、食事療法なぞも行ったが、一進一退、どうも思わしくない。小説の後半は、不眠症が起って、夜半目がさめると、容易に眠れない。それでは翌朝『可否道』が書けぬから、四十代以後用いたことのない睡眠剤の厄介になった。それが、胃によくないのはいうまでもない。

小説の後半四分の一は、ほんとに、苦闘だった。病苦とたたかい、一回分を書くと、グッタリしてしまった。こんな苦労して書いた小説は、はじめてだった。その点で、記念すべきことになった。

しかし、考えてみると、古稀の老人が新聞小説を書くということ自体に、ムリがあるのかも知れない。一日の休みなく、原稿を書くというのは、病中でなくても、難行《なんぎょう》であって、新聞小説は、五十代までの体力にして、適応度をもつような気がする。今後、新聞に書く場合は、よほど方法を改めるべきだと、自戒してる。

それにしても、コーヒー小説だけは、もうコリた。

（昭和三十八年五月二十四日『読売新聞』）

解説

曽我部恵一

読了された方は、この小説の持つ独特のヒップさを堪能《たんのう》されたことと思います。どのページからも、昭和のある時期の風景からのみ立ちのぼる洗練が顔をのぞかせています。進歩的でどこか柔和な、協調性をもったクールなライフスタイルというようなものです。携帯電話もパソコンも無い時代の濃厚でゆったりしたコミュニケーションが、この時代を経験したわけでもないのに、ちょっとなつかしい気持ちになってしまったりするのは不思議です。

獅子文六さんはいままで言うところのサブカルの最先端にいるような人だったと、ぼくは勝手に理解しています。若くしてパリに暮らし、フランス人の奥さんをもらい、帰国後は翻訳をしたり劇団を立ち上げたりと、いまでこそ珍しくないかもしれないですが、大正時代にフランスに留学ということは、かなりおしゃれなことだったのではないでしょうか。金銭的にももちろん、たいへん恵まれた状況であったと思います。しかしこのように時代の先端を優雅に突き進む人はいつの時代にもかならずいて、（おそらく、同時代人からは、ときに羨望のまなざしを向けられたりもしたでしょうが）そういう方たちが残した記録は、その時代その時代の突端にゆうゆうと立ち、裂け目からさらに先を覗くようなスリルがあって、ぼくは好きです。ちょっとした冒険譚のようでもあります。そういう表現は、人間の本質を摑もうともがき、だからこそ普遍性を持ちうることがある純文学的表現とは違い、ときとともに風化してしまうおそれは、ひょっとしたらあるのかもしれません。時代が彼に追いついたときが賞味期限なのかも、と思ってしまいます。ですが、そこにあるきらきらした好奇心の結晶は、曇ることなく残っていたりします。

ある時期ぼくは、そういう埋もれたちいさな宝石のかけらのようなものを探して、毎日のように古本屋をめぐる日々を過ごしました。忘れ去られた本や雑誌のかたすみに、なにかきらりとひかるしるしを求めて。獅子文六さんの本と出逢ったのも、そういう日々のなかでのことでした。ここからは、ぼくがこの本に出逢ったときのことをおはなししようと思います。

ある晴れた日の昼下がり（実際のシチュエーションは忘れてしまいましたので、ここではこのようにしておきましょう）、いつものようにぼくはJ町の古本屋街をぶらぶらし、某書店の文庫本コーナーをながめていました。様々な単語が複雑な街を形成しているような背表紙群から、ぼくの目に飛び込んできたひとつの言葉。「コーヒーと恋愛」。

古ぼけた文庫本。表紙にはコーヒーカップを真ん中に、何人かの男女のイラスト。このインフォメーションだけで、ぼくにはピンとくるものがありました。その日、数百円と交換に、その本をぼくの部屋に連れて帰りました。

ちょうどぼくもコーヒーと（それともうひとつレコードと）恋愛しかないような毎日を送っていました。二十代前半の、一見だらだらとした日々です。後ろめたさはとくにないのですが、これといって堂々ともしていない。そんな自分のありように、ぴたっと名前をつけてもらえたような気がしたのです。コーヒーと恋愛、と心でなんどかつぶやいたあと、ぼくはまったく同じタイトルの曲を作りました。この解説（のようなもの）を依頼されたのも、そういう経緯からです。それは、こういう曲でした。

香ばしい香り薫れば　ほろ苦い恋にも似ていて
あわてるとちょっと熱いよ　ゆっくり腰を落ちつけて
風に乗って香り高く　苦い涙ほろほろと
喫茶店の窓辺から花咲く朝の通りへと
コーヒーと恋愛が共にあればいい

カップのふちすれすれにたっぷり入ったのが好きだな
クリームをちょいといれたら白いらせんを描きだす

恋心もぐるぐると目まぐるしく移り変わり
気が付いてみれば花咲く朝の通りへと
コーヒーと恋愛が共にあればいい

なんだかんだ言ってみても　飲めば飲むほどに眠れず
分かってはいたってどうにも止められないってもんさ
風に乗って香り高く　苦い涙ほろほろと
喫茶店の窓辺から花咲く朝の通りへと
娘さんたち気を付けなコーヒーの飲みすぎにゃ

（「コーヒーと恋愛」）

いまこうして歌詞をあらためて書いてみると、その内容の他愛のなさに自分でもおどろいてしまいますが、そのころのぼくは、うそいつわりなく、この他愛のなさの真ん中にいたのです。しかし、この本と出逢っていなかったら、その瞬間は残せていなかったと思うと、やはり出逢いというものは、たとえ偶然であれ、この世でいちばん重要なもののひとつだなあと思ってしまいます。

この曲をぼくはそのときとりかかっていたアルバム（『東京』というタイトルが、あとでつくことになります）の最後に、そっと入れることにしました。そっと入れたのは、すこし恥ずかしさがあったからでしょうか。生活というものに少なからず追われるようになった現在でも、この歌をうたうと当時のぼんやりとしたまどろみにもどれてなんだか気持ちがよく、ときおり人まえでもうたい続けています。

獅子文六さんの本がまたこうして文庫になり、そこに僭越《せんえつ》ながら文章を書かせていただくことは、この本に対する大きな借りをちょっとだけ返せたようで、嬉しいようなほっとしたような気分です。

ちなみにぼくはコーヒーに対するうんちくは好きではありません。なぜなら、おいしいものなんていうのは、それを口にするひとの心が決めることだと思っているので。どこそこのどんな豆を使っている、なんて話はほとんど興味がありません。それよりも、その喫茶店なりカフェの照明の明るさや、壁の色や、かかっている絵のほうがぼくには大事です。

でもいつでも大事なのは「何かにこったり狂ったりした事」（©ムッシュかまやつ「ゴロワーズを吸ったことがあるかい？」）です。それこそが青春なのだと思います。この本の登場人物たちは、生き生きとコーヒーと恋愛に夢中で、いつの時代に本をひらいたとしても、かわらず青春のまっただなかにいてくれることでしょう。

・本書『コーヒーと恋愛』は、『可否道《かひどう》』という書名で一九六二年十一月から一九六三年五月まで読売新聞に連載され、一九六三年八月に新潮社より刊行されました。その後、一九六八年十一月に朝日新聞社刊行『獅子文六全集』第九巻に収録、一九六九年三月に『コーヒーと恋愛（可否道）』と改題され角川書店より文庫化されました。

・今回の文庫化にあたり『獅子文六全集』を底本とし、著作権者の了解のもと書名を『コーヒーと恋愛』としました。

・本書のなかには、今日の人権感覚に照らして差別的ととられかねない箇所がありますが、作者が差別の助長を意図したのではなく、故人であること、執筆当時の時代背景を考え、該当箇所の削除や書き換えは行わず、原文のままとしました。